ANTES QUE VOCÊ SAIBA MEU NOME

ANTES QUE VOCÊ SAIBA MEU NOME

JACQUELINE BUBLITZ

TRADUÇÃO
SARAH BENTO PEREIRA

BEFORE YOU KNEW MY NAME COPYRIGHT © 2021 JACQUELINE BUBLITZ
FIRST PUBLISHED IN GREAT BRITAIN IN 2021 BY SPHERE
ALL RIGHTS RESERVED.

COPYRIGHT © FARO EDITORIAL, 2021
TODOS OS DIREITOS RESERVADOS.

Nenhuma parte deste livro pode ser reproduzida sob quaisquer meios existentes sem autorização por escrito do editor.

Diretor editorial: **PEDRO ALMEIDA**
Coordenação editorial: **CARLA SACRATO**
Preparação: **DANIELA TOLEDO**
Revisão: **HELÔ BERALDO** e **THAÍS ENTRIEL**
Projeto gráfico e diagramação: **CRISTIANE | SAAVEDRA EDIÇÕES**
Capa: **RENATO KLISMAN | SAAVEDRA EDIÇÕES**

Dados Internacionais de Catalogação na Publicação (CIP)
Angélica Ilacqua CRB-8/7057

Bublitz, Jacqueline,
    Antes que você saiba meu nome / Jacqueline Bublitz; tradução de Sarah Bento Pereira. — 1. ed. — São Paulo: Faro Editorial, 2021.
   272 p.

   ISBN 978-65-5957-058-4
   Título original: Before you knew my name

1. Ficção neozelandeza I. Título II. Pereira, Sarah Bento

21-2875   CDD 828.9933

Índice para catálogo sistemático:
1. Ficção neozelandeza

1ª edição brasileira: 2021
Direitos de edição em língua portuguesa, para o Brasil, adquiridos por **FARO EDITORIAL**

Avenida Andrômeda, 885 – Sala 310
Alphaville – Barueri – SP – Brasil
CEP: 06473-000
WWW.FAROEDITORIAL.COM.BR

Para o meu pai, do outro lado

O desejo de ir para casa é um desejo de ser completo, de saber onde você está, de ser o ponto de interseção de todas as linhas traçadas por todas as estrelas, de ser o criador da constelação e o centro do mundo, esse centro chamado amor. De despertar do sono, de descansar do despertar, de domar o animal, de deixar a alma se entusiasmar, de se abrigar nas trevas e resplandecer com a luz, de parar de falar e ser perfeitamente compreendido.

REBECCA SOLNIT

"Se eu conseguir lá, conseguirei em qualquer lugar."

Tema da música
New York, New York

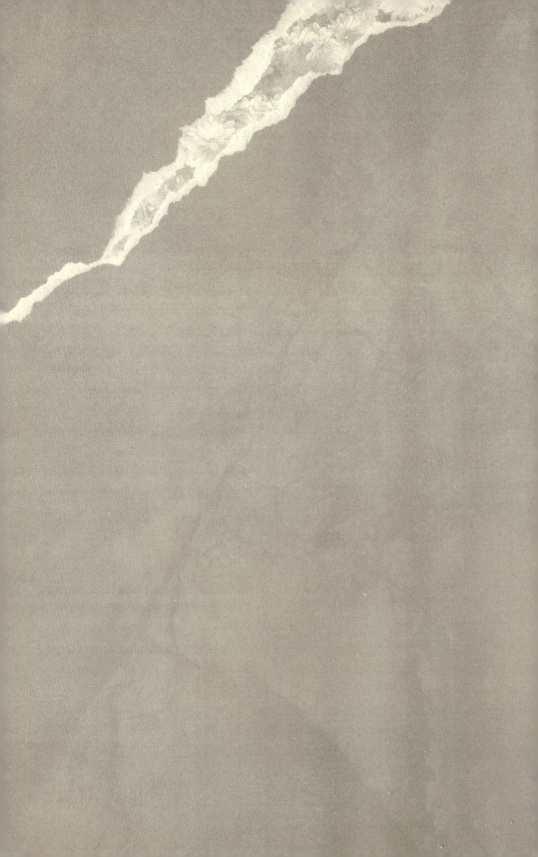

Você logo terá uma ideia de quem eu sou.

Há muitas de nós, meninas mortas, por aí. Para quem vê de fora, muitas das nossas histórias parecem iguais. É o que acontece quando um desconhecido conta a nossa história como se nos conhecesse. Ele pega nossos restos, cria palavras com as nossas cinzas e é com isso que os vivos ficam: a opinião de outra pessoa sobre quem éramos.

Se eu contar a minha história para você, se eu deixar você saber o que aconteceu comigo, talvez tenha uma ideia de quem eu era. Quem eu sou. Talvez goste mais da verdade e deseje isso para todas as garotas mortas de agora em diante. A chance de falarem por si mesmas, de serem conhecidas por algo mais do que pelo seu final.

Isso já seria alguma coisa. Depois de tudo que perdemos...

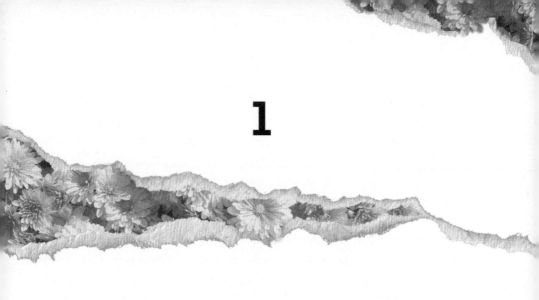

1

A primeira coisa que compreendo sobre a cidade em que vou morrer é: ela bate como um coração. Meus pés mal atingem o asfalto, o ônibus que me levou ali arranca do meio-fio, e sinto a pulsação de Nova York, o seu martelar. Há pessoas por toda parte, correndo nesse pulsar, e fico de boca aberta, no meio da rua mais larga que já vi, cheirando, saboreando o mundo real pela primeira vez. Apesar de ter o nome de uma garota que caiu na toca do coelho, neste momento, eu me sinto como se tivesse saído da escuridão e deixado minha antiga vida para trás. Se você olhasse para trás, veria todas as placas que sinalizavam para as quatro direções e as bandeiras salpicadas de estrelas da pequena cidade americana nos dizendo adeus. Você teria um vislumbre de estradas malcuidadas, cheias de buracos, e das lojas de conveniência sem janelas, instaladas onde antes eram terrenos vazios. Você veria congeladores enferrujados ao lado de portas de vidro deslizantes e garrafas de bebidas em prateleiras empoeiradas. Se olhasse com mais atenção, talvez até encontrasse meu nome traçado na poeira fina entre os pacotes de batata frita vencidos e os rótulos das latas de molho desbotados.

Alice Lee.

Eu estou aqui. Ela estava lá. E então ela fugiu para a cidade de Nova York, deixando toda aquela poeira para trás.

A segunda coisa que compreendo é: não posso cair naquela toca do coelho outra vez. Nem mesmo se o Sr. Jackson aparecer lá no fundo, acenando com os seus dedos delicados. Preciso provar que posso sobreviver sozinha, que posso sobreviver muito bem sem ele. Não serei como a minha mãe, que perdoava qualquer homem que pedia desculpas. Sabe, aprendi a lição em que ela mesma tinha fracassado: quando um homem descobre onde machucar você, a maneira como ele a toca muda. Ele não consegue se controlar e pressiona com força aquele local, não importa quantas vezes isso faça você chorar.

Eu nunca deixarei um homem me fazer chorar. Nunca mais.

Mexendo dentro da minha bolsa de viagem, eu a movo para a frente do meu quadril. Corro os dedos sobre a velha máquina Leica, enterrada no fundo da lona, sentindo as ranhuras da lente removível enquanto caminho. Não sei por que preciso dessa prova, venho sentindo o peso da câmera e as constantes batidas na minha coxa a viagem toda. Ela não poderia ter desaparecido de repente do fundo da minha bolsa, no meio dos meus suéteres, meias e calcinhas. Só que, mesmo assim, preciso me certificar de que a Leica está segura e intacta. Porque isso é o que me resta. Isso é o que eu trouxe comigo, e é uma pequena vitória saber que o Sr. Jackson logo perceberá o que eu tirei dele. Se ele não sentir minha falta, pelo menos sentirá falta de como costumava me olhar através daquelas lentes.

Todo mundo perdeu algo, Alice.

Não foi isso que ele me disse um dia desses?

DURANTE TRÊS GLORIOSAS SEMANAS NO FINAL DO VERÃO DE 1995, minha mãe apareceu em um *outdoor* na Times Square. Nos meses anteriores ao meu nascimento, você poderia olhar para o outro lado da rua e ver o lindo rosto dela decorando a lateral de um prédio alto e largo. Conheço esses detalhes pelas histórias que a minha mãe contava daquele verão. Ela fugiu para Nova York depois de não aguentar mais nem uma surra do pai, como se houvesse um número mágico para a tolerância de tais coisas. Ele tinha passado dos limites no décimo oitavo ano dela. Com o lábio ainda sangrando, ela roubou dinheiro da carteira do meu avô para comprar uma passagem de ônibus do condado de Bayfield, Wisconsin, para a cidade de Nova York, o lugar mais distante que podia imaginar. Em sua primeira noite na cidade, tentando não adormecer em uma mesa nos fundos de uma lanchonete suja da Oitava Avenida, ela conheceu um fotógrafo semifamoso. Antes que a noite acabasse, ele a levou para o apartamento dele, a limpou e, quando ela estava bonita e arrumada, disse que estava apaixonado por ela. Claro que ele não estava apaixonado ou esteve só por um tempo, mas ele amava sua rica esposa nos Hamptons mais do que amava a minha mãe, então, um dia, ele a deixou. Ela já estava grávida quando ele tirou a foto do seu rosto sorridente que acabaria reinando na Times Square naquelas três semanas abafadas.

— Você estava lá comigo, Alice Lee — ela me lembraria. — Todo mundo olhava para nós, como se pertencêssemos àquele lugar.

Nunca soube se minha mãe tinha contado ao meu pai o que ele realmente estava vendo quando tirou aquela foto. Se alguma vez ele soube que sua filha estava no ventre da modelo fotografada. Os detalhes mais sutis de como as coisas estavam quando eu nasci ficaram borrados e manchados quando a história me alcançou.

Essas são as coisas em que penso. Nós duas em um *outdoor*, bem acima da Times Square. Minha presença despercebida naquela época, assim como hoje à noite, enquanto vagueio pelas ruas repletas de restaurantes movimentados e placas brilhantes, um enigma de palavras cruzadas de nomes pendurados pelas laterais dos edifícios mais chiques que já vi. Quem você precisa ser e o que tem que fazer para colocar seu nome lá em cima?

Daqui a algumas semanas, quando as pessoas não conseguirem mais parar de falar sobre mim, esta cidade vai me dar um nome totalmente novo. Meu nome verdadeiro será uma pergunta que ninguém poderá responder, então, eles me chamarão de Jane Doe.[1] Uma garota morta que...

Mas esta noite estamos apenas no começo de tudo. Meu nome é Alice Lee, acabei de descer de um ônibus de viagem superaquecido e comecei a andar na chamada Sétima Avenida da cidade de Nova York. Estou alerta, viva, presente, enquanto respiro o odor peculiar de papelão, urina e metal da minha primeira hora nesta cidade. Existe uma ordem

---

1. "Jane Doe" é um pseudônimo coletivo para mulheres, usado quando o nome verdadeiro é desconhecido ou está sendo intencionalmente ocultado. No contexto da aplicação da lei nos Estados Unidos, esses nomes são frequentemente usados para se referir a um cadáver cuja identidade é desconhecida ou não confirmada.

de como as coisas acontecem, uma trilha de migalhas que preciso que você siga. Neste instante, quero que você se perca comigo, enquanto giro o mapa no meu celular de segunda mão de um lado para o outro, seguindo o ponto azul que sou eu, piscando bem ali. Neste momento, as linhas e círculos não fazem nenhum sentido para mim.

Aqui estamos, em uma ilha. Cercados por água, e de alguma forma isso torna mais fácil respirar. Deixada em um terminal de ônibus movimentado com duas malas, seiscentos dólares em dinheiro e um endereço desconhecido salvo em meu celular. Acabei de fazer dezoito anos e há um milhão de coisas que não tenho permissão para fazer, mas posso fazer isso. Não se pode chamar isso de fuga. Embora, para ter certeza, como minha mãe, esperei completar aquele ano extra. Os anos são engraçados assim, a forma como certa acumulação deles lhe dá permissão para todo o tipo de coisas. Dezoito anos e, de repente, você pode consentir. Isso acontece à meia-noite, um minuto depois ou há algum outro cálculo que o deixa preparado? Capaz de *consentir*. Isso significa que não consenti antes? Certamente, parece que sim para o Sr. Jackson.

Passo os meus dedos por todo o metal e pelas lentes. Não consigo pensar nele sem tocar no que costumava pertencer a ele.

Eu costumava pertencer a ele.

Agora pertenço apenas a mim mesma. Não sou mais uma menor de idade, protegida pelo Estado. Com a adição de apenas um dia, não há mais ameaça sobre minha cabeça, não há mais uma lista de estranhos com o poder de controlar a minha vida. Tenho dezoito anos e, de repente, ninguém pode me tocar. Estou tão leve com essa percepção que eu poderia saltitar, não fosse o peso das minhas bolsas. As ruas largas e agitadas de Manhattan, com buzinas estridentes, motores assobiando e pessoas falando alto demais em seus celulares parecem feitas para saltitar nesta primeira e bela noite.

Eu faço uma dancinha com esses ruídos, tomando cuidado para evitar todas as rachaduras no concreto e os grandes buracos com estrutura de metal que parecem perfurar a calçada a intervalos cada vez maiores. Portas de porão, eu percebo, mas só depois que vejo algumas daquelas armadilhas enferrujadas se abrindo, homens de avental subindo das escadas escondidas para a rua com caixotes de flores e sacos de frutas nos braços. Não tenho ideia de onde eles trazem esses presentes. Que jardins eles têm cultivado debaixo dos meus pés? Talvez haja outra cidade inteira vivendo e prosperando abaixo. O pensamento me faz acelerar o passo e deslocar o corpo para mais perto do meio-fio, para longe daqueles buracos e desses homens. Acabei de me içar a esse novo mundo; não quero nada nem ninguém me puxando de volta para baixo.

Enquanto sigo mais para o norte, movo minha cabeça da esquerda para a direita, para cima e para baixo, apreendendo todas as coisas pouco familiares, saudando cada placa de rua verde e branca, cada Estátua da Liberdade na loja de presentes, algumas do tamanho de uma criança. Os sinais *halal* e *kosher* piscam em boas-vindas nos restaurantes muçulmanos e judaicos, e o homenzinho do semáforo pisca para mim. É o meu batimento cardíaco que está tão acelerado quanto a cidade agora, absorvendo tudo, e eu tenho o impulso repentino de estalar meus dedos e chamar um táxi, como é feito nos filmes. Mas o tráfego vai para o sul nessa rua, os carros ziguezagueando para a esquerda e para a direita enquanto passam por mim, tomando e cedendo centímetros um do outro, na melhor das hipóteses, e ninguém parece estar chegando a lugar nenhum mais rápido do que eu.

Com os pés doendo e os músculos rígidos por causa da longa viagem de ônibus, penso em ligar para Noah e perguntar o caminho mais curto até seu apartamento. Mas ainda não nos falamos. Não de verdade. Mensagens enviadas às pressas e respondidas com rapidez não contam, e eu nem sei o sobrenome dele. Pensando bem, é provável que eu devesse ser um pouco cautelosa. Um homem abrindo sua casa desse jeito para uma estranha. *Quarto disponível*, dizia o anúncio. *Cama própria, banheiro compartilhado.* Como se também fosse normal dividir a cama. *Trezentos dólares por semana — tudo incluído.* Eu não sei o que significa *tudo incluído.* Espero que signifique café da manhã ou pelo menos uma xícara de café. Reservei o quarto por uma semana para começar e isso vai custar metade do dinheiro no meu bolso. Não me permito pensar no que pode acontecer depois que esses sete dias acabarem, exceto para me lembrar de que uma semana é tempo suficiente para encontrar outro caminho. Se houver algo de errado com esse tal de Noah de sobrenome desconhecido, simplesmente vou descobrir esse outro caminho, e rápido.

Não é como se eu nunca tivesse feito esse tipo de coisa antes. Só que, desta vez, se eu tiver que recomeçar, farei isso na cidade de Nova York.

Apesar dos meus pés doloridos, sinto um lento crepitar de excitação, como se esta cidade estivesse incinerando o meu sangue. Voltei ao lugar em que fui concebida. Todos aqueles anos de mudanças pelo Centro-Oeste, sem conhecer as crianças da minha classe, nem o nome do último namorado da minha mãe ou onde ela estava quando não voltava para casa à noite — foram apenas lições. Uma preparação para isso: para caminhar com as minhas próprias pernas, da melhor maneira possível, sem ser percebida. Vinte e quatro horas depois de chegar ali, tantos anos atrás, minha mãe passou a contar com a simpatia de estranhos. Não farei isso com esse tal de Noah, mesmo que ele acabe sendo a pessoa mais legal de Nova York. Eu não farei isso com ninguém aqui. Conquistei minha independência e não desperdiçarei meu futuro em algo que adquiri com tanto esforço. Tenho 79,1 anos prometidos para mim, essa é a expectativa de vida que eles deram às meninas nascidas em 1996, como eu. Aprendi isso na segunda ou terceira série, em uma escola qualquer de alguma cidade que não consigo lembrar, mas nunca esqueci o número — 79,1 anos — ou como me senti ao contar os que eu já havia gastado. Subtraia os anos da expectativa de vida de uma garota e veja o que me sobrou. Aqui, esta noite, no meu aniversário de dezoito anos, tenho mais de sessenta anos pela frente. Vou fazer um mundo inteiro desses anos, começando agora.

Mais tarde, quando chegarmos à próxima parte, não demorará muito para um homem, com os dedos no meu pescoço, provar que estou errada. Ele vai zombar da minha sinceridade, rir da ideia de uma garota como eu fazendo seu próprio mundo. Ele terá tanta certeza do próprio direito sobre o meu corpo que não deixará nada além da memória daquela garota para trás.

Continuaremos voltando a essa parte. Não importa o quanto eu tente, as ruas e os sons de Manhattan desvanecerão, os homens com suas frutas e suas flores desaparecerão e nós acabaremos lá embaixo, nas rochas. É inevitável, não importa o quanto eu tente distrair você. Porque esta noite agitada e cheia de esperança é apenas uma parte da minha história. A outra parte é esta: há o corpo de uma garota morta esperando lá embaixo nas margens do rio Hudson.

O homem que fez isso a deixou ali e foi para casa. E logo haverá uma mulher solitária que olhará para baixo, do outro lado, para a garota morta. Posso ver essa mulher solitária chegando ou já vê-la ali, e ela está mais triste do que eu jamais fui, porque sua tristeza ainda está fervilhando. Ainda não transbordou e escaldou sua vida, o que a faz sentir que nada importante, nada significativo, jamais aconteceu com ela.

Eu estou prestes a acontecer na vida dela.

2

Ruby Jones não faz ideia de quantos anos ela tem. Ou melhor, ela sabe a própria idade apenas em relação a calendários e datas. O número em si permanece estranho, essa contagem de seus anos na página, como se a idade em que parou fosse um lugar irrefutável, um marco traçado em um mapa. Em outras palavras, Ruby Jones não se sente com trinta e seis anos. Essa idade que ela anota em formulários, o número de velas em seu bolo, sempre a confunde. Tanto que ela ficou conhecida por ter um choque de surpresa ao descobrir que essa ou aquela mulher famosa, alguém cuja vida ela observou de longe, na verdade é muito mais jovem do que ela. Ruby poderia jurar que essas mulheres, com suas múltiplas carreiras, seus múltiplos casamentos e múltiplos bebês, são da mesma idade que ela. Talvez até mais velhas, com tantos acontecimentos espremidos em suas vidas.

A verdade é esta: Ruby deixou de ser bonita há, aproximadamente, três anos. Embora os filtros de câmera sejam projetados para esconder as provas dessa questão hoje em dia, a realidade que ela vê no espelho todas as manhãs é o queixo duplo, a linha do bigode chinês na boca, o estômago alto e os quadris cheios. Ela não teve a oportunidade de envelhecer com alguém, tendo apenas a si mesma ao acordar a cada manhã, e isso é o que ela vê. Uma mulher que já não é mais linda, ainda é *sexy*, talvez até bonita às vezes, mas agora há pouca juventude em suas feições. Ela não consegue mais parecer jovem sem artifícios e isso ela não pode negar.

Como ter trinta e seis anos, então? Como entender na profundidade do seu ser o que isso significa quando não é nada como eles disseram que seria. *Eles.* A sua mãe. As revistas femininas. Os autores que escreveram seus livros favoritos quando era adolescente. Pessoas que deveriam saber melhor do que ninguém. O que Ruby sabe com certeza é que, de repente, ela está mais velha do que imaginou. E é assim que, no meio de uma pista de dança improvisada em Apollo Bay, a três horas de viagem de Melbourne (e a meio mundo de distância de onde ela quer estar), com canções dos anos oitenta explodindo nos alto-falantes baratos, Ruby Jones toma a decisão de jogar aqueles trinta e seis anos que acumulou para o alto, fechar os olhos e ver para onde eles se espalharão.

Ela não entenderá completamente o gesto enquanto ele acontece, letras de canções que nem lembra berrando em seu ouvido, amigos tropeçando uns nos outros, puxando-a para seus círculos. Ela está bêbada, eles estão bêbados. Sally, a noiva, vai acabar vomitando na praia à medida que a meia-noite se aproxima e Ruby vai segurar o cabelo dela para trás, acalmá-la e lhe dizer como o dia foi mágico.

— Queria que você também tivesse alguém que te amasse — Sally murmurará quando terminar, com o rímel borrado em seu rosto. — Você é uma garota incrível. Nossa preciosa Ruby.

Essa frase. Esse casamento. Essa noite de final de verão com copos tilintando, danças com pés descalços e uma garoa. Tudo se tornou demais para a "preciosa" Ruby (ou muito pouco, ela vai decidir quando estiver pensando com mais clareza). Suas amigas em suas roupas caras, bebendo seu vinho chique, passando drogas disfarçadamente entre os discursos e as músicas. Sally, bêbada e chorando, usando um vestido para o qual fez dieta durante todo o verão, casando-se com o cara maravilhoso que conheceu no Tinder apenas um ano atrás. O "deslizar para a direita", eles declararam em seus votos, e Ruby não conseguia lembrar por nada na vida se esquerda ou direita era a maneira de dizer sim.

Mais tarde, na casa de praia que ela e seus amigos alugaram para o fim de semana, Ruby pega um travesseiro, um cobertor e, silenciosa, vai até a varanda do andar de baixo. São três da manhã e todos desmaiaram em suas camas compartilhadas, casais aninhados um no outro ou roncando inconscientemente de costas um para o outro. Como sempre, Ruby é a única solteira no grupo. Embora ela não se considere exatamente solteira, pelo menos não em seu íntimo. Deve haver uma palavra melhor para descrever o estado em que ela se encontra.

Sozinha.

Essa palavra serve, ela pensa, sentando-se em um sofá de vime úmido. Alguém havia removido as almofadas do assento, Ruby as vê empilhadas sob a borda da sacada do segundo andar acima dela, mas não tem energia para arrastá-las até ali. Começou a chover forte agora e ela está feliz com o desconforto, com a umidade em seu rosto e com a base do sofá inflexível pressionando seu quadril. De volta ao seu quarto, o mundo havia começado a girar. Agora ela vê o breu do oceano e ouve a água escura da baía batendo contra a areia. É como se o som estivesse vindo de dentro dela, como se ela fosse a única subindo e descendo. Após algum tempo, Ruby percebe que está chorando ali fora, na varanda, sozinha com a chuva, as ondas e o céu sem estrelas. Ela está chorando tão alto quanto a chuva, todo o fardo acumulado ao longo dos últimos anos emergindo. Não era nesse lugar que pretendia estar.

Ruby entende, nesse momento, que a vida parou de acontecer a ela. Ela ficou parada no meio de muitos verões e invernos, de muitas pistas de dança e festas de outras pessoas e, simplesmente, acordou no dia seguinte mais velha do que antes. Por muito tempo, nada mudou. Ela fez uma pausa enquanto o homem que ama vai conquistando a vida dele, oferecendo o menor dos espaços para ela se encaixar, pedindo a ela que se diminua para que ele possa mantê-la bem ali. Sozinha.

Sozinha, ali.

Ela não quer mais estar ali.

O plano não está totalmente claro com a aproximação do amanhecer; ondas, chuva e lágrimas saturam tudo ao seu redor. Ruby não vai entender o que está fazendo, nem mesmo alguns dias depois, quando juntar as economias de sua vida e reservar sua passagem só de ida do aeroporto Tullamarine, em Melbourne, para o JFK. Ela só sabe que não pode mais ficar ali. Precisa, desesperadamente, que algo, qualquer coisa, aconteça para tirá-la de seu estado atual, e Nova York parece um lugar tão bom quanto qualquer outro para se reinventar.

Desta forma, nossos mundos estão girando mais perto a cada segundo.

TENHO UMA IMAGEM DELA NO AVIÃO, CHEGANDO MAIS PERTO. A maneira como Ruby continua voltando para a Austrália, desorientada, de tal modo que está, ao mesmo tempo, a mais de dez mil metros acima de sua antiga vida e presa bem no meio dela. Vejo suas memórias tocando como se fossem uma *mixtape* antiga, uma compilação das melhores músicas que ela já ouviu muitas vezes, mas, lá em cima, no ar, até os menores momentos parecem tingidos de tragédia. A maneira como ele olhou para ela quando... A primeira vez que eles... A última vez que ela... E agora ela está empurrando o dedo indicador com força contra a pequena janela do avião, piscando para conter as lágrimas. Ela vê sua unha ficar branca, pequenos pingentes de gelo perfeitos se formando do outro lado do vidro grosso. Ao seu redor, as pessoas já reclinaram seus assentos e começaram a roncar, mas sei que Ruby está bem acordada durante todo o voo, assim como eu estou bem acordada durante toda a viagem de ônibus de Wisconsin, nesse mesmo dia em que fazemos nosso caminho para a cidade de Nova York.

E, assim como eu, Ruby Jones não pode deixar de passar a jornada recordando, de novo e de novo, o amante que ela deixou para trás. A prova dele. Para mim, é uma câmera roubada. Para ela, é a última mensagem que ele enviou pouco antes de ela embarcar no avião.

Senti sua falta. Pretérito.

Senti sua falta.

Como se já houvesse anos entre eles, não horas.

CHEGAMOS COM POUCOS MINUTOS DE DIFERENÇA UMA DA OUTRA.

— Para onde? PARA ONDE, senhora?

O taxista do movimentado ponto no aeroporto JFK fala mais alto na segunda vez, meio que gritando com Ruby, e ela pisca para não pensar na amplitude da pergunta dele, em seu vazio chocante. Ele só quer um endereço. Ela tem um endereço; ela pode dar a ele um endereço, se sua mente privada de sono se lembrar dos detalhes.

— Eu... hum...

Ruby lê o nome de uma rua e o número de um prédio em seu celular, soando mais como uma pergunta. O motorista bufa em reconhecimento e entra na linha sinuosa de tráfego que sai do aeroporto. Está escurecendo, há um tom cinza no ar, algo vítreo sobre seus olhos. Ela tenta se livrar da letargia de mais de trinta horas de viagem, tenta encontrar uma pequena parte preservada de si mesma que está empolgada por chegar ali. Ela se sentiu assim, brevemente, quando pousou no aeroporto de Los Angeles: um curto momento de braços abertos com toda a liberdade à sua frente. Mas isso foi horas atrás, horas de trânsito e café ruim, antes que outro voo a sacudisse três horas à frente, de modo que ela perdeu o sol duas vezes e já não tem ideia de que horas são.

Enquanto Ruby olha pela janela do táxi para seu novo subúrbio que passa como um borrão, ela pensa que talvez a primeira vista do famoso horizonte de Nova York a anime; uma ponte icônica que ela reconhecerá ou um daqueles edifícios familiares, iluminado como uma árvore de Natal. Até agora, são sacolas plásticas cinzas circulando como pássaros inchados nas árvores e uma rodovia colada nos quintais inclinados das casas de ardósia; se puder apenas manter os olhos abertos, apenas aguentar, ela sabe que essas casas, *outdoors* de igreja e cercas de arame logo darão lugar à água cintilante, às luzes de néon e àqueles famosos edifícios de metal, estreitos como dedos, acenando. E com esse último pensamento, Ruby reconhece que está delirando. Vendo pássaros inchados e dedos acenando — agora ela deve estar mais sonhando do que acordada.

(Estou pisando em rachaduras, dançando ao redor das pessoas, acenando para minhas placas de rua e estátuas, enquanto ela pressiona a testa no vidro da janela do lado do passageiro, observando aqueles dedos que acenam. Em que ponto dessa jornada nossos caminhos começam a se cruzar?)

Lutando para manter os olhos abertos, Ruby deseja que o motorista vá mais rápido. Ela se pergunta se ele sabe que papel importante está desempenhando em sua vida neste momento, como está entregando-a a um novo mundo, a um começo das coisas. Enquanto o motorista fala com alguém ao celular, sua voz tão baixa que chega a ser indecifrável, Ruby reconhece que esse homem não se importou nem um pouco com ela ou com a forma como seu coração aparentemente subiu até a garganta. Está claro que não é nada novo para ele transportar outra alma perdida e esperançosa para seja o que for que a aguarde na cidade de Nova York.

Ela observa as mãos dele deslizarem pelo volante, cada volta como um relógio em contagem regressiva, e entende que não tem importância para um estranho que ela tenha ido até ali sem planos, sem calendário de eventos. Ele só quer levá-la, deixá-la em seu destino e voltar para a pessoa com quem está falando; talvez ele mesmo apareça na porta de alguém. Ruby é uma tarefa a ser concluída, irrelevante para ele e para Nova York. Aquele brilho de néon fora de sua janela fica cada vez mais forte. De repente, ela sente vontade de rir.

Eu poderia mudar meu nome, inventar uma vida. Estou anônima a este ponto, devaneia.

E então.

— Chegamos.

— O que…?

O carro para subitamente e o taxista se vira para Ruby.

—Você chegou.

Ele aponta para um prédio de cinco andares à sua direita. Andaimes de um andar de altura correm ao longo da fachada e uma série de escadas de incêndio em ferro forjado serpenteiam até o telhado, dando a impressão de um prédio em perpétua construção. Ruby vê que os números acima da larga porta da frente correspondem aos que ela leu para o motorista no JFK.

Lutando para pegar a carteira, Ruby dá uma grande gorjeta e o motorista finalmente olha para ela agora, balança a cabeça levemente antes de abrir o porta-malas e içar as malas dela para a rua.

Observando o táxi se afastar, Ruby luta contra a vontade de acenar para que ele volte e de pedir para retornar ao aeroporto. No entanto, conforme o táxi amarelo se afasta, ela arrasta as malas para subir os degraus de concreto que levam à sua nova casa e, depois, usa o cotovelo para apertar a campainha em que está escrito *Aperte aqui.* Ela ouve o eco de sua chegada do outro lado enquanto espera, tremendo, a porta à sua frente se abrir.

A MINHA ABRE COM UMA BATIDA.

Enquanto Ruby Jones era deixada em sua nova porta de entrada, eu estava seguindo o ponto azul do meu celular até o final do Central Park e depois desviei, do jeito que o mapa me dizia para fazer. Mantendo o rio Hudson à minha esquerda, as lojas logo se transformaram em apartamentos e sacolas de lixo doméstico começaram a aparecer nas calçadas. Fileiras de árvores finas e desfolhadas começavam a crescer do asfalto, cercas altas transformavam cada uma dessas árvores em minúsculos jardins murados e estava claro, por mais estranho que aquilo tudo me parecesse, que eu havia alcançado as ruas onde as pessoas moravam. O ritmo frenético do centro parecia a um mundo de distância dali do Upper West Side, o céu noturno sobre a minha cabeça, as ruas residenciais quase vazias. Apesar disso, eu não estava preocupada; ainda conseguia sentir a presença de pessoas nas ruas próximas, sentir a vida acontecendo ao redor. Fora um pequeno salto involuntário quando um homem fumando em uma porta assobiou para mim, eu me senti estranhamente calma quando me aproximei do prédio de Noah.

Parada. Meu coração está na minha garganta quando bato na porta, como se o gesto estivesse puxando toda a minha coragem para fora de mim. Estou suando um pouco, depois de entrar no prédio e subir um lance de escadas estreitas, a Leica pressionando o meu corpo. Diversas portas permanecem fechadas para mim e, então, aquela que eu procurava está bem na minha frente.

Cama própria, banheiro compartilhado. Trezentos dólares por semana — tudo incluído...

Sim, vou pagar em dinheiro... Não, não sou alérgica a cães...

Aqui está o endereço completo. Se você for pegar o trem, a parada mais próxima é a 96ª com a Broadway...

> *Vou viajar de ônibus, devo chegar por volta das 9...*

> Como quiser.

Como quiser. Uma despedida estranha, pensei naquele instante. Mas apreciei a eficiência desse Noah em todo o processo. Negócio feito com algumas mensagens de texto, mal fez perguntas. Nada de sutilezas desnecessárias ou bate-papo. Enquanto minha batida ecoa na madeira entre nós, percebo que nem mesmo sei como é a voz dele. A porta do apartamento de Noah se abre e vejo primeiro um olho azul, depois o topo de um boné azul-escuro. Um sapato preto engraxado. E então algo frio e úmido roça minha mão. Antes que eu tenha tempo de recuar, um grande cachorro marrom empurra a porta entreaberta e se lança em cima de mim.

— Franklin!

Noah aparece em relances entre as patas e o pelo cor de chocolate, puxando a coleira do cachorro, e nós três tropeçamos pela porta juntos, uma risada irrompendo de mim de uma fonte que eu nunca soube que existia. Ela tem um efeito imediato, como água fria em um dia quente. Qualquer tensão que eu sentia se solta, como a alça da minha bolsa quando a deixo cair no chão. Por um segundo, Noah e o cachorro desaparecem e sou apenas eu, de pé, no cômodo mais lindo que já vi. A madeira polida brilha sob meus pés e janelas altas e largas acima de assentos com almofadas grossas dão lugar a paredes com livros e sofás grandes o suficiente para se deitar neles. Posso ver pequenos brinquedos de cores vivas, ossos, galinhas de borracha e bolas de tênis, todos espalhados pelo chão e — fico de boca aberta — um piano preto reluzente do outro lado da sala. Acima dele, há um lustre enorme e brilhante, algo que eu nunca, jamais, tinha visto na vida real. Cada pedaço de cristal pendurado é tão delicado, tão perfeitamente formado, que logo penso em gotas de chuva. Ou lágrimas.

Um pensamento estranho me ocorre e pousa em meu ombro como uma pena. Quanta tristeza essa sala já viu?

E agora estou ciente de Noah, segurando a coleira do cachorro, os dois me olhando. Com os olhos e a boca bem abertos como um peixe na areia, sei que acabei de me entregar. Eu poderia muito bem ter tirado os seiscentos dólares em dinheiro que tenho na bolsa e admitido que isso é tudo que tenho no mundo. Não fiz isso, mas deve ser bem óbvio, até mesmo para o cachorrão, alguém que está acostumado a coisas boas. Eu me viro para olhar, olhar *de verdade*, para o homem que mora ali, o dono do piano, e do lustre, e dos livros, e do cachorro. Ele está me encarando com a mesma intensidade, um meio sorriso puxando o canto esquerdo de sua boca. Vejo agora que ele é *velho*. Velho como um avô, talvez com sessenta e cinco ou setenta anos, e é mais baixo do que eu. Ele está vestindo um daqueles suéteres chiques, aqueles em que é possível ver o colarinho de uma camisa saindo de baixo, e parece que ele não tem mais cabelo sob o boné dos Yankees. Tufos de sobrancelha, olhos azul-claros. Aquele meio sorriso dele, dedos longos e finos estendidos na minha direção.

— Olá, Alice Lee — cumprimenta. — É um prazer te conhecer. Franklin — Noah gesticula para o grande cachorro marrom que agora se estica na minha direção — obviamente concorda.

Mais tarde, quando eu olhar para trás, para todos os começos que me levaram, passo a passo, em direção ao rio, verei que este foi o mais gentil de todos eles. Apertando a mão macia e quente de um velho e, em seguida, fazendo um *tour* por seu apartamento com um grande cachorro marrom nos guiando. Toalhas limpas na cômoda do quarto e um armário com cabides vazios, caso "deseje pendurar suas coisas". A oferta de um café tarde da noite — "Sim, por favor" — e o balançar de cabeça: "Não, não se preocupe com isso agora", quando eu me ofereci para pagar adiantado pela minha estadia de uma semana.

— Há tempo o suficiente para isso, Alice. — declara Noah, olhando por cima do ombro enquanto sai para fazer o café para mim.

Eu me sento com força na beira da minha nova cama, com Franklin aos meus pés. Sete noites. Metade do meu dinheiro se foi. Ainda assim, a mesma risada brota de mim novamente. Aquela que parece água fria em um dia quente.

—Você vai ficar bem, Alice Lee — digo em voz alta para as toalhas e os cabides e o cachorro cor de chocolate. E, nesse momento, me sinto bem em acreditar nisso.

RUBY JONES NÃO ESTÁ NADA BEM.

Para começar, seu corpo e os relógios dizem coisas diferentes. Ela está na cidade de Nova York há algumas horas, mas se sente tão desorientada que poderia estar lá há dias ou há poucos minutos. Quando ela abriu a porta de sua quitinete, não queria nada mais do que rastejar direto para as cobertas da ampla cama baixa, situada a apenas um passo do batente da porta. Mas ainda era cedo, então, ela colocou um casaco grosso e se aventurou um quarteirão até a Broadway, na esperança de esticar as pernas doloridas. Exausta pela longa viagem, Ruby lutou para enxergar os andaimes de construções intermináveis, as lojas, as rachaduras na calçada, as pessoas andando rápido demais, falando muito alto como se não fossem cenários e figurantes em um *set* de cinema. Presa em algum lugar entre a realidade e o delírio, ela vagou pela rua, sem rumo e com frio, antes de comprar uma fatia de pizza de queijo por 1 dólar e vinte e sete centavos e uma garrafa de vodca Grey Goose de cinquenta e nove dólares para conseguir engolir. Levando a primeira ceia nova-iorquina para o quarto, ela logo se sentou de pernas cruzadas no meio daquela cama baixa, lambendo a gordura dos dedos e bebendo vodca direto da garrafa.

Olhando-se no espelho de corpo inteiro em frente à cama, Ruby não pôde deixar de rir um pouco, com a mão pressionada contra a boca para não deixar o som escapar. A mulher naquele espelho tinha o cabelo quase tão oleoso quanto a fatia de *pizza*, as bochechas vermelhas e os lábios estavam começando a rachar. Que início indigno para sua aventura, ela reconheceu, puxando a pele solta e roxo-escura sob os olhos, fazendo um balanço completo de seu cansaço antes de voltar com a garrafa de vodca à boca.

Isso é tão emocionante, Ruby! Que coisa incrível de se fazer! Meu Deus do céu, você é tão corajosa!

Depois que anunciou seu plano de se mudar para Nova York por seis meses, parecia que todos falavam com ela em exclamações. Havia algo no que ela estava fazendo — largando seu emprego, dando a maior parte de seus móveis e roupas, compactando sua vida em duas malas azul-metálicas — que parecia inspirar as pessoas, suas novidades provocaram olhares sonhadores e confissões silenciosas em todos os lugares a que ia. *Eu sempre quis... Eu gostaria de ter... Talvez um dia eu vá...*

Por um tempo, Ruby teve acesso a um mundo de desejos secretos, compartilhados, sem ter pedido, por estranhos e amigos. Agora, com a vodca em seus lábios, a sala oscilando ligeiramente, ela acha esquisito pensar em todas essas pessoas vivendo à frente, em algum lugar no amanhã de Melbourne. Com seu novo fuso horário, ela viverá o tempo todo atrás deles, perseguindo horas há muito tiquetaqueadas na Austrália, embora as pessoas em casa presumam que ela é a única que está à frente. Tirando um período sabático, autodeclarado, para morar em Nova York só porque pode. Ela poderia muito bem ter dito às pessoas que estava indo para a lua.

— Sou corajosa ou apenas louca? — pergunta para a garrafa de vodca, e para o quarto, e para o seu reflexo nebuloso, e nenhum deles oferece uma resposta satisfatória antes de ela cair no sono.

E agora são duas da manhã, a primeira em Nova York, e ela está bem acordada. Os lençóis estão encharcados de suor e, quando Ruby se levanta para ir ao banheiro, sente que está caindo para a frente, como se o seu corpo quisesse estar em outro lugar. *Em outro lugar.* Mas ela já está em outro lugar onde nunca esteve. Ali nesta cidade de — quantos agora? Oito milhões? Nove? Não importa, já que ela conhece exatamente duas pessoas desse número, ex-colegas que deixaram claro que adorariam se encontrar para ficarem em dia sobre suas vidas, *em breve, Ruby. Quando você estiver acomodada.*

Bem, ela pensa. *Aqui estou!* Já acomodada. E de forma alguma se sentindo muito corajosa.

O que aqueles amigos e estranhos em Melbourne pensariam dessa confissão?

Voltando do banheiro, ainda instável, Ruby se senta na beirada da cama no mesmo instante em que uma sirene começa a tocar na rua.

É um som familiar no escuro, ainda assim, de alguma forma, diferente dos chamados de ambulância que ela está acostumada a ouvir em casa. Mais melancólico, talvez. Ou — agora ela vai até a janela, espreitando a rua vazia — essa sirene de Nova York, de certa forma, parece resignada. Cansada de tanto uso, como se as piores tragédias já tivessem acontecido. É outra meditação induzida pelo delírio, essa prescrição da poesia para uma coisa comum, mas também é outra coisa. O início de um novo tipo de solidão, na qual Ruby logo se verá falando com objetos como se fossem pessoas, conversando com sua escova de cabelo, suas garrafas de vodca e os travesseiros em sua cama, só para dizer qualquer coisa. Nessas primeiras horas, é como se Ruby sentisse esse isolamento iminente, os dias que virão em que ela mal falará com alguém, a menos que esteja fazendo seu pedido de café da manhã ou agradecendo a estranhos por segurarem a porta.

Afastando-se da janela nessa primeira manhã solitária, fechando as cortinas para não ver as pilhas de sacos de lixo pretos, e os andaimes, e os carros estacionados, espalhados pela rua abaixo, Ruby admite que dormir não é mais uma opção. Em vez disso, ela desfaz suas malas com cuidado, pendurando seus vestidos e jaquetas, arrumando seus sapatos. Terminada a tarefa, com as malas vazias, guardadas perto da porta, ela compila uma lista de coisas capazes de fazer com que esse quarto, com roupa de cama limpa e banheiro privativo, a ajude a se sentir mais em casa. Um copo de vodca. Uma vela. Pratos para o micro-ondas no canto e um vaso para flores frescas. Pequenas âncoras, bugigangas para lembrá-la de que agora ela mora ali.

Ali. A dezesseis mil quilômetros de Melbourne.

Dezesseis mil quilômetros longe dele.

Entenda, nós duas tivemos que ir embora. E talvez este próximo pensamento de Ruby esteja certo, com ela enfrentando a vodca, o distúrbio temporário do sono e a luz cinzenta do início da manhã.

Talvez as pessoas que parecem corajosas estejam apenas fazendo o que têm que fazer. Então, não é uma questão de coragem fazer as malas e deixar uma vida, apenas a falta de qualquer outra opção e a repentina percepção de que você, provavelmente, não tem mais nada a perder.

Posso estar em um sono profundo nessa primeira manhã, enquanto ela faz suas listas e tem seus pensamentos delirantes. Mas não se engane. Apesar de termos vindo de lugares muito diferentes, Ruby Jones e eu podemos muito bem ser a mesma pessoa quando se trata de como chegamos ali, na cidade de Nova York.

3

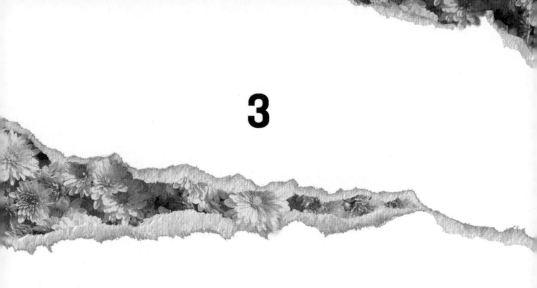

Deixe eu contar a você sobre os meus primeiros sete dias.

É como se eu estivesse vivendo dentro de um daqueles musicais antigos das tardes de domingo que você não pretende continuar assistindo, mas tudo é tão brilhante e alegre que você não consegue desviar o olhar. Mesmo quando chove, o que acontece bastante, não há céu cinzento ali, não para mim. Às vezes, quando estou vagando pelo centro da cidade, paro no meio da rua para olhar o *Edifício Chrysler*, apenas por um segundo, brilhando em direção ao céu alguns quarteirões a leste, na avenida Lexington. Eu o acho lindo, do jeito que uma *miss* dos velhos tempos é linda, toda cintilante de prata, faixa e coroa. Sempre aceno sutilmente para ele, embora não ache que ninguém perceba, e então atravesso a rua para não ser atropelada por um ônibus metropolitano ou por um táxi buzinando.

Agora conheço a viação metropolitana. Conheço a parte residencial e financeira, e a maneira como a Broadway vagueia por Nova York como um rio. Conheço bairros e quarteirões e sei em que lado da calçada me manter. Eu nem tenho mais medo daqueles alçapões, aqueles que levam para porões cheios de flores, frutas e todas as outras coisas imagináveis. É como se a menina que chegou uma semana atrás morasse há um ano nesta cidade. Isso mostra o quanto as coisas já fazem sentido e de uma forma como aquelas pequenas cidades da minha infância nunca fizeram.

Há tantos lugares que ainda tenho para ver, mapas totalmente novos que estou fazendo, mas, por enquanto, é suficiente acenar para o Edifício

Chrysler e caminhar quarteirão após quarteirão, fotografando cada coisa nova que encontro. Adoro olhar a cidade através das lentes de uma câmera; tudo muda quando você é o observador em vez de o observado. Isso deve ser algo que meu pai entendeu, e o Sr. Jackson também. O controle sereno sentido ao respirar fundo, focar e clicar. Talvez as coisas tivessem sido diferentes para minha mãe — talvez as coisas tivessem sido diferentes para mim — se ela também estivesse do outro lado da câmera. Quando me permito pensar nela, realmente desejo que eu tivesse a chance de lhe mostrar o que capturei desta cidade que ela amou e deixou cedo demais.

Mas, olha só, não sei se as fotos que tirei são boas. A velha Leica não é como outra câmera que já usei antes, e ainda estou aprendendo como segurá-la, como mover o anel de foco com o polegar de uma das mãos e manter o pequeno aparelho firme com a outra. O visor é minúsculo; no começo, eu não conseguia ver nada pela janelinha, mas, depois de uma semana, acho que estou pegando o jeito. É como aprender a ver de uma maneira totalmente diferente. Quando você faz a regulagem, dimuindo a abertura da lente, os objetos de fundo entram em foco. Como se estivesse puxando o mundo para dentro de você, trazendo-o para mais perto. Nada mais parece tão distante.

Devo agradecer sobretudo a Noah. *Realmente* agradeço a ele. Todas as noites antes de dormir. Porque agora que meus primeiros sete dias acabaram, ele está me deixando ficar sem pagar aluguel em seu apartamento até que eu consiga um emprego e possa pagar minhas próprias despesas. Foi assim que ele descreveu quando fez sua oferta entre um café e *bagels* frescos, no meio da primeira semana. Respondi naquele instante que não queria ser um caso de caridade. Mas eu já havia me apaixonado pelo meu quarto, pelo piano e pelas janelas altas.

— Como você chama essas janelas, afinal? — perguntei a ele, olhando para a rua, sabendo que sentiria falta da pressão constante do focinho molhado do Franklin na minha mão. Além disso, estava claro desde o início que seria fácil conviver com Noah. Ele gostou das minhas perguntas sobre aonde ir e o que ver na cidade, e ele mesmo não fez muitas perguntas, embora eu tenha compartilhado um pouco sobre a minha vida naquele café da manhã.

— Não quero ficar dependendo de você — eu disse. — Não depois de tudo o que passei. Mas eu queria muito, muito mesmo, ficar aqui.

Esta é a nossa solução: vamos manter um diário na porta da geladeira, um registro dos meus dias ali. Noah deixa uma nova marca todas as manhãs, um rápido movimento de tinta preta em uma folha de papel branca, para que tenhamos uma anotação do que precisarei pagar a ele algum dia. À medida que os dias se transformam em semanas, as marcas pretas se espalham pela página, mas nunca consigo de fato somá-las. No começo das coisas, eu meio que as vejo como a soma da minha sobrevivência.

Se eu conseguir ali...

Você sabe quantas músicas existem sobre Nova York? Quando se mora ali, é como se você participasse do segredo. Lembra quando eu disse que não desperdiçaria minha independência? Se você soubesse o que veio antes. Nem mesmo as coisas que contei ao Noah, mas as que aconteceram antes disso, e as antes disso e as antes disso. Bem, você entenderia por que desta vez entreguei meu coração a um lugar, não a uma pessoa.

Caramba, pode imaginar? Que um lugar possa parecer uma pessoa? Que um lugar possa confortar você, cantar para você e surpreender você? Um lugar onde apenas sair do metrô para a rua pode lhe causar aquela sensação de efervescência sob a pele que se tem antes de beijar alguém? Quando contei isso a Noah, quando disse que foi quase como se tivesse me apaixonado por Nova York, ele sorriu de maneira engraçada e me chamou de *Pequena Joan*, e ainda não sei o que isso significa.

(Na verdade, ele diz muitas coisas que eu não entendo.)

A questão agora é a seguinte: estou feliz. Sempre que meus sentimentos de preocupação retornam, eu simplesmente saio, não importa a hora, e perambulo pelas ruas, avenidas e trajetos perto do rio até me livrar da preocupação. Ah, e tem isso! Noah me comprou um par de tênis. No quinto dia, voltei para casa de uma longa caminhada e lá estavam eles em uma caixa na cama, o preço riscado, apenas a parte com noventa e sete centavos do adesivo estava legível. Roxo, de sola grossa, com cheiro de borracha, de tinta e de coisa nova. Foi como deslizar meus pés para o futuro. Para todas as possibilidades diante de mim. Foi o que senti e posso ter chorado um pouco, mas não contei isso a ele, nem lhe agradeci em voz alta, porque já sei que ele não gosta desse tipo de coisa. Apenas escrevi um "T devo 1" no bloco de *post-it* da cozinha, colando a palavra "Tênis" na porta da geladeira, ao lado do nosso registro de dias.

É estranho pensar que, apenas uma semana atrás, tudo o que eu tinha estava em contagem regressiva para o nada, desde o meu dinheiro esgotado até o único rolo de filme preto e branco na minha Leica e os meus sapatos de sola fina. Minha vida era só subtração e me agarrar ao que sobrou. Agora, o cálculo mudou, a vida me girou, me completou e estou tonta de felicidade. Estou morando no apartamento de um estranho, em uma cidade desconhecida, e ambos me fazem sentir pertencente a esse lugar. Noah, com seu diário de registros e os sapatos novos que me deu de presente, sabia, mesmo sem perguntar, que toda aquela caminhada machucava os meus pés. E a própria Nova York me batizava com sua chuva de primavera, deixando nós duas limpas. Esta minha nova cidade antiga, onde, ao olhar para a esquerda, para a direita ou para cima, a vista muda diante dos olhos. De todos os padrões, já prefiro os traços perfeitos que as avenidas fazem. O estreitamento da distância para algo que você pode ver, entender. Quando me aventurei mais para o sul ontem, uma rua entrecortou outra bem debaixo dos meus pés, sem nenhum aviso, de modo que apenas me virei um pouco para a esquerda e me perdi pela primeira vez. Senti falta da certeza das minhas avenidas na parte residencial da cidade, dos largos cruzamentos da Columbus e Amsterdã, e peguei o trem para casa.

Casa.

Quando estou lá fora explorando, vejo tantos trabalhadores passando por mim em seus tênis brancos e paletós. As pernas rápidas e os braços rígidos das pessoas com pressa. Eles nunca param para olhar em volta e não gosto disso. Eles nunca olham para a esquerda, para a direita ou para cima para ver a cidade de um ângulo diferente.

Observando essas pessoas passarem a cada dia, juro que, quando chegar à idade delas, nunca usarei uma saia lápis restritiva com tênis. Não andarei rápido demais para apreciar o que está ao meu redor. Vou aprender a andar de maneira lenta e graciosa com saltos bem altos, ou talvez eu fique confortável com os meus tênis, vagando pelas avenidas, mas evitando as saias lápis para sempre.

Nesses primeiros sete dias, ainda acredito que poderei decidir isso.

A APENAS ALGUMAS RUAS DO APARTAMENTO DE NOAH, RUBY MAL CONsegue se levantar da cama. É como se no momento em que ela deixou de precisar estar em algum lugar — no trabalho, no lanche com as amigas ou em suas sessões de fisioterapia duas vezes por semana —, a intensidade de sua tristeza tenha se acentuado, fazendo seus membros e suas pálpebras pesarem. Enquanto estou perambulando por Manhattan, espiando o mundo através das minhas lentes, ela permanece enfurnada em seu quarto, olhando para o teto de concreto, hora após hora. Deitada de barriga para cima, ela teve muito tempo para refletir sobre sua situação. Essa é uma crise de meia-idade que veio mais cedo? Fadiga extrema? Depressão situacional? Ou é uma simples sensação de estar sem esperança e vazia?

Em algum momento, você tem que chegar ao pior.

Alguém uma vez disse isso a ela, uma amiga argumentando para escapar de uma onda de azar. Na época, elas pensaram nisso como um autoconforto, presumindo que deveria haver um limite para seus sofrimentos. As coisas só poderiam piorar até certo ponto antes que a vida mudasse de novo. Mas agora, com os cobertores puxados até o queixo, os sons do Upper West Side retumbando do lado de fora de sua janela, Ruby se pergunta se ouviu a frase errada. Talvez sua amiga estivesse de fato dizendo que só é possível superar a tristeza por certo tempo. Ela a alcançará. *Em algum momento.* Em Melbourne, ela vivia em uma espécie de estase emocional, evitando sentir pena de si mesma ao nunca permitir que a realidade de sua situação fosse de fato absorvida. Talvez isso fosse o pior: empurrar seus sentimentos tão profundamente que calcificaram, tornaram-se uma âncora. E agora, sem nenhum lugar para estar, ninguém para ver, ela de repente se viu incapaz de se mover.

E qual é a realidade que ela tem evitado, que a mantém na cama durante toda a primeira semana na cidade de Nova York, enquanto o inverno se transforma em primavera do lado de fora de sua janela? Só isso: o homem que ela ama vai se casar com outra.

Ela sabia disso quando conheceu Ash. Não pensou nada sobre isso. Novo colega de trabalho na agência de publicidade, recém-noivo, grande coisa, muitas pessoas da idade deles se casaram. Só mais tarde, quando Ruby percebeu a pressão da mão dele em seu quadril, a força dos lábios dele em seu ombro, que isso se tornou o ponto de virada de sua vida. A data do casamento foi marcada e sua relação com o tempo mudou. O futuro continha um marco, uma data de término e, em algum lugar ao longo do caminho, ela parou de fazer seus próprios planos. Ruby tinha cada vez menos tempo para fazer Ash mudar de ideia, para ajudá-lo a desfazer aquele erro iminente, e se isso significava viver exclusivamente no presente, estar disponível sempre que ele pedisse, valeria a pena quando ele mudasse de ideia.

Só que ele não mudou de ideia.

Dentro de pouco mais de seis meses, Ash será um homem casado. A paleta de cores foi decidida, os talheres foram encomendados. As confirmações dos convites estão chegando e Emma, a noiva dele, teve duas de suas quatro provas de vestido (ela chorou na primeira).

—Você... quer vir?

Ruby nunca conseguiu decidir se a pergunta hesitante de Ash era ingênua ou cruel. Feita com o peito dele contra suas costas nuas, a mão esquerda dele descansando contra a curva da sua barriga. Agora, sozinha em uma cama diferente, do outro lado do oceano, ela entende que foram as duas coisas, e algo começa a se agitar em Ruby Jones. Um fraco calor, como se alguém estivesse soprando um fogo dentro dela, desejando que queimasse. E assim, com o oxigênio aplicado, ocorre a primeira explosão. Grande o suficiente para empurrá-la para fora da cama e fazê-la calçar os tênis de corrida. Totalmente de pé pela primeira vez em sete dias — sem contar o pequeno circuito que ela fez para encontrar comida para viagem e vodca para levar para o quarto —, ela se sente vacilante, incerta. Mas enquanto amarra os laços com nós duplos, Ruby sente a raiva correndo por ela como combustível. Ash a convidando para o casamento dele — enquanto ainda podia sentir o gosto de si mesma na boca dele — foi um rompimento deliberado, uma maneira de transformar a conexão deles em nada. Alcançar o corpo dela enquanto afastava os pensamentos, os sentimentos, o *coração* dela foi algo frio e calculado. Isso não a chocou na época, porque, para falar a verdade, é assim que sempre foi com ele.

Não é à toa que ela se acostumou a enterrar seus sentimentos.

Lá fora cai um temporal, mas Ruby nem percebe a chuva forte. Ela segue para o leste em direção ao Central Park, pisando em poças escuras e oleosas, enxugando o aguaceiro de seus olhos. Quando seus músculos começam a protestar, ela se deleita na dor e se esforça para ir mais rápido. Se é para fugir de alguma coisa, ela raciocina, será daquele terrível entorpecimento que a manteve na cama todos esses dias. Melhor sentir a dor de quadríceps tensos, saborear as batidas aceleradas de seu coração, do que deixar outro dia passar. Entrando no parque, os pés esmagando o cascalho molhado, ela se dirige para o reservatório mais próximo, a memória de um mapa em sua mente e um olhar de determinação em seu rosto.

Ao chegar ao lago, Ruby sem querer começa a correr para o lado errado. Mantendo-se à esquerda, ela corre no sentido horário como faria em casa e logo se dá conta de seu erro. Corredores vindo em sua direção franzem a testa ou suspiram, alguns balançam a cabeça ao passarem e um ou dois fingem contorná-la. Ela começa a pedir desculpas e depois muda de ideia. A teimosia a impede de se virar e correr para o lado errado/certo com a multidão, mas também há algo mais. Após anos diminuindo a si mesma, é estimulante ocupar um espaço pela primeira vez e forçar as pessoas a saírem do caminho *dela*.

Ruby ainda sente a adrenalina da corrida quando retorna ao seu prédio uma hora depois. Toda encharcada, ela tem que ficar na rua e torcer a camiseta para tirar o excesso de água antes de poder entrar. O porteiro abre um sorriso pesaroso quando ela passa por ele, mas ela sorri e diz que gosta desse tipo de clima.

— É tão refrescante!

E agora o porteiro parece preocupado, como se a súbita demonstração de positividade de Ruby o tivesse desconcertado (sim, ele notou as marmitas e a vodca, formou uma opinião sobre essa nova inquilina a partir das suas raras aparições nos últimos dias e, em privado, concluiu que ela iria embora em uma semana).

— Temos guarda-chuvas para emprestar. Se... se a senhora quiser.
— Ruby o escuta falar inseguro para suas costas enquanto ela entra no pequeno elevador no final do corredor de entrada, antes de as portas se fecharem entre eles.

Quando entra no chuveiro alguns minutos depois, Ruby se lembra do olhar alarmado no rosto do jovem e começa a rir. Ser considerada esquisita em Nova York parece um triunfo, o oposto de desaparecer. Ali, debaixo da água quente do chuveiro, ela fecha os olhos e ri tanto que chora, as emoções se misturando como tinta úmida pingando de sua pele. Este será o verdadeiro começo, ela decide. Uma espécie de batismo do qual ela sairá renovada. Saindo do chuveiro, a toalha apertada ao redor de seu corpo doído, ela vai até o pequeno armário e encontra seu vestido mais bonito. Passando os dedos no algodão macio, ela se imagina fluindo pelas ruas de Nova York no verão, deixando um rastro de cores alegres e brilhantes para trás.

Há um mundo inteiro fora dessas paredes de tijolos e ela finalmente está pronta para abrir o caminho através delas.

Esse é o pensamento que está rodando em sua mente, fazendo-a sorrir, quando seu celular vibra na mesa de cabeceira. Afastando-se do armário, Ruby pega o aparelho e verifica a tela brilhante.

> Oi.

Imagens de vestidos bonitos, de dias quentes de verão e de cores vivas desaparecem. A âncora puxa e uma segunda mensagem chega.

> Queria que você ainda estivesse aqui.

Ash.

Ruby se senta com força na cama. Ela afasta o celular e depois o puxa de volta ao peito. Ela permanece sentada por cinco minutos inteiros, o coração martelando, os dedos tremendo, antes de começar a elaborar uma resposta.

VOCÊ NÃO DEVE PENSAR QUE ELA É A ÚNICA. EU POSSO ESTAR TENDO um momento melhor agora, mas também tenho instantes em que o passado parece presente, e me puxa para dentro. Aqui está a questão: você não sai de um avião ou ônibus e deixa seu antigo eu para trás. Nenhuma quantidade de corridas ou repentinas realizações podem reconectá-lo assim. Não inteiramente, não da maneira como aqueles livros de autoajuda e programas de entrevistas diurnos fazem você pensar (eu costumava assistir a muitos deles com minha melhor amiga, Tammy). A meu ver, os estragos são carregados na sua mala, as pessoas ficam na sua mente. Em algumas manhãs, acordo com o Sr. Jackson bem ali atrás das minhas pálpebras, como se ele tivesse se enfiado na minha cama durante a noite. E às vezes — aconteceu ontem — é minha mãe que aparece, o cheiro de talco e rosas tão característico dela, seu perfume suave como a pele, inexplicavelmente enchendo o quarto. Não gosto quando isso acontece. Assim como Ruby, meu coração martela e meus dedos tremem. Mas, ao contrário dela, eu não respondo. Espero que as marteladas diminuam, o tremor passe e fico olhando para a frente. Minha mãe pode me visitar. O Sr. Jackson também, se quiser. Eu nunca os deixo ficar por muito tempo.

NO COMEÇO, DESAPARECI DE PROPÓSITO. EU ME LIVREI DE UMA VIDA que não queria, assim como Ruby. Só que, ao contrário dela, não contei a ninguém para onde fui. Nem mesmo para a minha melhor amiga. Deixei Tammy pensar que tinha ficado exatamente onde ela me deixou; eu quis escapulir da minha antiga vida sem ser notada. E se certas pessoas permanecessem na minha mente, se aparecessem na minha mala sem serem convidadas, pelo menos não seriam capazes de causar quaisquer feridas novas. Pareceu um começo, como se eu tivesse tempo para me curar de todas as feridas.

Eu queria começar de novo. Eu *queria* desaparecer.

Mas isso não é o mesmo que ser esquecida. Para deixar claro, eu nunca, jamais quis isso.

4

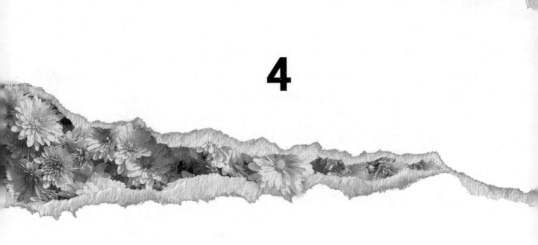

Estamos tomando café da manhã no oitavo dia quando Noah me oferece um emprego. Mais um de uma série de presentes inesperados. Nos últimos dias, ele continuou a deixar pequenos itens sempre úteis no meu quarto, então eu voltava para casa depois de explorar a cidade e encontrava uma garrafa de água prateada ou meias esportivas na ponta da cama. Sempre que apareço, segurando a última bugiganga que ele deixou para mim, ele apenas acena para a porta da geladeira onde minha coleção de "T devo 1" está crescendo.

— Não sou fã de gratificação atrasada — disse Noah ontem, quando protestei contra a jaqueta *puffer* roxa esperando por mim na cômoda. Meias e garrafas de água eram uma coisa, mas a jaqueta parecia extravagante e eu não sabia se deveria aceitá-la. — Você vai me pagar algum dia — acrescentou, calmo, descartando minhas preocupações. — Até lá, com toda essa caminhada que você faz, não há sentido em ir atrás da morte, Pequena Joan.

Li sobre corvos, que eu costumava chamar de pássaros tafetá quando era pequena, assustada e, ao mesmo tempo, fascinada por suas plumas negras enrugadas. Os corvos são conhecidos por deixar presentes aleatoriamente para pessoas de quem gostam e em quem confiam; coisas brilhantes e bonitas, mas objetos práticos também. É a maneira deles de se comunicarem sem palavras, e comecei a pensar nos presentes de Noah dessa forma. Mesmo não entendendo bem o que fiz para ganhar sua confiança tão cedo nem por que ele decidiu me colocar sob sua asa humana.

(*Pássaros da morte*, minha mãe costumava chamá-los. Arautos circulando, esperando. Sempre discordamos de suas superstições.)

E agora a maior surpresa de todas. A oferta de dinheiro e independência. Um trabalho! Ele disse que posso ser sua assistente, ajudando-o com os cachorros. Noah é um passeador de cães, sabe? Ali no Upper West Side. Ele costumava ter outro emprego, algum em que precisava usar terno e gravata no centro da cidade, e deve ter sido importante, porque ele é dono deste lugar — janelas enormes, piano, lustre —, mas hoje em dia ele com certeza prefere cachorros a pessoas. E muitos cachorros por aqui também precisam passear. Não é como se eles tivessem seu próprio quintal para brincar, e eu nunca vi nenhum vagando pelas ruas sozinho, então faz sentido quando Noah me diz que está pensando em introduzir um serviço de assistência domiciliar em seu negócio. Isso significa que as pessoas da vizinhança terão um lugar para deixar seus elegantes cães de raça pura e vira-latas fofos quando saírem da cidade em viagens de negócios ou passarem os fins de semana nos Hamptons, um lugar aonde as pessoas ricas parecem ir bastante, embora Noah tenha me contado que ele mesmo não vai lá há anos.

(Parece que Noah não tem amigos. Se o telefone toca, sempre é apenas sobre algum cachorro. E embora haja muitas obras de arte nas paredes de seu apartamento que parecem caras, ainda não encontrei um único porta-retrato. Eu também não trouxe nenhum comigo, então suponho que não seja tão estranho. Ou, se for, um é tão estranho quanto o outro. Sem dúvida, há pessoas que ele vê atrás de suas pálpebras também. Pessoas que ele faz desaparecerem com um consciente piscar de olhos, mas acho que não é da minha conta quem elas possam ser. Noah é gentil com os cachorros e comigo, e isso é tudo que preciso saber sobre ele por enquanto.)

Minha boca está cheia de *bagel* e *cream cheese*, enquanto Noah explica os termos da sua proposta. O aluguel, ele diz, será descontado do meu salário de agora em diante e também cobrirá a alimentação e as cortesias do apartamento. Ele se volta às notas rabiscadas em um bloco amarelo entre nós, combinações de palavras e equações em um rabisco que não consigo distinguir e, quando olha para cima, ele me diz que isso deve me deixar com cento e cinquenta dólares por semana, dinheiro na mão.

—Você terá que trabalhar quatro dias, das oito da manhã às três da tarde. Uma combinação de passear e cuidar do cachorro, dependendo de quem vem. Cada cachorro virá com sua própria rotina de cuidados e você nunca terá mais do que dois, além do Franklin, para cuidar de cada vez. — Ele risca algo em suas anotações e olha para mim com seus olhos brilhantes, a mão estendida. Vejo uma imagem de penas pretas farfalhando.

—Você topa?

Alarmada, quero chorar de novo, mas, em vez disso aceno, silenciosa, empurrando a língua contra o céu da boca, porque uma vez li que não é possível chorar fisicamente quando se faz isso. Mesmo assim, meus olhos se enchem de água quando aperto a mão de Noah. Sei que não poderia haver nenhuma combinação de números em suas contas rabiscadas que cobriria o aluguel, a comida, as contas e ainda me deixaria com dinheiro no bolso. Também sei que ele, na verdade, não precisa estar no negócio com mais cachorros, que ele não trabalha por dinheiro, e sim para ter contato com seus amigos de quatro patas e uma chance de estar no mundo de vez em quando. Nem sempre consigo ler as motivações das pessoas de maneira correta, mas sem dúvida esse novo negócio de cuidados domiciliares foi criado pensando em mim. E, agarrando-me a uma verdade futura, sinto que essa pode ser a maneira de Noah ter certeza de que eu voltarei para ele todos os dias.

Com a minha cabeça girando, estou impressionada com a porta que Noah abriu para mim. Não sei por que ele está me ajudando dessa maneira, por que me mostra um tipo de cuidado que não parece ter com muitas outras pessoas, se é que tem com alguém. Depois, quando estivermos mais acostumados a falar sobre coisas reais, vou perguntar por que ele colocou aquele anúncio de um quarto em seu apartamento, o que motivou esse introvertido confesso a abrir uma porta em sua vida também. Por ora, é suficiente saber que estou profundamente grata por esse lugar em que cheguei e, enquanto organizamos meus primeiros turnos em nossa nova creche para cães, me permito acreditar que mereço o que vem a seguir. O início de uma vida em que ocupo espaço, em que pertenço.

Em um mundo em que parte da bondade de estranhos, de que tantas vezes tenho ouvido falar, é finalmente dirigida a mim.

VOCÊ ESTÁ SURPRESO COM TÃO POUCO TEMPO QUE LEVA PARA MINHAS barreiras serem derrubadas? Suponho que, se as coisas tivessem acontecido de forma diferente, você poderia pensar que isso é uma coisa boa. A maneira como prontamente abracei esse novo começo, quando garotas como eu sempre voltam aos velhos padrões. Você pode até admirar minha resiliência, pode querer fazer um "toca aqui" e me parabenizar por todas as mudanças positivas que estou fazendo em minha vida.

Que tal ficarmos dentro dessa fantasia mais um pouco, hein?

É COMO SE RUBY ESTIVESSE COM FEBRE. TEM ALGO A VER COM SEXO. Ou muito a ver com isso. Desde que Ash a contactou por mensagem, seu corpo tem insistido em responder à menor provocação. Lençóis frios tocando suas pernas nuas. Água quente do chuveiro escorrendo por suas costas. Até a maneira como ela morde uma maçã ou desliza a comida do garfo para a língua parece erótica de alguma forma. Ela sonha com sexo, acorda encharcada nos lençóis. Ao abrir os olhos a cada manhã, sua clavícula dói, quente, como se fosse ali que o fio elétrico de seu desejo estivesse ligado.

E esse fio continua a levando de volta para ele.

Ruby está acostumada a querer Ash de longe, mas esse novo fervor é diferente. Ela logo percebe que não é tudo sobre seu amante, embora a memória de sua boca e suas mãos faça seu estômago revirar de maneira constante e imediata. Ela se lembra de sua avó fofocando sobre uma prima conhecida por seus casos escandalosos: "Ah, aquela mulher estava sempre com fogo!" E esse ditado antiquado e zombeteiro talvez seja o mais próximo de descrever o estado inexplicável em que Ruby se encontrou depois de uma semana sem sentir absolutamente nada.

(Ela se esqueceu da pequena explosão e da mulher na pista de dança no casamento da Sally. Nem sempre nos lembramos dos momentos certos.)

Tentando se distrair, Ruby faz listas de lugares para visitar nessa segunda semana, que, de alguma forma, parece a primeira. Sublinhando nomes de lugares em seu diário, ela visita o Museu Metropolitano de Arte, pega a balsa de Staten Island, vai de trem para o Brooklyn e caminha de volta pela ponte debaixo de chuva. Para ela, essa chuva incessante da primavera agora faz parte da cidade tanto quanto o lixo e os andaimes, as redes de lojas em cada esquina e o cartão do metrô que ela carrega na bolsa. Ela está conhecendo Nova York, impulsionada por uma conta-poupança que lhe proporciona garrafas de vodca, taças de martíni e velas francesas para sua quitinete, e o *novo vestido Diane von Furstenberg* que ela usou para uma peça no Lincoln Center duas noites atrás. Uma de suas atrizes de cinema favoritas estava seminua no palco, tão perto que Ruby podia ver a mancha de café em seus mamilos. Nova York!

Essa é a Nova York das suas postagens nas redes sociais, das suas mensagens para a mãe e dos seus telefonemas para a irmã mais velha, Cassie, em casa com a família em Melbourne.

No entanto, existe outra Nova York. A Nova York de olhar para o teto com dolorosa antecipação, de esperar pelo alarme da manhã, o *ding* eletrônico das mensagens de Ash, a corrida para o seu celular. Ela dorme nua, preparada, e ele tem sido infalível em sua apreciação até agora. Ash, ao que parece, está tão presente nesta cidade quanto na que ela deixou para trás. É como se o silêncio da primeira semana o tivesse feito se esforçar mais para chegar até ela, e as suas conversas parecem tão urgentes quanto no momento em que se descobriram pela primeira vez, o que parece uma vida atrás.

Não consigo dormir, Ruby. Você me deixou num estado selvagem. Fiquei pensando em você o dia todo. Me mostra os seus...

— Não — ela respondeu a Cassie na noite passada. — Não nos falamos desde que cheguei aqui.

Ela odeia mentiras e sabe como sua irmã ficaria desapontada se soubesse que ainda estava se comunicando com Ash. Mas, como ela diz a si mesma a cada manhã, é apenas uma mentirinha. Uma pequena mentira e mais de dezesseis mil quilômetros de todo o resto. Amanhã, Coney Island. The American Ballet Theater. *Cabaré,* no Village. Outro bar em uma cobertura e outro coquetel caro. Ela está tentando fazer melhor, mas nunca prometeu ser perfeita.

Perfeição é algo em que Ruby Jones pensa muito.

Ela supõe que a noiva de Ash seja perfeita. Ruby não será o tipo de mulher que menospreza a futura esposa. Ela não será um clichê, pelo menos não além do que já se tornou. O que significa que muitas vezes ela vai longe demais para o outro lado e idealiza uma mulher que nunca conheceu, com quem nunca falou. Imagina dentes brancos e unhas bem cuidadas. Brilho labial transparente e base leve no rosto. Calça capri e um relógio intencional. Um dedo anelar com um único diamante pesado e cabelos longos e brilhantes. Um diploma duplo obtido facilmente e um ano passado como voluntária no exterior. Um livro lido por vez e um prato especial que leva para as festas. Solicitado pelos anfitriões, é claro, porque todos amam a Emma — e aqui, a lista de credenciais imaginárias de Ruby vacila. Uma coisa é criar uma versão da noiva de Ash em sua cabeça, formar o contorno de uma pessoa com base no pouco que ela sabe das redes sociais e de conversas ouvidas por acaso. Torna-se doloroso inserir aquela criação em um mundo inteiro, um mundo real que essa mulher compartilha com Ash, cheio de amigos, jantares, fins de semana e planos. Ao considerar isso, Ruby entende, com o corpo doendo, que ela é apenas um rabisco na página, enquanto a noiva de Ash é uma série de frases totalmente formadas e pontuadas; ela compõe parágrafos inteiros da vida dele.

Ruby seria tola de pensar em tudo que está perdendo.

Melhor se concentrar no que ela mesma traz para Ash. As coisas que traz à tona nele.

— Não sou assim com ninguém — ele contou a ela uma vez, e Ruby acredita que pelo menos isso seja verdade.

(Somos sempre a mesma pessoa com qualquer indivíduo? E se não somos, o que acontece quando um de vocês vai embora? Para onde vai essa versão? Tenho pensado muito nisso desde que minha mãe me deixou.)

Talvez seja o tempo, Ruby pensa, causando sua febre. A forma como a chuva constante evoca memórias de longas tardes passadas na cama, lembrando-a de membros entrelaçados, beijos lentos e cochilos nos braços de alguém. Explorar a cidade por conta própria nesses últimos dias claramente exacerbou seu desejo, prolongou sua ânsia por conexão. Não ajuda o fato de que a maioria de suas memórias de longas tardes passadas na cama são fantasias; desde Ash, não houve mais ninguém, e ele raramente esteve disponível para ela por mais de uma ou duas horas, na melhor das hipóteses. O coração de Ruby vibra com essa verdade, como uma corda dedilhada de violão, e ocorre a ela, de repente, que o que realmente precisa é ser tocada. Já se passaram dias desde que ela experimentou qualquer forma de contato humano. Semanas, até. Uma pessoa pode enlouquecer com esse tipo de privação.

Dois dias atrás, Ruby passou correndo por uma pequena casa de massagens, espremida entre uma empresa de conserto de computadores e uma loja de desconto de cheques. *Massagem profunda, 1h por 55 dólares, especial do meio da semana*, dizia a placa escrita à mão na janela. Vale a pena tentar, ela pensa agora, e antes que tivesse tempo de mudar de ideia, está de volta na chuva, indo para o leste. *Estou aos poucos começando a entender este lugar*, reflete, atravessando essa rua, depois aquela, até chegar ao seu destino. Uma sineta toca quando ela entra no estabelecimento e um homem franzino no que parece ser um pijama de seda acena com a cabeça da recepção. Ela parece ser a única cliente e ele logo a leva para um pequeno quarto nos fundos, com espaço apenas para uma cama e um cesto para suas roupas.

— Fique de roupa íntima — pede o homem e então se vira para que ela possa se despir. Quando ele estala os nós dos dedos, coloca as mãos sobre ela, o mundo pisca em laranja por trás de seus olhos fechados. Não é exatamente prazeroso, já que esse homem, com uma força escondida, empurra, estala ossos e amassa os músculos, mas satisfaz algo em Ruby e a traz de volta a si mesma. Ela tem um corpo, ela é nervos, e tendões, e cartilagens, e está na cidade de Nova York, e bebe vodca demais, e consegue fazer a si mesma gozar até melhor do que o seu mais dedicado amante. Ela paga caro por vestidos e às vezes não sai da cama antes do meio-dia. Seu rabo de cavalo tem saliências e seus dentes são tortos, e quando o homenzinho empurra o cotovelo na fenda de sua escápula esquerda, causando faíscas brilhantes sob suas pálpebras, Ruby pensa que pode ter dado importância demais para a "perfeição". Afinal, há algo em ser um trabalho em andamento.

Quando a massagem termina, ela se sente leve, espaçosa, como se o homem naquela sala apertada tivesse, de alguma forma, desatado todos os nós, a empurrado para o mar. Isso é tudo de que preciso, ela se admira, um pouco envergonhada de sua própria simplicidade. Alguém cuidando dela por uma hora, colocando-a no centro das coisas. Ela talvez volte para esse homem todos os dias, se for o caso. Só para ver o quanto mais ele pode desfazer.

Ruby está sorrindo, imaginando-se completamente livre, quando seu celular vibra no bolso da jaqueta. Alguém acordando do outro lado do mundo, ela pensa. Provavelmente Cassie, cujos filhos tinham o costume de acordar em horários terríveis. Tirando o aparelho do bolso, protegendo a tela com a palma da mão, ela precisa de três leituras para compreender toda a mensagem. Mesmo assim, com as frases formadas, ainda luta para dar sentido à estrutura.

> O trabalho está me enviando a Nova York em julho para uma conferência. Dá para acreditar nessa merda? Vá encontrar as melhores coberturas, amor.

ASH. SEGUINDO-A ATÉ NOVA YORK. DOIS MESES ANTES DO CASAMENTO. Dois meses antes de ele se casar com a garota *perfeita* dele.

A corrente no estômago de Ruby se torce. A chuva, de repente, parece um tapa.

E pensar que ela estava tão perto de flutuar.

5

Certa noite, em um jantar durante a nossa segunda semana, pedi a Noah que me falasse sobre a cidade. Agora que estamos trabalhando juntos, também começamos a compartilhar refeições e histórias. Antes, nossas primeiras conversas eram como trocas de cartas, cada um coletando informações básicas sobre o outro, tentando fazer um conjunto; agora, enquanto comemos cereais ou salsichas, conversamos sobre ciência, política, religião e todas as coisas que vêm à minha mente sobre as quais quero saber mais. Ele diz que devo ter tido uma educação muito fraca e, ao pensar em todas as diferentes escolas de cidade pequena que frequentei, e onde fui parar, não posso discordar. Não me importo muito quando Noah me conta a verdade, o que ele faz com frequência, agora que passamos muito tempo juntos. A ideia de que a verdade é dolorosa me intriga. Penso que mentir para uma pessoa é o que causa todo o estrago.

— Tive que ensinar a mim mesma a maioria das coisas — comentei com ele outro dia. — Principalmente a partir dos livros da biblioteca e dos programas de TV. Ou observando o que outras pessoas faziam.

— Uma autodidata, então — replicou e, quando explicou o que essa palavra significava, eu disse que, sem dúvidas, deveria haver uma palavra mais agradável para algo tão importante como fazer a si mesmo crescer. — É verdade — concordou com um sorriso, porque também parece gostar de me ouvir dizer a verdade.

Quando me pergunta o que exatamente eu quero saber sobre Nova York, dou de ombros e respondo: "Tudo o que achar que eu deva saber."

Coisas que podem não ser tão óbvias quando olho para a esquerda, para a direita ou para cima.

Aqui estão algumas coisas interessantes que ele compartilhou comigo, enquanto dividíamos comida chinesa: há 472 estações de metrô operando pela cidade, transportando cinco milhões e meio de pessoas, todos os dias. Na verdade, *é* importante ficar para trás da plataforma, como diz o aviso, porque, a cada ano, cerca de cento e cinquenta nova-iorquinos são atingidos pelos trens de quatrocentas toneladas que passam zunindo.

— Quantos não sobrevivem? — pergunto, e Noah responde que cerca de um terço das pessoas atingidas por trens sofrem feridas fatais, o que me faz pensar sobre quem sobrevive.

Ele me garante que existem muitos hospitais que ajudam nesses casos. Ambulâncias são despachadas de operadoras municipais e privadas, deslocando-se rapidamente em direção a acidentes de trânsito, incêndios e todos os tipos de desastres particulares mil vezes por dia. Uma pessoa morre a cada nove minutos na cidade de Nova York, mas dois bebês nascem no mesmo intervalo de tempo, então, nunca se sabe se aquela ambulância está indo em direção à vida ou à morte quando você a escuta passar.

— Estou me acostumando com as sirenes — digo, e Noah concorda.

— É melhor mesmo, Pequena Joan. A menos que elas se tornem a única coisa que você escuta.

Quando ele me diz que há mais de seis mil locais de cultos na cidade, paramos para considerar todos os saltos de fé que as pessoas dão, as divindades para as quais oram. Estou dando o resto do meu rolinho primavera para Franklin quando Noah fala que se fosse possível uma pessoa ouvir todas aquelas orações, ela estaria escutando oitocentas línguas diferentes ao mesmo tempo, de iídiche a urdu e línguas crioulas, e isso me faz questionar como os nova-iorquinos se entendem.

— Essa é a mágica de viver dentro de um "caldeirão" de mais de setecentos quilômetros quadrados, — Noah responde antes de me contar que pelo menos metade da população da cidade vem de algum outro país ou de uma parte diferente dos Estados Unidos.

— Quantas pessoas vêm de Wisconsin? — pergunto, mas Noah diz que não sabe nada sobre Wisconsin, exceto que o arquiteto Frank

Lloyd Wright nasceu lá, e que ele próprio não tem nenhum desejo de visitar. — Não sinto falta de lá — digo às pressas, no caso de ele achar que eu possa sentir.

De modo casual, com toda essa conversa de ambulâncias, pessoas e orações, pergunto a Noah sobre os dois buracos no chão. Os do centro financeiro da cidade, onde costumavam ficar aqueles prédios gigantes. Eu era pequena quando aconteceu, pequena demais para entender, mas ontem fui ao memorial e, enquanto passava a mão sobre os nomes de todas as pessoas que morreram naquele dia, senti os sulcos de sua existência sob meus dedos; eu sabia que algo irrecuperável havia sido perdido naquele lugar. Não tirei uma única fotografia, embora algumas pessoas estivessem tirando *selfies* nas piscinas gêmeas, posando na borda de todos aqueles nomes.

— Quase três mil pessoas morreram no Marco Zero no 11 de setembro — Noah me conta. — E perdemos muito mais trabalhadores de resgate e recuperação desde então. Acontece que todos os detritos lá embaixo, toda aquela poeira e cinzas, eram tóxicos. O suficiente para causar cânceres que estão sendo diagnosticados ainda hoje.

Estremeço pensando em poeira, cinzas e sentindo, de repente, como se pudesse sentir o gosto dos mortos na minha boca. Noah me encara e sorri suavemente.

— Sabe de uma coisa? Quando uma estrela morre, a poeira e os gases restantes podem formar uma nebulosa. O que de fato é uma das coisas mais bonitas que você verá. Mas as nebulosas ficam ainda mais interessantes porque também significam regiões onde novas estrelas brilhantes são formadas. Berçários estelares, como as chamam. Então, a poeira estelar é o fim e o começo das coisas. Um lembrete galáctico de que nascimento e morte não são tão diferentes.

— Não sabia que estrelas podiam morrer — confesso com sinceridade.

Para mim, algumas coisas simplesmente estão sempre lá. Pensando agora, parece tão óbvio. Tudo muda. Quando Noah me mostra imagens de nebulosas em seu *laptop*, ele está certo ao dizer que a poeira estelar é a coisa mais linda que eu já vi. Mas o pensamento de berçários estelares e estrelas morrendo me aperta o peito. Um lembrete de que nada é constante, quando desejo desesperadamente que tudo fique do mesmo jeito que está agora: jantando com Noah, esperando dois corgis pequenos e gordos serem entregues amanhã, e sabendo onde estarei não apenas amanhã, mas no dia seguinte.

Além disso, estou cansada de coisas bonitas que me deixam triste. Eu gostaria de amar algo sem que, ao virá-lo, descobrisse fios expostos e peças baratas do outro lado. Pela primeira vez, queria que ele não fosse tão insistente em me dizer a verdade das coisas.

Mas achei que você quisesse saber como as coisas funcionam, Pequena Joan.

Quase posso ouvir Noah falar em resposta à minha súbita melancolia e, enquanto limpamos a mesa e nos preparamos para dormir, forço um sorriso por tudo que ele está me ensinando, tudo que estou aprendendo sobre o mundo. Não digo a ele que nunca mais quero olhar para as nebulosas ou para aqueles buracos no chão.

ALGO ACONTECE NO DÉCIMO TERCEIRO DIA, NO MESMO DIA EM QUE Ash diz para Ruby que está vindo para Nova York. Decido tirar fotos do Empire State Building, não gosto tanto dele quanto do Edifício Chrysler, mas eles vão projetar pinturas na fachada do prédio assim que escurecer, uma exposição de um artista que não conheço, mas que eu gostaria de conhecer, porque é preciso ser alguém importante para permitirem o uso do Empire State Building como sua própria galeria de arte. Pego o trem e a maioria dos vagões está meio vazia esta noite, então posso escolher onde me sentar. Enquanto seguimos nosso caminho para o centro da cidade, leio os anúncios de apólices de seguro de vida e faculdades comunitárias, e tento ler as frases grafitadas luzindo do lado de fora da janela, todas as mensagens obscuras espalhadas pelas paredes do túnel do metrô. Quem escreve essas coisas até ali? Como atravessa os trilhos faiscantes para pintar seus pensamentos no concreto quebrado e sujo? Enquanto o trem diminui a velocidade entre as estações, olho para a minha esquerda e vejo uma frase em tinta vermelho-sangue pingando, fresca: *Seus dias estão contados.* Encaro as letras sangrando, escorrendo pela parede, e sinto aquele aperto no peito outra vez antes que o trem assobie embaixo de mim e nós sejamos sacudidos para a frente. Apenas uma mensagem estúpida, deixada por alguém fazendo sua arte entre os ratos e o lixo, mas, ainda assim, me faz pensar em estrelas morrendo e buracos no chão. De repente, não sinto mais vontade de tirar fotos de um edifício.

É como se, ali naquele trem, eu tivesse sido lembrada de não perder de vista o outro eu, aquele que sabe que a vida e as pessoas pregam todo tipo de peças nos desavisados. Afinal, não sou alguém que não entende de curvas e desvios da vida. Não sou alguém que fica surpresa com a maneira como ela pode mudar em um instante, sem me importar com o quão feliz poderia estar segundos antes de a mão virar a maçaneta da porta da cozinha.

Quando o trem chega à Vigéssima Oitava rua, me sinto tentada a ficar lá dentro. A apenas continuar. Conforme as pessoas saem para a plataforma da estação, as sigo com relutância, como se eu fosse uma espécie de peixe e não houvesse escolha a não ser nadar na mesma correnteza. A multidão é densa e tenho o cuidado de não ajustar meu passo ou quebrar o ritmo enquanto sou pega no meio dessas pessoas e impulsionada para a frente. Nós subimos as escadas em formação — um, dois, três, quatro, cinco —, olho para baixo para ver meus tênis, agora manchados enquanto subo um degrau de cada vez. Em seguida, uma curva para um patamar antes do próximo lance de escadas. Geralmente, é ali que a multidão se dispersa; há espaço para nos espalharmos. Ainda estou observando meus pés quando começo a ser atropelada por pessoas que passam à minha esquerda. É como se elas estivessem fazendo isso de propósito, inclinando-se no meu caminho, uma após a outra, e logo percebo que cada pessoa que se choca contra mim está, na verdade, se afastando de um obstáculo à esquerda. Olho ao redor delas e tenho um vislumbre de algo no chão.

Demoro alguns segundos para compreender que esse obstáculo do qual as pessoas estão se afastando é, na verdade, um homem caído no chão. Ele está deitado de costas e sua camisa está desabotoada, expondo um peito liso e escuro que pego em *flashes* entre as pernas, sacolas de compras e casacos. Logo vejo que ele é jovem, mais um menino do que um homem, e me empurro contra as pessoas que passam correndo, mudo de lado no meio da multidão, até que estou bem na frente dele. Sobre ele. Seus olhos estão fechados, seus lábios pressionados e não sei dizer se ele está respirando. Quero me inclinar e colocar minha mão na boca do menino, sentir o ar quente, mas não consigo fazer meu braço se mexer. As pessoas continuam a se mover ao nosso redor, algumas olham por cima dos ombros uma ou duas vezes, mas ninguém mais para. É como se meu corpo estivesse ouvindo seus avisos não ditos: *Perigo! Fique longe! Não é seguro!* Mas de perto ele parece uma criança adormecida; se meus braços não se moverem em direção a ele, meus pés não me deixarão ir embora.

Logo somos apenas nós dois. Um jovem deitado de costas e eu, pairando sobre seu corpo sem saber o que fazer. Seus pés estão descalços, as solas cobertas de lama. Ele deve estar congelando. Eu penso ao mesmo tempo que me abaixo, tiro meus tênis e, depois, minhas meias. Elas são brancas, grossas e novas, e estou pensando em Noah enquanto coloco uma dessas meias, depois a outra, nos pés desse jovem. Depois disso, eu daria a ele meus sapatos se seus pés fossem pequenos o suficiente. Ele não se move quando o toco, mas posso sentir o calor de sua pele. Sei como é a sensação de cadáveres. Não é essa. Encorajada, ajoelho-me e fecho sua camisa, me atrapalhando com um botão do meio para prender o tecido puído em seu peito. E então eu me inclino sobre meus calcanhares agora nus e começo a chorar. Isso é tudo o que posso fazer? Dar a ele minhas meias novas e cobrir seu peito?

Ele é o filho de alguém.

Algum dia, em breve, vou pensar: *ele não sabe que sou a filha de alguém? Ele não sabe que eu fui amada?* Mas nesse exato momento, estou lutando contra as lágrimas por essa criança deitada em uma placa de concreto no subsolo, onde pessoas caminharam ao seu redor ou sobre ele, como se ele nem estivesse ali. Quando outro trem chega e ouço pessoas se aglomerando em direção às escadas, tiro uma nota de dez dólares da bolsa e a coloco com cuidado no bolso da camisa do menino. E então me viro, subo correndo as escadas do metrô, saio para a rua movimentada, como se estivesse sendo perseguida. Está escuro, mas não se percebe por causa de toda a iluminação ali em cima. O brilho da cidade machuca meus olhos. Caminho um ou dois quarteirões com um tênis em cada mão, a sola dos meus pés descalços pegando a sujeira e a fuligem de uma cidade onde ninguém olha para mim duas vezes, ninguém pergunta se estou bem. As pessoas andaram ao redor do menino e agora andam à minha volta como se eu não estivesse ali de verdade.

Eu quero ir para casa.

Onde seria isso? Sinto que tenho vivido dentro de um sonho nas últimas duas semanas e agora estou acordando na mesma cama dura e fria, com a mesma parede dura e fria pressionada no meu nariz. Tenho quatorze anos e minha mãe está morta no chão da cozinha, e ainda estou com minha mochila na mão quando ligo para a emergência, seu sangue nos meus dedos. Tenho quinze anos e fui transferida para outra cidade pequena, para morar em outra casa pequena, com a prima da minha mãe. Tenho dezessete anos e o Sr. Jackson está com a câmera apontada para o meu corpo nu e trêmulo; e tenho dezoito anos, sozinha em um ônibus de Milwaukee para a cidade de Nova York, colocando vinte e sete horas entre mim e esse homem. Essa vida.

Seus dias estão contados. Qual seria o cálculo exato para deixar essa vida para trás? Que cálculo de tempo e distância permitiria que eu me afastasse com segurança do limite das coisas, do perigo de ser puxada de volta? Noah apertou minha mão, comprou tênis para mim, me contou histórias sobre Nova York, mas sentiria minha falta se eu não voltasse para ele esta noite? Ele encontraria outra pessoa sem lar para preencher as partes solitárias de sua vida, todos os cantos em que me infiltrei nesses últimos treze dias?

O Sr. Jackson sente minha falta? Ele sofreu por me ver indo embora? Sinto falta dele. O fato de que eu não deveria me sentir assim não torna as coisas menos verdadeiras. Estive olhando para a frente por dias agora, me escondendo da minha antiga vida, mas a maneira como todos andaram em torno daquele menino esta noite, a maneira como ele não parecia importar, isso me puxou de volta. Um puxão no meu núcleo, me virando, como se uma corda estivesse sendo puxada. Eu estou em uma extremidade e quem — *o que* — está na outra?

Se for embora de novo, alguém sentirá minha falta quando eu partir?

6

Essa história começa de verdade em uma cidade pequena, a mais ou menos noventa quilômetros a oeste de Milwaukee. Os primeiros passos em direção ao agora, em direção ao aqui, começam com o balançar de um pedaço de papel na minha cara.

— Vai logo, Alice. Você sabe que quer ligar para ele. Ou — Tammy faz uma careta — você terá que arranjar outra coisa bem rápido. Não há espaço na cabana e, além disso, papai...

Ela não tem que terminar a frase. O pai de Tammy está falindo. De novo. Só que, desta vez, ele diz que tem Deus ao seu lado. Algo sobre uma nova igreja perto do lago congelado e ter renascido para Jesus, o que significa que ele também está pronto para reparar seu relacionamento com a filha, se ela for cuidar da casa com ele. Ele a quer lá antes do Dia de São Patrício e acha que ela o ajudará a mantê-lo firme, mas ele não sabe que o novo namorado dela, Rye, mora em uma cidade próxima, logo depois da igreja, traficando de tudo no seu porão, de oxicodona a heroína.

Tammy acha que um compensará pelo outro.

Ela é a minha melhor amiga, mas eu não iria ao lago com ela mesmo se fosse convidada. Não há nada de bom esperando por mim nessas cabanas e igrejas, nos porões cheios de meninos que, provavelmente, nunca sairão do condado, muito menos do estado, a não ser para ir para a cadeia. Já se passaram nove meses desde que Tammy e eu nos formamos, um novo ano chegou e estou mais certa do que nunca de que cidades pequenas não são para mim. Não fui concebida em uma e, com certeza, também não quero morrer em uma. Então, o que preciso é de um emprego. O tipo que paga bem ou bem o suficiente, de modo que a distância entre estar presa e partir seja encurtada, reduzida a um ponto final que eu possa ver.

Se eu já tivesse dezoito anos, poderia trabalhar limpando mesas no bar do Jimmy; o primo da Tammy sempre foi legal comigo e só as gorjetas já me comprariam uma passagem para sair dali. Mas meu aniversário é só daqui a quatro semanas inteiras, o que também significa que Glória D., minha guardiã, ainda tem os direitos de assinatura da minha conta no banco e, portanto, da minha liberdade. Um trabalho regular simplesmente não vai funcionar.

— Prometi à sua mãe que cuidaria de você até que completasse dezoito anos — ela costumava dizer. Mas acho que tem mais a ver com os cheques do governo que vão parar quando eu estiver crescida o suficiente para sair do sistema.

Fico olhando para o pedaço de papel na mão de Tammy, para o potencial disso.

— Não sei, Tam...

Estamos compartilhando sua cama de casal com colchão irregular, durante outra manhã fria de céu cinza. Deitada tão perto da minha melhor amiga, posso sentir em sua pele o cheiro dos restos do Marlboro da noite anterior, misturados ao Chanel nº 5 de anos atrás, um perfume atalcado tão familiar que quero enterrar meu rosto em seu pescoço. Saber que ela vai embora amanhã me dá vontade de chorar. Só que chorar não vai ajudar em nada; sentir pena de si mesmo não leva a lugar nenhum.

Lugar nenhum. Já estou no meio do nada. Pior: estou presa nele. Nessa cidade onde o céu desaba sobre você. O ar pesado fica perto do nariz, como se a poluição de outras cidades mais agradáveis tivesse sido desviada para lá, deixada bem sobre a nossa cabeça. Não sei o que minha mãe estava pensando quando nos trouxe de volta para o seu estado natal nem por que ela não podia simplesmente ficar em Nova York.

Conte sobre onde fui concebida.

Eu pedia isso a ela o tempo todo. Nunca me cansei de suas histórias sobre Nova York; adorava saber que Manhattan era uma ilha. "Nem todas as ilhas são tropicais, Alice." Saber que havia um lugar onde você podia pegar trens a qualquer hora, onde restaurantes nunca fechavam e artistas do cinema passam sempre por você na rua, tudo parecia tão romântico. Mesmo sem entender o que *romântico* significava naquela época; apenas gostava do som da palavra, do estalo que ela fazia na minha boca.

Pelo que sei, um homem nos trouxe de volta ao Centro-Oeste. Um cara e alguma promessa, ambos acabaram quebrados. Minha mãe ficou porque era mil vezes mais barato do que qualquer outro lugar e havia outros homens e outras promessas esperando, mas, na maioria das vezes, naqueles primeiros anos, éramos apenas ela e eu fazendo um lar onde quer que estivéssemos. Para ser sincera, cada vez que empacotávamos tudo e nos mudávamos, eu sentia, principalmente, alívio. Saber que outro homem havia partido e que seríamos apenas nós duas mais uma vez. Era sempre melhor quando éramos só nós duas.

— Por que ela me deixou *aqui*?

— O quê?

Tammy está apoiada no cotovelo agora, de frente para mim.

— Ahn?

—Você resmungou alguma coisa, Alice. O que você falou?

Não era minha intenção fazer essa pergunta essencial e irrespondível em voz alta. Isso quebraria todas as regras. Há certas coisas que você só fala quando já bebeu o suficiente para fingir que não sabe o que está dizendo. Quando você bebe tanto álcool que não consegue mais esconder o fato de que está dividida ao meio pela dor, ainda fresca. Como se tudo tivesse acontecido ontem, não anos atrás, quando você tinha apenas quatorze anos. Nesses momentos, enquanto sua melhor amiga segura seu cabelo para trás e você vomita maconha e destilados da noite anterior, tudo salta para fora. Palavras tão violentas quanto a bile queimando sua garganta. Como você também queria morrer naquele chão da cozinha, como queria entrar direto no fogo enquanto eles fechavam aquelas cortinas escuras e pesadas ao redor do caixão dela.

Eu tinha quatorze anos quando minha mãe se matou com um tiro na cabeça. Ela puxou o gatilho meia hora antes de eu chegar da escola, garantindo que estaria bem morta quando eu chegasse em casa. Como você encontra as palavras certas para questionar isso?

Se a dor escapar quando você estiver bêbada, nunca faça referência a ela na manhã seguinte, nunca fale sobre isso quando estiver sóbria. Da mesma forma que você nunca pergunta a Tammy o que ela quis dizer quando falou que tinha tios e não monstros debaixo da cama quando ela era criança, e você sabe como afastá-la quando ela tenta tropeçar em alguns universitários, jogadores de futebol, naquelas sextas-feiras de festas noturnas a que vocês vão de penetras juntas. Vocês cuidam uma da outra à noite. E então dispensam esse cuidado pela manhã. Essas são as regras a serem seguidas, e é assim que vocês duas sobrevivem.

— Ok, sua louca. Tanto faz.

Tammy dá de os ombros para afastar meu longo silêncio, depois balança o pedaço de papel na minha cara novamente.

— Liga para ele, Alice. Liga para o Sr. Jaaaaaaackson. Você não é mais uma estudante. Ele não é o seu professor e, além disso — ela se estica e afasta uma mecha de cabelo rebelde dos meus olhos, seus próprios olhos brilhando —, ele é gostoso. Tão gostoso! E vamos ser honestas: vai ser o dinheiro mais fácil que você vai ganhar por aqui. Caramba, eu também faria isso se fosse tão bonita quanto você. Mas ninguém precisa me ver assim.

Tammy dobra o papel na minha mão, fecha meus dedos em torno dele com os dela.

— Liga pra ele. Anda. O que você tem a perder? — Ela não espera minha resposta. — Pelo visto, Alice Lee, a resposta para isso seria "porra nenhuma".

— VOCÊ ESTÁ CONFORTÁVEL, ALICE?

— Aham.

Estou mentindo. Minhas pernas já doem e um músculo do meu braço esquerdo não para de se contrair. Quando ele moveu meus braços pela primeira vez e me pediu para ficar quieta nessa posição, eu me perguntei como ficar assim poderia ser difícil. Reclinada em um pequeno sofá na pose que ele pediu, confortável em meus *shorts jeans* e camiseta branca, realmente parecia o dinheiro mais fácil que eu jamais ganharia. Duzentos dólares para ficar parada e deixar um homem me desenhar. Fácil. Levou apenas um minuto para que tudo começasse a doer.

— Essa é apenas uma tentativa para praticar, Alice — ele explicou enquanto erguia meus braços sobre a minha cabeça. — Só para ter uma ideia de como capturar você da melhor forma. Cada corpo é diferente e preciso aprender sobre o seu. Ok?

Quando ele se inclinou tão perto de mim, senti o cheiro de maconha e uísque e vi como seus dedos estavam manchados de preto nas pontas. Encarei suas unhas curtas e sujas, enquanto ele dobrou um joelho e, gentilmente, afastou minhas pernas um pouco mais. Aquilo fez meu estômago revirar, a proximidade daqueles dedos, e meus nervos ameaçaram se revelar em uma estúpida risadinha infantil. Eu não queria fazer nada errado. E não apenas por causa da pilha de notas de vinte dólares que ele colocou na mesa ao meu lado. Eu queria agradá-lo.

Sr. Jackson.

Todos queríamos agradar o Sr. Jackson.

Uma vez, no primeiro ano do ensino médio, ele veio até minha mesa e, naquela época, já senti o cheiro daquela combinação inebriante de maconha e uísque. Eu estava prendendo a respiração enquanto ele olhava para o meu esboço de uma bailarina na barra, a tensão que eu tinha tentado capturar nos músculos dela quando, sem dizer uma palavra, ele passou levemente os dedos entre as pernas de carvão da minha dançarina. Foi por um segundo, um gesto tão rápido que ninguém mais na classe notou. Mas eu senti. Senti como se ele tivesse passado aqueles dedos entre as minhas próprias coxas. Enquanto ele se afastava, eu não tinha ideia se o frio na minha barriga sinalizava prazer ou desejo de sair correndo da sala.

No meu último semestre, ele conversou com a turma sobre desenho de modelos-vivos, como você não poderia realmente pintar as pessoas, a menos que entendesse o que estava acontecendo com seus corpos, com a pele, os ossos e as curvas. Ele falou que os melhores retratistas sempre começam com a forma nua. Ele queria trazer um modelo-vivo para desenharmos, mas o conselho escolar não permitiu, então, teríamos que acreditar em sua palavra — ou ver por nós mesmos quando nos formássemos.

— Talvez até tentar do outro lado — o Sr. Jackson tinha provocado a classe, olhando diretamente para mim.

— É Jamie, não Sr. Jackson — ele me repreendeu quando me ajudou a tirar meu casaco essa tarde. — Eu não sou mais seu professor, viu?

E eu respondi automaticamente: "Desculpa, Sr. Jackson", o que o fez rir e tocar minha bochecha com suavidade. Ele disse que estava feliz por eu ter ligado.

— Não é fácil nesta cidade... — Ele acenou com a mão, como se não houvesse necessidade de terminar a frase.

Ele entendia. Eu não precisava que me dissesse que nunca é fácil por aqui.

O anúncio que Tammy pressionou em minha mão dizia: *Procuram-se modelos-vivos. US$ 200 em dinheiro. Potencial para trabalhos futuros.* Minhas mãos tremeram quando liguei para seu número.

— Sim, tenho dezoito agora. Sim, já fiz isso antes. Sim, ainda estou pintando e, sim, será bom ver você também — falei na ligação.

Tudo mentira, exceto a última parte, ou talvez também fosse mentira. Pensando em duzentos dólares em dinheiro e na distância que isso poderia me comprar.

Agora, estou sozinha com o Sr. Jackson pela primeira vez, observando-o olhar de mim para seu bloco e vice-versa, a língua entre os dentes enquanto desenha. Ele não se parece com os outros homens da região. Ele é franzino, bronzeado e tem a barba por fazer, em vez da barba cheia como todo mundo parece deixar crescer hoje em dia. Ele não está usando sapatos e suas calças *jeans*, desgastadas nos tornozelos, estão esticadas em torno das coxas. Ele costumava usar calças sociais quando dava aulas. De *jeans*, ele parece magro e espiralado, e percebo que também o estou desenhando, trabalhando as curvas e linhas de seu corpo.

Pele, e osso, e curva.

— Aí está uma cara séria que você acabou de fazer — ele observa, saindo de trás do cavalete. — Sempre que acho que capturo sua expressão, Alice, ela muda.

— Ah. Desculpa. Acho que estou... me concentrando. E, hum, meu braço está doendo.

Eu o deixo cair e me sento no sofá.

— É mais difícil do que eu pensava.

Uma escorregada. Minha segunda mentira é revelada tão facilmente e ele a entende na hora. Percebe o que já deve ter suspeitado: eu nunca fiz isso antes.

—Você quer algo para relaxar? Já passou das... — ele verifica seu relógio — duas horas.

Concordo com a cabeça e o Sr. Jackson — *Jamie* — solta uma fumaça densa e se senta ao meu lado. O sofá está coberto por um lençol branco. Nossas coxas se tocam e ele não se afasta.

Ele estende o baseado e eu dou uma tragada profunda, sentindo queimar na garganta e no nariz. É de melhor qualidade do que estou acostumada e a segunda tragada me faz tossir até ficar dobrada.

— Nossa! Você é mesmo uma amadora, Alice.

O Sr. Jackson diz isso com carinho, ri baixinho enquanto dá um tapinha nas minhas costas. Com minha cabeça entre minhas pernas e a mão dele nas minhas costas, tenho medo de me sentar direito. A sala é muito pequena, está girando ao meu redor, está chegando muito perto. Talvez sejam os dedos dele, a fumaça ou o que estou fazendo ali. Com o meu professor de Arte, que costumava olhar para mim na sala de aula, e agora está estendendo a mão, deslizando-a pela minha barriga, me empurrando para cima novamente.

— Posso tirar isso.

Talvez seja uma pergunta. Em algum outro dia, vou me questionar se não foi uma pergunta de forma alguma. Vou me questionar se poderia ter dito não para a maconha e para aqueles dedos manchados, pressionados contra minha pele, puxando as alças da minha camiseta para baixo. Vou me questionar por que não experimentei essa palavra, ver aonde a resistência me levaria. Mas, por ora, simplesmente fecho os olhos e aceno. Perdendo a expressão em seu rosto enquanto ele remove minha camiseta e depois os meus *shorts*. Sem perceber o brilho quando ele pega uma câmera, senta-se ao lado daquela pilha de notas de vinte dólares e fixa as lentes no meu corpo.

Faz mesmo diferença que eu nunca tenha dito *sim* de verdade? Eu sabia o que estava sendo pedido de mim. *Procuram-se modelos-vivos. US$*

200 em dinheiro — o Sr. Jackson foi claro o suficiente sobre o que queria. Acho que eu não tinha o direito de ser surpreendida pela câmera ou ao que ela levaria, em algum momento. Deve ter parecido uma progressão natural, pelo menos para ele.

Ele pode até dizer que eu pedi por isso.

DE VOLTA A MELBOURNE, RUBY ESTÁ MOSTRANDO À IRMÃ O SITE DA quitinete de longa estadia que reservou no Upper West Side.

— É pequeno — afirma, tomando um gole do vinho que Cassie lhe serviu —, mas tem tudo de que preciso. — Em seguida, elas olham os mapas da vizinhança. — Vou correr aqui — Ruby diz, traçando o dedo ao redor do azul do reservatório Jacqueline Kennedy Onassis no Central Park — e talvez aqui. — Seu dedo viaja até a borda oeste do mapa, para uma linha verde espessa que serpenteia ao longo do rio Hudson. — Riverside Park. Li que é menos movimentado. É mais… para os da área.

— É seguro? — Cassie pergunta e Ruby revira os olhos.

— Hoje em dia, Nova York é uma das cidades mais seguras do mundo.

— Sim, mas você vai para lá sozinha — Cassie diz. — Você tem que ser mais cuidadosa quando estiver viajando sozinha.

— Eu estou *sempre* sozinha — Ruby replica, e agora é a vez de Cassie revirar os olhos.

— Sim. Bem, a gente sabe por que, não é? Espero que você faça mais do que correr em Nova York, irmãzinha. Ou — Cassie inclina sua taça de vinho para Ruby, estreitando os olhos — espero que você corra por tempo suficiente para finalmente se afastar daquele homem e do controle que ele parece exercer sobre você.

EU ME MUDEI. ACHO QUE VOCÊ PODE AFIRMAR ISSO, JÁ QUE NUNCA FUI para casa naquela primeira tarde. Naquela primeira noite. Não *fizemos* nada. Não de verdade. E ainda não fazemos. Mesmo que já tenha se passado uma semana desde que ele tirou minha camiseta. Desde que pressionou seus dedos contra minha pele enquanto puxava meus *shorts* dos meus quadris. Ele tinha dito "sem roupas íntimas" durante nosso primeiro telefonema, quando me contou a que horas eu deveria ir até sua

casa. "E use algo macio. Sem rugas. Eu não quero enrugamentos, Alice."
Segui as instruções do Sr. Jackson com cuidado, me vestindo como se
estivesse trinta e dois graus lá fora em vez de quatro, tremendo sob meu
grosso casaco de inverno. Não havia muito para ele tirar naquela primeira
tarde, não foi necessário muito esforço para me deixar completamente
exposta em seu pequeno sofá forrado de lençol.

Uma semana depois e meu estômago ainda revira com a lembrança
disso. Até então, eu nunca tinha estado nua na frente de um homem. Nunca
tinha sido analisada de perto. Ah, eu já fiz sexo antes, se é que dá para chamar
assim. Dedos desajeitados, enfiando-se debaixo dos lençóis em várias festas;
mas nada desse jeito. Eu nunca tinha sido vista até aquele momento, com o
Sr. Jackson deslizando para o chão, olhando para mim. A maneira como ele
disse *"assim"* quando estendeu a mão e abriu minhas pernas. De joelhos, com
aqueles dedos subindo pelo interior das minhas coxas, afastando-as ainda mais.

— Quero fotografar você assim, Alice.

A sala inclinou-se para o lado. Ele costumava me observar na aula.
Tive a mesma sensação de estômago embrulhado, de afundar e flutuar, e
eu queria que ele continuasse me tocando, queria me cobrir, queria levantar e correr. Em vez disso, fiquei perfeitamente imóvel, empurrei todos
os tremores para o fundo. Afinal, isso era o que ele tinha exigido de mim.

— Preciso que você fique perfeitamente imóvel.

— Sim... é claro. Já fiz isso antes — eu disse.

Agora ele sabe que isso não é verdade, embora eu ainda não tenha lhe
contado a minha verdadeira idade. Esconder isso dele não é exatamente
uma mentira, não como as que eu disse a Glória — quando voltei para
pegar algumas roupas, contei a ela que estava indo para o lago com a
Tammy —, é mais como uma omissão. Algo que é melhor deixar de fora
da história porque não serve a nenhum propósito. Já é ruim o suficiente
que ele saiba que menti sobre minha experiência como modelo, que ele
pôde ver como eu vacilava toda vez que a câmera clicava.

Ainda sobressalto um pouco, embora esteja me acostumando com
nossa nova rotina. Ontem à noite, bem acordada nesse sofá, pensei em
como a coisa mais estranha pode rapidamente vir a parecer normal,
comum. Naquela primeira tarde, enquanto ele fotografava meu corpo

nu, transportei a mim mesma para outro lugar, algum lugar acima das lentes, talvez até mesmo para fora da sala. Tremi quando ele tirou uma foto minha, e depois outra, certa de que ele estava chegando perto demais, que estava vendo demais. Mas eu nunca pedi a ele que parasse, nunca pedi que voltasse ao cavalete, e quando o Sr. Jackson terminou de tirar suas fotos, ele me envolveu em um cobertor macio e conversamos a noite toda sobre arte e Deus.

— Acredito que são a mesma coisa — declarou. — E nós comemos nachos caseiros, e ele nunca me tocou, não da maneira que leva a outras coisas. Dormi no sofá, embrulhada naquele cobertor, e, na manhã seguinte, quando tomei banho, ele me fotografou ali, pela porta entreaberta do chuveiro, e depois, de volta ao sofá, ele quis fazer de novo. — A luz está linda agora, Alice. — Desta vez, eu não me transportei para outro lugar. Fiquei presa na lente, aquele único olho abrindo e fechando em meu corpo. Eu me senti poderosa, olhando direto para ela. O Sr. Jackson me mostrou algumas das imagens mais tarde e a pele pálida exposta e o triângulo macio de pelo entre minhas pernas não significavam nada para mim. Eu não conseguia parar de olhar para a forma como meus olhos estavam resplandecendo. O leve rosnado do meu lábio.

Ele disse que eu estava eloquente, e arrumei minha cama no sofá mais uma vez.

E agora estamos há uma semana inteira nesse novo arranjo. Nossas conversas se espalharam por toda a casa e quando ele vai passar o dia na escola, fico feliz ali sozinha, em sua biblioteca, olhando os livros escritos por homens, com nomes que só reconheço algumas vezes. Nietzsche, Sartre, Jung. E alguém chamado Kierkegaard, que diz: "Começa, de fato, com nada e portanto sempre pode começar", gosto de como soa e quase entendo.

Quando o Sr. Jackson chega à casa com mantimentos e cerveja, preparamos o jantar, bebemos um pouco e então ele me fotografa de uma maneira nova e diferente.

— Não é pornografia — afirma em uma dessas noites. Ele me pediu para colocar minha mão entre as pernas, "relaxada, *assim*", e talvez ele tenha percebido minha hesitação dessa vez, a confusão em torno de onde isso poderia levar. — A pornografia tem seu propósito e mérito, Alice.

Não deixe as besteiras conservadoras desta cidade virarem a sua cabeça. Mas, de qualquer forma, não estamos fazendo isso. Tem a ver com o seu corpo, e mostrar ao mundo como você habita o seu corpo forte e bonito. Todas as coisas incríveis que você pode fazer com ele.

Mais tarde, ele me mostra alguns vídeos em seu *laptop*, pornografia de *mérito*. Mulheres e homens enroscados uns nos outros, ofegando, se agarrando, parecendo, na maior parte, como se estivessem sentindo algum tipo de dor.

— Agonia e prazer. Elas podem parecer a mesma coisa — ele me explica quando começo a protestar, e é verdade que não consigo ver a diferença, não consigo entender se estou com medo ou me expandindo de alguma forma enquanto vejo essas cenas se desenrolarem. Sei que peço para assistir mais e sei que estou molhada, encharcada pelo que vejo na tela. Me sinto em conflito com esse prazer, a forma como ele tanto me horroriza quanto me excita.

O que o Sr. Jackson está me mostrando não pode mais ser esquecido, disso eu sei. Mas enquanto ele me deixa sozinha por mais uma noite, não consigo, de jeito nenhum, descobrir o que ele espera que eu faça com esse novo mundo que me chama.

MAIS TARDE, PERCEBO O QUE ELE ESTAVA FAZENDO, POR QUE ME FEZ esperar. Ele precisava saber que eu era confiável. Precisava saber que estava seguro. Como se minha segurança não importasse em nada.

Na noite de despedida do trabalho de Ruby, ela se pega pensando a mesma coisa. Ash tinha ficado longe dela a noite toda, se mantido do outro lado do bar, de modo que ela passou a noite inteira procurando por ele, esquecendo que a festa era dela, mal registrando cada "vou sentir sua falta" ou "lembra quando…" que passou por seu caminho. Por volta das onze da noite, foi o nó em seu estômago, não o champanhe barato, que a deixou enjoada, então ela se despediu e voltou para casa em prantos. Como Ash poderia ignorá-la assim? Na única noite em que ninguém questionaria a proximidade deles, quando todos na agência pareciam estar jogando os braços em volta dela, confessando seu afeto. Até nessa situação ele manteve distância dela.

Ash apareceu no apartamento dela vinte minutos depois.

— Tenho meia hora — ele disse, verificando o relógio. Como se trinta minutos pudessem compensar a noite inteira que ela havia perdido esperando por ele. Quando sai meia hora depois, reservando um Uber pelo celular dela em vez do dele, "só para não arriscar", ela se pergunta se ele havia planejado dessa forma o tempo todo e simplesmente se esqueceu de lhe contar. Pela primeira vez, ele havia considerado deixar a noite ser sobre *ela*, sobre o que a fazia se sentir segura? Ou sempre foi apenas sobre ele?

Ela sabe a resposta disso, é claro. Ambas sabemos. Mas, nesse momento, ainda estamos a semanas de compreender as reais consequências da nossa conexão com esses homens negligentes.

7

Acontece durante uma das últimas grandes nevascas da estação. O Sr. Jackson chega à casa tarde da escola com pequenos flocos nos ombros e no cabelo. Nós dois ficamos na porta aberta e assistimos os flocos de neve descerem até o chão, os postes de luz acendendo um por um, seu brilho fazendo parecer que são as estrelas que estão caindo. Não estou usando uma jaqueta e ele coloca os braços à minha volta, me puxando para perto. Ficamos ali por minutos ou horas, não sei dizer. Só sei que estou tremendo e ele também está tremendo quando se vira para mim.

— Alice?

O beijo é gentil, uma pergunta. Tento responder contra sua boca, mas de repente estou tão lascada quanto a neve que rodopia e cai. Estou em pedaços quando ele me puxa para dentro, fecha a porta, sua boca ainda na minha enquanto tropeçamos em direção ao sofá.

Estamos prestes a cair quando ele se afasta e ri, um som repentino e estranho que ricocheteia nas paredes e coloca uma distância entre nós.

— Que clichê eu me tornei!

Não sei se ele está falando sobre a neve, o beijo ou o fato de que ele foi meu professor e eu sou uma jovem, sua musa. Acelero a minha mente, tentando encontrar algo inteligente para dizer, para lhe mostrar que assumo a responsabilidade pelo beijo, pelo que isso significa, mas preciso de mais tempo para entender o que estou sentindo. Tudo o que sei nesse momento é que ele deveria me beijar outra vez antes que algo se perca. Eu não tenho palavras para dizer o porquê.

— Está tudo bem. Eu quero.

Isso é tudo que sai, uma espécie de apelo. Não quero mais ficar nesse precipício.

Ele oscila, reflete e começa a me despir.

— Porra.

Mãos em meus seios, depois a sua boca. Uma chupada em cada mamilo, uma nova sensação sentida no fundo da minha barriga. E então ele está ajoelhado, sua boca movendo-se de uma coxa a outra, antes de sua língua empurrar dentro de mim. Eu não me movo.

— Alice.

Dois dedos agora, sua língua encontrando coragem. Vejo um fósforo aceso atrás dos meus olhos. Ainda assim, eu não me movo.

— Alice. Você é tão linda.

Mais forte agora. Mais profundo. Seus dedos faíscam, eu sinto fogo. Está bem. Eu quero isso.

— Alice.

Ele continua dizendo meu nome, só que agora parece o nome de outra pessoa. Outra garota que ele viu pela primeira vez quando ela tinha dezesseis anos e ele estava perto dos quarenta. Depois que sua mãe morreu, deixando-a sozinha e triste, e antes que ele olhasse para ela do jeito que olha agora.

— Por favor, Sr. Jackson — imploro acima de sua cabeça, porque sei que não vou pegar aqueles duzentos dólares em notas de vinte dólares, a pilha ainda está lá na mesa. E porque não quero mais ficar sozinha e triste. Eu quero que ele me ajude a esquecer a minha dor, a dissolvê-la. E ela vem à superfície, se espalha pela minha pele, enquanto ele entra em mim lentamente, dizendo meu nome sem parar, o céu agora escuro lá fora, e eu rodopio como a neve.

Ele me diz que sou como o céu. Aquelas nuvens de tempestade passam pelo meu rosto e com a mesma rapidez o céu está limpo, claro e brilhante. Ele diz que é isso que está tentando capturar quando me desenha ou tira essas fotos, mas agora não consegue manter as mãos afastadas por tempo suficiente e sempre há outra maneira de nos tocarmos que atrapalha a arte. Estou ficando muito boa nisso também. Sei onde colocar minhas mãos e minha boca. Ele está me ensinando o que fazer, como mover meus quadris, o que dizer. Às vezes, eu até deixo ele me filmar, então sou eu com os olhos vidrados, me contorcendo e gemendo como as mulheres nos vídeos que ele me mostrou tempos atrás.

— Quantos estiveram aí antes de mim? — ele perguntou pela manhã.

— Hum... Três.

Enterrei meu rosto em seu ombro, envergonhada. Ele tinha dado aula para dois dos meninos na escola.

— Quantos anos você tinha na primeira vez, Alice?

— Quinze.

Quinze. Minha mãe havia cometido suicídio poucos meses antes e um menino queria oferecer as condolências. Ele foi cuidadoso e desajeitado, e tudo acabou em um minuto. Na verdade, ele disse "sinto muito" bem no final e eu nunca soube do que exatamente. Não senti nada, não fiz nada. Não foi terrível, nem mesmo foi ruim. Não foi nada, porque eu não conseguia sentir nada naquela época.

O segundo e o terceiro foram para tentar sentir algo, tentar sentir qualquer coisa. Queria ser como as outras garotas da minha classe. Como a Tammy, que me disse como foi gozar, "como se o seu corpo fosse um fogo de artifício!". Isso é o que eu queria: sentir como se estivesse explodindo, desintegrando, e não foi assim de maneira alguma. Com o dois e o três, me senti pesada, presa.

— Eles não foram... não foi... muito bom.

Mas o Sr. Jackson não estava ouvindo. Dá para dizer pelos olhos de alguém quando não está ouvindo, e os dele assumiram aquele brilho familiar.

— Quinze? Deus, eu sou um pervertido por dizer isso, mas isso me excita. Veja...

E ele colocou minha mão sobre ele, movendo-a para cima e para baixo.

— Você fez isso?

Balancei minha cabeça, negando.

— Você fez isso?

Ele empurrou minha cabeça para baixo.

—Você fez isso?

Deslizando para dentro e para fora da minha boca, me observando, sorrindo quando balancei a cabeça novamente. Não.

—Alice.

Seu clamor. Meu nome como uma espécie de invocação. Não, Sr. Jackson, eu não fiz nada disso. Eu não saberia como. Na verdade, mal reconheço a garota que me tornei.

É como se ele tivesse desmontado minha vida e me recomposto de uma maneira totalmente diferente.

A PRIMEIRA VEZ QUE GOZO E NÃO SENTI FOGOS DE ARTIFÍCIO. FOI como a sensação de quando começamos a correr. Aquele momento em que os músculos se flexionam e, de repente, é como se houvesse a mão de alguém nas suas costas impulsionando você para a frente. Você vai de pesada para leve em um instante, você está correndo, os pés mal tocam o chão. Tudo passa às pressas e é você que está ali, bem no centro, voando.

Foi dessa maneira que me senti.

E então você cai de volta na terra, membros pesados e respiração difícil. Tudo diminui para um ritmo insuportável de costume e a perda dessa leveza é tão dolorosa quanto um soco. Você estava livre, estava correndo. E agora está de volta aqui, presa.

Nunca deixei o Sr. Jackson ver o quão triste essa perda me deixa. Como isso me faz chorar. Todas as vezes.

NEM SEMPRE, APENAS TODAS AS VEZES, É RUIM. VOCÊ DEVERIA VÊ-LOS dançando um com o outro. O mundo se mantinha em suas mãos pressionadas. A maneira como todas as pequenas contusões desaparecem. Eles se encaixam tão bem quando estão dançando. Você pode até pensar que é amor, quando Ruby coloca a cabeça no ombro dele, quando Ash desliza a mão para a parte inferior das costas dela.

Eles têm suas músicas favoritas, assim como qualquer outro casal. Palavras que sussurram um para o outro, melodias que gostam de envolver em seus corpos.

Nem sempre, apenas todas as vezes, é ruim. É principalmente por isso que ela precisou deixá-lo.

— ENTÃO VOCÊ NÃO VAI VOLTAR PARA A CASA DA GLÓRIA?

— Não. Ela ainda acha que estou no lago com você — respondo, segurando o aparelho longe do ouvido por um segundo, ouvindo Tammy dar uma tragada dramática no cigarro, o som soprando na linha.

Só consigo vê-la na varanda de seu pai, enrolada em um cobertor grosso, tentando em vão se manter aquecida, agora que seu pai inexplicavelmente proibiu o fumo e a bebida dentro da cabana.

—Você também poderia parar de fumar — digo quando ela me conta sobre essas novas regras da casa, porém ela riu sua risada gutural e me chamou de louca.

— Que porra eu devo fazer por aqui se não posso fumar ou beber, Alice?

Concordamos que ela tinha razão.

Tammy sabe que tenho ficado com o Sr. Jackson nas últimas semanas, até mesmo sugeriu que essa ideia foi dela o tempo todo, meu "dê o fora dessa cidadezinha", como ela chamou. Se eu não a conhecesse bem, diria que minha repentina incursão na quebra de regras a confundiu, já que esse tem sido sempre o seu domínio. Tenho certeza de que ela nunca teve nenhum respeito por Glória, mesmo que a prima da minha mãe tenha me mantido fora do sistema de adoção ao me acolher.

— Minha mãe a escolheu por um motivo — tive que explicar muitas vezes, geralmente depois que Glória batia na porta do meu quarto, gritando para calarmos a boca, ou eu aparecia na casa de Tammy no meio da noite mais uma vez, porque outro homem não queria que ninguém o visse entrar e sair da cama de Glória. — Minha mãe sabia que Glória me deixaria em paz. Isso nunca funcionaria com alguém… maternal.

— Ela poderia ter sido mais *legal*, Alice. — Era o que Tammy sempre dizia. — Não é como se a sua mãe tivesse morrido de forma trágica ou algo assim, né?

Tammy, minha campeã, a primeira e única amiga verdadeira que fiz depois que me mudei para a casa de Glória.

— Eu gosto da sua jaqueta. E sinto muito pela sua mãe — Tam falou, sentando-se ao meu lado no refeitório da escola, na primeira vez que nos encontramos. Deixando que eu soubesse, em duas frases curtas, que ela não faria alarde, e tenho valorizado sua versão econômica de amizade desde então. Agora, eu também a entendo bem o suficiente para saber que ela não está preocupada com o fato de eu ter mentido para Glória. Apenas curiosa para saber como consegui desaparecer.

(*É fácil*, vou lembrá-la mais tarde. Se ninguém perceber que você partiu.)

— Tanto faz, chega de falar sobre aquela vadia — Tammy diz, como se estivesse lendo minha mente. — Quero saber das coisas picantes. Como é o Sr. J.? Ele é tão bom quanto pensamos que seria?

Eu estava bebendo uma cerveja durante nossa ligação no final da tarde e a bochecho enquanto considero a questão. Penso, de repente — explicitamente — no *bourbon* do Sr. Jackson, como ele derramou em meus mamilos na noite passada, e a maneira lenta como ele o lambeu. Dizendo-me que nada jamais teve um gosto tão bom e, quando ele derramou mais embaixo, como o calor e a aspereza de sua língua me fizeram rodopiar.

— Hum… Sim. É… bom — consigo dizer, meu rosto em chamas.

— Eu sabia, caralho!

Mesmo com a conexão ruim, posso ouvir as palmas de Tammy.

— Conta mais — ela começa a dizer, quando vejo um carro parando na garagem. Hoje o Sr. Jackson voltou para casa cedo.

— Desculpa, Tam. Tenho que ir — falo rápido, minhas bochechas ainda coradas. — Vou contar todos os detalhes sórdidos para você em breve, prometo.

Tammy suspira ao telefone. Essa é a nossa primeira conversa real em semanas.

— Tanto faz, chave de cadeia. Só toma cuidado, tá…

Ela não tem chance de terminar a frase. O Sr. Jackson já passou pela porta, estendendo a mão para mim. Desligo a ligação sem me despedir, sem saber que nunca mais vamos nos falar outra vez.

Às vezes, uma pessoa sai de sua vida com tanta facilidade que você se pergunta se ela realmente existiu.

TAMMY ME CHAMOU DE CHAVE DE CADEIA. ESSA NOITE, AO SE FILMAR entrando e saindo lentamente de mim, o Sr. Jackson disse que éramos iguais. Que ele enfim havia encontrado seu par. Quando terminou, quando seus olhos rolaram para trás e ele caiu contra meu corpo quente, tive a sensação, pela primeira vez, de que ele poderia estar errado. Porque senti, naquele momento, com o suor dele em toda a minha pele, que eu poderia ser a poderosa. Suas necessidades poderiam ser atendidas. Ele poderia ficar satisfeito. Mas eu poderia sobreviver com uma grande e ampla fome em minha barriga. Eu poderia fazê-lo feliz enquanto meus próprios ossos estavam vazios de dor.

Então ouvi a voz da minha mãe e me lembrei de estar deitada ao lado dela na cama quando tinha oito ou talvez nove anos de idade. Ela estava chorando e eu entrava em seu quarto, um tempo depois de a porta da frente ser fechada com força, o suficiente para eu saber que era seguro. Eu engatinhava até ela e a envolvia com meus braços magros de criança, e ela só se permitia chorar por mais um minuto antes de fungar, enxugar as lágrimas no lençol e se virar para mim. Na luz da manhã, seu rosto era lindo, da mesma maneira que alguns rostos suavizam quando estão tristes, e ela beijava meu nariz.

— Não se preocupe comigo, Alice. Eu só estava tendo um momento. Se depender de mim, ele pode ir para o inferno. É só outro homem estúpido que pensa que tem controle sobre mim. Que vou deixar ele me tratar mal por causa de... — Ela acenou com a mão pelo quarto e eu sabia que ela se referia a essa cama, essa casa, essa cidade que pertencia a ele; e que outra mudança estava por vir.

Ela se insurgiu contra o homem um pouco mais, um cara cujo nome ou circunstâncias eu não consigo mais lembrar e, quando o sol apareceu, minha mãe parecia curada dele, limpa de sua conexão. Era fascinante observar a rapidez com que ela conseguia se recompor.

— É porque somos feitas de metal — ela respondeu quando perguntei sobre isso. — Esses homens pensam que somos flores tão delicadas. Eles não têm ideia de como somos fortes, Alice. De quanto podemos aguentar. Eles acreditam mesmo que precisamos deles mais do que eles precisam de nós. E é melhor — ela acrescentou em algum outro dia —, mantê-los pensando dessa forma.

— CONTE SOBRE A SUA MÃE, ALICE.

A cabeça do Sr. Jackson está pressionando minha barriga, ele está deitado de lado sobre o meu corpo. Embora eu sinta sua respiração travar com a pergunta, não consigo ver a expressão em seu rosto enquanto espera que eu responda.

Ninguém me pergunta sobre a minha mãe. Não mais. Logo quando aconteceu, tive que falar sobre ela. Eles me fizeram falar sobre ela, sobre encontrá-la morta no chão da cozinha. Só para ter certeza de que eu estava bem. Como se você pudesse ficar bem depois disso. Mas então fui morar com Glória, pontos foram checados e veio alguma outra história muito pior do que a minha. Com rapidez, minha história, a história *dela*, não era mais algo sobre o qual alguém quisesse me perguntar. Especialmente porque me recusei a compartilhar o tipo de detalhes que as pessoas mais queriam ouvir. Parei de falar sobre a minha mãe quando percebi que ninguém poderia responder à única pergunta que importava.

Por que ela fez isso? Depois de todas as vezes que ela se recompôs, o que fez minha mãe se matar naquele dia?

Estou em silêncio atrás da nuca do Sr. Jackson. Meus dedos param de brincar com seu cabelo e pairam em algum lugar inacabado entre nós.

Ele não se vira para me encarar.

— Fale sobre ela. Me conte como ela era, Alice. Eu realmente gostaria de saber.

— Não, você não gostaria.

Eu o empurro e puxo meus joelhos até meu peito nu. É a primeira vez que coloco distância entre nós e agora desejo um muro.

— Alice.

Estou tão acostumada com ele dizendo meu nome. Mas dessa vez é diferente. Há algo tão adulto em como ele diz isso. Algo que me lembra do homem que ele é para alunos que não se parecem comigo. Para eles, ele é um professor observador e exigente. O tipo que pode transformar um nome em um comando. Sinto isso e se não estivéssemos nus ali, em sua cama, eu poderia ter gostado de me entregar a essa versão mais segura do Sr. Jackson. Eu poderia ter gostado de abrir o livro de esboços que estou carregando dentro de mim, mostrar a ele todas as páginas rasgadas e danificadas. Mas posso sentir sua pele na minha, o calor irradiando dele, e sei que esses não são braços que eu possa envolver ao meu redor. Não na maneira dos homens que querem acalmar. Ele não pode mudar seu papel na minha vida agora.

— Eu não quero falar sobre ela. Sobre… isso. Cansei de ser um caso de caridade.

— Não acho que você seja um caso de caridade, Alice.

— Claro que acha. Não é por isso que estou aqui?

Isso soou mais severo do que eu pretendia, mas também há verdade nessa acusação.

Ele afasta o braço. Se senta e não olha para mim. Apenas fica olhando para a frente por um longo tempo, como se medisse meu comentário, palavra por palavra, antes de responder. Quando enfim fala, sua voz tem um som estranho e monótono, como se estivesse recitando frases de um roteiro.

— Quando eu tinha onze anos, vi minha mãe morrer de câncer. Correção. Eu a vi morrendo de câncer. Lentamente. Por três anos de merda. Ninguém nunca me perguntou sobre isso. Eu perguntei para você porque alguém deveria ter me perguntado. Teria ajudado se alguém tivesse feito isso. Achei que você entenderia.

Fico olhando para o ombro do Sr. Jackson, a pequena contração muscular que me diz o quão despreparado ele devia estar para a minha resposta. Quero entrar direto no que ele está dizendo, quero saber tudo e contar tudo para ele, sinto tudo correndo para a ponta da língua, mas outras partes do meu corpo querem recuar. Encerrar a conversa. Meu coração está martelando; posso sentir a pulsação em meus dedos e aquele gosto familiar de metal na boca. É o gosto do sangue da minha mãe. Ninguém sabe que enfiei os dedos na boca depois que eles vieram para levar o cadáver dela.

— Eu sinto muito. Não gosto de falar sobre isso. Sobre ela.

É a única coisa que consigo pensar em dizer para aquele ombro contraído e o gosto de sangue na minha língua.

O Sr. Jackson ainda está olhando para a frente. Ele fala como se mal nos conhecêssemos.

— Tudo bem então, Alice. Faça como quiser.

— Está bem.

Está bem.

É óbvio que não está tudo bem, então viro sua cabeça e o beijo com força, em vez de perguntar sobre aquele menino de onze anos e o que ele viu. Estou ciente de que meu silêncio é como uma das mãos sobre sua boca, mas não posso dar a ele o que precisa de mim esta noite. Existem maneiras de perder a si mesmo; existem maneiras de o corpo esquecer brevemente o que sabe. O Sr. Jackson deveria ser esse tipo de esquecimento e quero me agarrar a essa versão dele enquanto puder.

Pensando bem, é provável que ele ache que eu nunca entendi o que isso significava. Perder a pessoa que você mais amava.

QUANDO ALGO TÃO IMPORTANTE É DITO EM VOZ ALTA, ESSE ALGO SE senta e espera que você o resolva, não importa o quanto se esforce para ignorá-lo. Uma vez li que uma única nuvem pode pesar o mesmo que cem elefantes. Não é algo que você consegue ver, esse peso pressionando para baixo, mas o peso está lá, de qualquer maneira. É assim com o Sr. Jackson e eu. Posei para ele ontem e, pela primeira vez, senti que ele não estava me vendo, não estava realmente olhando para mim, enquanto mexia um braço ou uma perna com mais descuido do que eu estava acostumada. Acho que ele pode estar com raiva de mim e estou tentando me desculpar com meu corpo, porque mais uma vez não tenho palavras para dizer o quanto lamento. Na noite passada, ele estava dormindo antes de eu voltar do banheiro, ou pelo menos fingiu estar, mesmo quando passei a mão em suas costas e descansei meus dedos em seu quadril. Eu queria dizer para suas costas: *Fale. Me conte sobre sua mãe.* Mas a minha própria mãe dançou muito perto da superfície e colocou fogo em minhas bochechas. Então, tirei minha mão e, pela primeira vez, dormimos de costas um para o outro.

Nessa manhã, o segui até o chuveiro. Eu tremia tanto que ele me puxou para si, apertou os braços ao meu redor e ficamos juntos sob o jato de água quente. Mas ele foi embora assim que nos enxugamos e disse: "Tenha um bom dia" e não me disse para onde estava indo. Já se passaram horas desde que ele saiu e fiquei sentada no pequeno sofá, olhando para suas estantes de livros o tempo todo. Eu me sinto inundada por memórias, carregada por elas. A única coisa a fazer é ficar parada. Sem barulho, sem luz. Se eu me concentrar bastante, posso empurrar os pensamentos para fora, para longe. Já é o entardecer, eu consegui passar pela luz do dia e seu brilho chocante, meus *flashbacks* reduzidos a arremessos de pedras, disparando pela superfície dos meus pensamentos. Minha mão na porta, o amarelo da cozinha, o vermelho-sangue no chão, metade daquele lindo rosto faltando. Nenhuma imagem permanece por muito tempo se eu ficar estática, se não me mover. Eu ainda estou ali, olhando para a parede, quando o Sr. Jackson finalmente chega a casa. Ele acende as luzes de imediato, me fazendo pular.

— Alice? Você está bem?

Tento acenar com a cabeça, mas em vez disso, as lágrimas vêm. Lágrimas densas, de enrugar o rosto, que não saíam dessa forma desde que aquilo aconteceu.

— Aonde você foi? — Sai como um lamento. — Você não me contou. Aonde foi e por que me deixou?

E agora estou chorando, a paralisia do dia cedendo ao cansaço de segurar tudo dentro de mim. Ele fica ali por um momento, me observando chorar, depois vem se sentar ao meu lado. Seus braços me circundam e eu me envolvo nele.

— Sinto muito. Sinto muito. Eu sinto *muito*.

Eu me desculpo repetidamente enquanto me agarro a ele, as unhas cravando em seus ombros, tentando rastejar sob sua pele, querendo me aproximar. A separação desse dia me apavorou.

O Sr. Jackson me abraça com força até que os soluços param. Quando finalmente estou exausta, esgotada, sinto-o me embalar. A maneira como ele me move suavemente, me acalmando, como se eu fosse uma criança.

— Sinto tanta falta da minha mãe.

Quero sugar as palavras de volta no mesmo instante, mas empurro a dor na minha garganta. É uma dor física, afiada como uma faca, mas as palavras continuam vindo. Não quero que ele fique com raiva de mim.

— Cuidávamos uma da outra. Sempre fomos apenas nós duas. Eu nem sei quem sou sem ela.

O Sr. Jackson se desembaraça dos meus braços com gentileza.

— Quer uma bebida? — ele pergunta, e eu concordo.

— Talvez a garrafa inteira.

Espero ele voltar da cozinha com o *bourbon* — de alguma forma, eu sabia que seria *bourbon*. Ele me entrega a garrafa e eu tomo um gole, fazendo uma careta enquanto engulo.

— Talvez não assim. — Ele ri, suave. — Vamos pegar um copo para você, amadora.

A familiaridade desse apelido acalma. No momento em que o Sr. Jackson volta da cozinha com um copo cheio de gelo, posso respirar outra vez.

— Estávamos indo muito bem. Ela tinha um bom emprego e já estávamos no mesmo lugar havia dois anos. Dois anos era tudo naquela época. E ele… ele estava na cadeia por alguma coisa estúpida, não sei. Algo insignificante. Nunca prestei muita atenção ao que ele fez. A menos que envolvesse a minha mãe.

— Ele… — o Sr. Jackson me interrompe — o seu pai?

— Não. Claro que não! — Sacudo a cabeça com veemência. — Não sei quem é o meu pai. Mike. O último namorado da minha mãe.

Uma memória. Mike está me levando para a escola e está indo rápido demais. Não há cinto de segurança e não tenho nada em que me segurar, meus dedos cravam no assento, as pontas brancas, e ele ri do meu medo enquanto passamos pelos outros carros na estrada. Quando pisa no freio em uma placa de pare, ele estende a mão gorda e a coloca sobre meu peito.

— Calma, Alice — ele fala, dedos roçando em mim.

Outra lembrança. Ele está beijando a minha mãe na cozinha, a mão sob a camiseta dela. Ela continua tirando a mão, dando risadinhas, e ele a coloca de volta, e eu estou parada na porta, assistindo a essa dança, **me sentindo mal, porque sei que isso significa que ele estará ali naquela noite, e em todas as noites, até que algo ruim aconteça novamente. Eles se viram, me veem olhando, e ele dá aquela mesma risada, aquela que diz que ele gosta de me assustar. Eu tranco minha porta naquela noite e empurro uma cadeira sob a maçaneta.**

— Minha mãe tinha péssimo gosto para homens — digo, um eufemismo. — E ela era muito, muito bonita, então havia vários homens por perto.

Sirvo outra dose de *bourbon*, os fantasmas pairando ao redor.

—Você é linda — o Sr. Jackson declara, e eu quero ficar com raiva dele por ter ido embora, quero dizer que não me importo com o que ele pensa. Mas não é assim que fazemos, é? Quando um homem nos pune por nossa resistência, nós lutamos para que tudo volte a ficar bem.

Acho que a minha mãe poderia ter me avisado sobre ele. Poderia ter me contado como todos aqueles homens terríveis também disseram que ela era bonita. Ou talvez ela tivesse me empurrado direto para os braços do meu professor, considerando isso sua validação. Eu sou linda, assim como ela. E, assim como ela, tenho algo que esse homem deseja capturar, possuir.

Ocorre-me brevemente, quando o Sr. Jackson coloca as mãos no meu rosto manchado de lágrimas e o pressiona para baixo, que ele acha que minha confiança total nele é a coisa mais linda de todas.

Mais tarde, ele me mostra fotos da própria mãe. Antes de ela ficar doente. Ele se parece com ela, como eu me pareço com a minha mãe. Uma sombra, uma versão da coisa real, não tão adorável. Ele me contou que ela também era uma artista e depois tirou com cuidado algo de uma caixa de sapatos em seu armário, embrulhado em um lenço de seda vermelha e não maior do que um tijolo. Uma câmera Leica dos anos 1930, lindamente preservada. A mãe dele comprou em uma loja de segunda mão quando era adolescente e, quando adoeceu, deu ao filho e lhe pediu que cuidasse dela.

— Não vale muito — ele explica. — Talvez mil dólares. Mas eu também me mudava muito e é a única coisa dela que me resta. Ainda tira ótimas fotos. Naquela época, eles faziam as coisas para durar.

Peço a ele que me mostre como a câmera funciona, confusa com os botões, as alavancas e os discos desconhecidos. Ele carrega um novo rolo de filme preto e branco e me dá uma breve aula, nunca me deixando tocar na própria Leica conforme gira a câmera para lá e para cá. Estamos sentados lado a lado na cama quando ele me olha pelo visor, explica que esse modelo de câmera foi um dos primeiros a incluir um telêmetro embutido. E como esse recurso muda a maneira como você vê os objetos através do vidro.

—Você começa com duas imagens e essa alavanca de foco ajuda a aproximá-la... Vê?

Ele está segurando a câmera muito perto do meu rosto e eu desvio a cabeça para longe dele, rindo quando ouço o estalo do obturador.

— Sua boba — ele diz, baixando a câmera de sua mãe e me puxando para os seus braços. —Você sempre foi impossível de ensinar.

PENSEI QUE PODERÍAMOS FICAR ASSIM?

Achei que havia um lugar onde você poderia pousar e tudo ao seu redor iria embora? Que nada nem ninguém mais importaria, porque você estaria exatamente no lugar onde queria estar?

Pensei que existiria tal lugar e tal momento, e tudo pararia para mim, porque eu estava segura naquele lugar, naquele momento?

De que outra forma explicar minha surpresa quando chegou ao fim? De que outra forma dar sentido à minha confusão absoluta ao encontrar a terra se movendo abaixo de mim mais uma vez, me girando para longe assim que comecei a recuperar o equilíbrio. Mesmo quando essa mudança era o que me ensinaram a esperar por toda a minha vida antes dele.

Ele me expulsa em uma manhã de domingo, um mês depois de me convidar para entrar. É um dia antes do meu aniversário de dezoito anos e o dia em que minha mentira sobre minha idade me pegou, surpreendendo a nós dois.

— É o meu aniversário amanhã — comento com o Sr. Jackson, naquele lugar debaixo do braço dele onde me encaixo tão perfeitamente. Dou lambidas nos fios macios de sua axila. — Acabei de me lembrar.

Temos vivido fora do tempo. Eu parei de contar os dias. Parece estranho considerar um aniversário, uma evidência de que a vida continua, quando nos afastamos tanto de sua rotina.

—Vamos fazer algo especial — ele diz. — Ah, ter meus dezenove anos de novo...

— Hum... — Estou sonolenta, descuidada. Esquecida da minha primeira mentira. — Estou fazendo dezoito anos, bobo. Não acrescente mais um ano ainda.

Eu não percebo de início. A forma como seu corpo fica tenso, a maneira como ele se afasta de mim, seu corpo começando a recuar.

— Alice.

— Hummm?

— *Alice!*

Ele está segurando meus ombros agora, os nós dos dedos ficando vermelhos. Algo está aquecendo sob sua pele.

— O quê? Ai. Isso dói, senhor... Jamie! Por que você está olhando desse jeito para mim?

— Alice — ele fala meu nome lentamente. — Alice, quantos anos você tem?

— Ahn?

— Quantos anos você tem?!

Não é mais uma pergunta, e sim um comando. Como pude pensar que tinha algum poder sobre esse homem?

— Eu... Eu vou fazer dezoito anos. Amanhã.

Ele olha para mim por um segundo e então se levanta da cama e atravessa o quarto antes que eu entenda o que está acontecendo.

— Porra. Porra. *Pooorraaaa.* Alice, você tem dezessete anos?

— Sim? Por que...

— Eu tirei fotos suas! Eu filmei você!

Ele joga essas palavras na minha direção, parecendo que vai vomitar, e eu ainda não compreendo totalmente o que está acontecendo, por que meu aniversário causou uma reação de pânico. Então, aos poucos, subindo pela névoa do meu cérebro, ouço a voz de Tammy da última vez que falamos, o jeito que ela me chamou de chave de cadeia, e não posso acreditar que nunca considerei isso. A garota tão obcecada com a liberdade que vem com os dezoito anos nunca deveria ter se esquecido do que ela não era considerada livre para fazer, em todos os dias anteriores.

— Jamie, desculpe. Pensei que você soubesse. E isso não importa. Quero dizer, eu falei sim. Foi minha escolha. Não foi... você não...

Aquele olhar estranho e irreconhecível se solidificou; ele agora está olhando para mim como se nunca tivesse me visto antes.

— Caramba, Alice. Eu poderia ir para a cadeia por isso.

— Não! Eu nunca faria isso; isso nunca...

—Você tem que ir embora!

Agora, ele está andando pela sala, gritando.

— Não, Jamie. Não seja bobo. É só mais um dia e vamos ficar bem. Só mais um dia e...

— Cale a boca, apenas cale a porra da boca. Sai de perto de mim, sua vadia estúpida!

Essas são as palavras mais desagradáveis que ele já me disse, piores do que qualquer coisa que eu poderia ter imaginado, e quando ele não vem para me consolar, sei que está falando sério. Eu digo *"Desculpe!"* várias vezes, mas ele já saiu da sala, posso ouvi-lo procurando as chaves do carro no corredor.

—Vá embora antes de eu voltar, Alice.

O Sr. Jackson diz isso da porta da frente e então a ouço abrir e fechar atrás dele. Seu carro acelera, derrapa na garagem. E, mais uma vez, estou por conta própria.

MEU PEITO ESTÁ DESMORONANDO.

Ele sabe que não tenho para onde ir. Ele me convidou para entrar, sem nenhuma intenção real de me deixar ficar. A raiva sobe na minha garganta cada vez que penso no que ele me ofereceu, no que ele conteve. Essa justiça é uma breve trégua, antes que eu vomite minha tristeza toda de novo.

Eu não posso voltar para Glória. Ela mandou uma mensagem outro dia para avisar que estava fora da cidade esta semana. "Quando eu chegar em casa, precisaremos conversar sobre seus planos", encerrou a mensagem e eu sabia o que isso significava: ela esperava que eu fosse embora depois do meu aniversário. "Vou ficar aqui com a Tammy durante a primavera", respondi por mensagem, pensando que estava criando uma oportunidade para mim e o Sr. Jackson. "Te aviso quando estiver de volta à cidade". Seu "Legal" em resposta foi o suficiente para eu saber que ela não checaria se era verdade ou não. Quanto a Tammy, não nos falamos desde que ela me chamou de chave de cadeia, fora algumas mensagens que ambas demoramos um pouco para responder. Eu estive distraída com o Sr. Jackson e ela, sem dúvida, esteve ocupada monitorando a sobriedade de seu pai e mantendo seu namorado Rye no bom caminho; posso vê-la bebendo vodca em uma lata e enrolando seus cigarros de qualquer jeito, enquanto eles se amontoam perto da água, inalando coisas mais pesadas do que qualquer outra que ela pudesse conseguir em casa. Sei que ela está tão feliz quanto espera estar, o que me deixa feliz por ela.

Eu quero mais.

Se quero sair desta cidade de uma vez por todas, preciso de dinheiro. Não posso acreditar que deixei o Sr. Jackson me distrair da única coisa de que eu tinha certeza.

Tomo uma decisão que mudará minha vida. Às pressas, e com a clareza que a necessidade traz, vou para onde o Sr. Jackson esconde o dinheiro que ganha com a venda de sua arte, pego até a última nota enfiada naquela velha lata de filme. Em seguida, jogo minhas roupas nas mochilas que trouxe da casa de Glória, apenas as coisas limpas. Sei que deixei calcinhas e camisetas no banheiro e fico feliz. Quero que haja evidências de que estive ali. Ele terá que estar consciente ao descartar essa prova da minha presença. Ele terá que saber o que está fazendo enquanto recolhe meus pertences e os joga no lixo. Considerar seu desconforto nessa tarefa é uma pequena satisfação, como um cubo de gelo em uma picada.

Quase fechei a porta da sua casa atrás de mim, me trancando do lado de fora, quando volto. Há algo que quero levar comigo. Um vazio que quero criar no mundo dele. Quando a retiro da caixa, a Leica é mais leve do que eu esperava. Como nunca a segurei antes, ela parece ainda mais preciosa em minhas mãos.

Era a câmera da mãe dele. Eu sei o que essa perda significará para o Sr. Jackson e minha pequena satisfação se expande e explode em meu peito. Deve haver consequências quando se magoa alguém. Quero que ele saiba que não me importo mais com ele, nem com a sua arte. Ele me mostrou quem é, e agora também mostrarei a ele meu verdadeiro eu.

Fecho minha mão em torno do dinheiro. Pressiono a Leica contra meu peito. Uma vadia. Uma ladra. Uma mentirosa. O Sr. Jackson pode me classificar da maneira que quiser. Porque sei o que sou. Eu sou uma sobrevivente. Farei dezoito anos amanhã e partirei em meus próprios termos. Nada — ninguém — pode me segurar agora.

Ruby Jones está dizendo a si mesma exatamente a mesma coisa enquanto pesa suas malas no balcão da companhia aérea em Melbourne, verifica seu passaporte e se prepara para embarcar em seu voo para Nova York.

Estou pronta para o que vier a seguir, ela pensa.

Esse otimismo, apesar de tudo o que aconteceu antes, é como sei que ela entende. Que se você mentir várias vezes para si mesma, acabará acreditando.

8

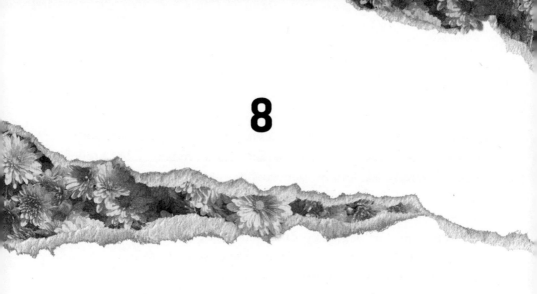

Depois daquela noite com o menino no chão, as coisas ficaram diferentes.

Não que eu ache que o céu desabará. Ou que eu não saberia o que fazer se isso acontecesse. Você deve entender que, nesse momento, ainda sei o que estou fazendo. Mas eu estava começando a me sentir segura, começando a esquecer. E isso, na verdade, é o que define segurança, certo? Um esquecimento do que você sabe. A recusa de se lembrar de coisas ruins fica logo ali na esquina.

Seus dias estão contados. Vermelho-sangue pingando pelas paredes do túnel. Aquele grafite do metrô parecia um aviso. Um lembrete. Antes de Nova York, antes de Noah, nunca acreditei que estaria segura de verdade.

Você sabe o quanto devemos estar atentas? Meninas como eu. O homem à frente que desacelera, que desaparece pelas portas. O homem logo atrás que anda muito rápido, a invasão dele é sentida em sua pele, rastejando. *Vans* com janelas escuras e ruas com becos. Um parque ao anoitecer, terrenos baldios assustadores a qualquer hora do dia. O pai da amiga cuja mão se demora em alguma parte do corpo ou o grupo de meninos com hálito de cerveja. A porta se fechando e a sala rodando.

Você sabe o quanto devemos estar atentas?

Aquele garoto no chão alguma vez se sentiu seguro? Ele teve uma vida pacata antes de algo virar, torcer e ele se tornar o tipo de pessoa em que os outros pisariam? Alguém o abraçou, o amou, sentiu sua falta quando ele se foi? Há escuridão sobre os meus dias agora, uma espécie de nuvem, e não é apenas a chuva. O fato de o Sr. Jackson nunca ter tentado me ligar ou de ninguém parecer se importar com a minha partida. É o registro da rachadura da minha nova vida. A Pequena Joan salta por ruas inundadas, tira fotos de edifícios perfeitos, absorve fatos sobre sirenes, e igrejas, e estrelas. Ela leva os cachorros de outras pessoas para passear e, dois dias atrás, quando um dos cachorros parou para fazer xixi, ela se viu na frente de uma escola de fotografia a três quarteirões do apartamento de Noah, com uma placa na porta dizendo que as aulas do final da primavera começariam em breve. Ela tem folhetos da escola na mesinha de cabeceira e tem o Noah. E, então, a rachadura, a falha.

Mais uma vez, assim como minha mãe, minha vida cresceu em torno de uma pessoa, uma pessoa que poderia se cansar de mim a qualquer hora, poderia me pedir para ir embora. E eu estaria sozinha novamente. Sem casa, sem dinheiro e sem pais, destinada às esquinas, moedas jogadas em xícaras de café e placas pedindo comida a estranhos. Eu poderia — eu conseguiria — sobreviver a outra perda tão cedo?

Fico três dias sentada com esses pensamentos, meus medos fervilhando, até que Noah se convence de que estou com febre.

—Você não tem sido você mesma — ele comenta no jantar, como se nos conhecêssemos há meses, em vez de semanas. — Nós precisamos ir ao médico, Alice?

O "nós" soa por toda a mesa, uma simples promessa. Sinto sua mão fria na minha testa. Talvez ele não seja como os outros. Eu preciso saber.

— Noah. — Olho para o meu benfeitor acidental, sentado à minha frente, nosso mosaico de "T devo 1" visível atrás dele. — Por que você aceita pessoas morando com você?

Franklin se esconde aos meus pés e lambe meu tornozelo nu.

— Normalmente, eu não aceito — Noah responde depois de um tempo. Seu sorriso é pequeno, irônico. — Na maioria das vezes, Alice, as pessoas apareceram na porta e eu as rejeitei. Já até me desculpei com um ou dois pedindo para ir embora e paguei "pelo inconveniente".

— Ah!

Eu me vejo na porta dele naquela primeira noite, bolsas, e câmera, e esperança penduradas em mim, e vejo quando a porta se fecha na minha frente. Nada de olhos azuis, nada de janelas enormes, nada de piano ou Franklin se chocando contra os meus joelhos. Voltando com os meus seiscentos dólares em dinheiro para... o quê?

— Eu tenho tanto, sabe? — Noah continua, abrindo as mãos para mim. — E pensei que outra pessoa poderia precisar de um pouco disso. No entanto — ele junta as mãos e as aperta —, as pessoas que apareceram não se pareciam com o que eu tinha em mente.

— Mas você tornou tudo tão fácil para mim — eu o pressiono. — Não pediu nenhuma referência, nenhum depósito de cartão de crédito como todos os outros solicitaram. Você já devia saber que desse jeito viria alguém como eu.

— É verdade — Noah suspira, sua expressão inescrutável. — Acho que sim, Pequena Joan... você era o que eu tinha em mente. — Então disse, muito mais baixinho, não tenho certeza se ouvi direito: — Para ser mais preciso, você me lembrou de uma garota que conheci.

Mais tarde, vou entender que, quando abriu a porta para mim, Noah pensou, de repente, em um rosto aberto e ansioso como o seu próprio. Sua única tentativa improvável e gloriosa de imortalidade, muitos anos atrás. Uma garota que foi para o outro lado do mundo, ainda criança, o endereço há muito perdido. Antes, por um tempo, a criança costumava fazer visitas com a mãe. Elas apareciam sem aviso um dia ou outro, ela batia sem jeito no piano, e ele dava dinheiro para a mulher comprar roupas, pagar a escola e viajar nas férias. Naquela época, não havia espaço nem desejo de uma família, mas ele tinha reservado um pouco de si mesmo para a garota e quando elas foram embora tão de repente, a garota deixou um eco, um vazio em torno do que poderia ter sido. Nenhuma vida é sem segredos, sem portas fechadas. Quando eu apareci na porta da frente de Noah — jovem, suja, esperançosa —, as coisas se abriram aos poucos outra vez.

Claro, ele não disse isso essa noite. Ele apenas fez menção de inclinar seu boné para mim, seu sorriso se alargando para encontrar o meu do outro lado da mesa.

Eu inspiro.

— Sem mencionar o fato, Pequena Joan, de que você claramente não tem outro lugar para ir.

LUCY LUTENS QUER QUE DEMOS UMA FESTA DE ANIVERSÁRIO PARA seu ansioso *schnauzer,* Donut. "Nada exagerado, apenas bolo, aqueles chapeuzinhos e talvez você possa me mandar algumas fotos das festividades!" Ela nunca perdeu o aniversário dele antes, mas sua prima vai se casar em Maine e, sério, sua própria mãe perdeu quase todos os seus aniversários e ela acabou *muito bem*, não é?

Estou na cozinha ouvindo, através da parede, o tagarelar nervoso dessa mulher. Nunca me encontro com os clientes — "Não queremos perguntas desnecessárias", Noah falou quando comecei a trabalhar —, mas sinto que eu conseguiria combinar o dono com o cachorro da mesma forma; é como se o animal se tornasse um espelho da pessoa, captando todas as suas peculiaridades e tiques emocionais. Franklin, por exemplo, é atento. Atento à distância, como Noah, e então me surpreenderá com um gesto que parece carinho. Um nariz molhado em meu tornozelo ou uma cutucada de sua cabeça em minha perna. Apenas um breve toque e então ele estará de volta ao seu lado da sala. O cachorro de Lucy Lutens definitivamente não está bem. Donut fica nervoso com outros cães e ressentido comigo, como se fosse minha culpa Lucy o deixar conosco. Ele se senta na porta depois que ela sai, choramingos estremecem o seu corpo e, quando se convence de que ela nunca, jamais, voltará, ele coloca o rosto atrás das patas e se recusa a olhar para mim pelo resto do dia.

Noah explica que os cães produzem os mesmos tipos de emoções que nós, humanos, mas eles pensam como uma criança de três ou quatro anos, no máximo.

— Imagine você no seu estado mais vulnerável — me explicou uma vez. — Quando você sente mais do que consegue entender. Essa é a realidade de um cachorro todos os dias.

Isso me faz pensar em como eu era aos quatro anos. Não me lembro de estar na minha própria pele, olhando para o mundo, mas às vezes me vejo nessa idade. Acho que, em geral, você experimenta as memórias dessa maneira, de fora para dentro, como se a sua vida antiga fosse um filme que você estrelou. Mas às vezes algo ruim acontece, algo ruim o suficiente para fazer parecer que você mantém um olhar perpétuo para fora daquela coisa ruim, vivendo dentro dela em vez de assistir à versão em filme. Então, fica difícil dizer o que é real e o que não é. Noah fala que você pode tentar extrair esses tipos de memórias, sacudi-las para longe.

— Mas isso não o deixaria com um corpo cheio de buracos? — perguntei e ele riu, mas não de maneira indelicada, e, no dia seguinte, deixou um livro sobre algo chamado *Técnica de Libertação Emocional* em cima do meu travesseiro. Infelizmente, o livro tinha a foto de uma nebulosa na capa, então, o coloquei no armário, a capa voltada para o chão, e nunca mais olhei para ele.

De qualquer forma, nada de tão ruim aconteceu comigo aos quatro anos. Não que eu saiba, e tenho certeza de que me lembraria. Algo melhor em que pensar: você poderia combinar a criança com a mãe da mesma forma que eu posso combinar o cachorro com o dono? Como aquela garotinha espelhava sua mãe naquela época? Estive sempre procurando alguém que me amasse, que prestasse atenção em mim, que me *visse*? É estranho que eu não possa conhecer essa pequena Alice de verdade. Minhas memórias claras — me mudando com tanta frequência, começando em outra escola, os homens sempre ao redor — são de uma Alice mais velha que experimentou essas coisas, as armazenou. A pequena Alice também estava esperando em portas trancadas? Ansiosa, como Donut, por uma mulher que, eventualmente, sempre voltava?

Às vezes, gostaria que Noah não tivesse me contado todas as coisas que ele me disse.

Só às vezes.

— Eu nunca tive uma festa de aniversário — confesso quando Lucy, enfim, vai embora, Donut desabando de angústia na porta. — Minha mãe gostava de fingir que aniversários nunca aconteciam.

Se isso surpreende Noah, ele não demonstra. Acho que ficaria surpresa se alguém me contasse que nunca teve uma festa de aniversário. Posso até ficar um pouquinho triste com isso. Mas ele apenas dá de ombros.

—Você gostaria de ter uma?

— Uma *feeeeeesta* de aniversário?

— Sim, Alice. Uma *feeeeeesta* de aniversário. Você gostaria de ter uma? Não vivenciar algo não significa, necessariamente, ter um desejo por essa experiência.

Aprendi a apreciar a maneira como Noah faz as coisas que nunca considerei parecerem óbvias. Acho que é por isso que nunca me sinto ofendida quando ele fala assim comigo.

Penso em sua pergunta por um minuto, penso nisso de verdade.

— Eu gostaria — finalmente respondo, enquanto novas visões e possibilidades vêm à tona. — Gostaria de fazer uma festa de aniversário no topo do Edifício Chrysler. Eu usaria um vestido prateado; seriam servidos Manhattans em taças elegantes e haveria balões cheios de purpurina por toda parte. As pessoas os estourariam em cima de mim quando eu passasse, para que eu ficasse superbrilhante a noite toda.

— Bem específico — ele diz com aquele sorrisinho dele, antes de voltar ao dia e aos cachorros. Deixando minha fantasia de aniversário brilhar e depois desaparecer, mas não antes de preservar essa ideia, como uma memória de algo que de fato aconteceu.

É uma prova da crescente afeição de Noah que ele resista ao impulso de me dizer que o interior da torre do Edifício Chrysler, na verdade, nada mais é do que uma massa de concreto e fios elétricos, uma feia série de espaços estreitos que não se parecem em nada com sua fachada brilhante. E ele nem menciona o fato de que, tecnicamente, não tenho amigos na cidade de Nova York. Ninguém para convidar para a minha festa. Então, quaisquer balões amarrados ao labirinto de cimento áspero dentro da torre permaneceriam intactos, intocados, enquanto eu caminhasse por baixo deles. Purpurina flutuando por dentro e eu por fora, olhando para cima, olhando para dentro.

Uma ideia bonita, mas absurda. Garotas como eu não têm festas de aniversário elegantes. Fiz dezoito anos em um ônibus interestadual. O tique-taque dos ponteiros, em um relógio, e eu nasci *este tanto* de anos atrás. Sem nunca saber o que minha mãe pensou quando éramos separadas pela primeira vez.

Também sem saber o que ela pensou quando nos separamos pela última vez.

UMA MEMÓRIA DA MINHA MÃE E EU. ELA ESTÁ NA BANHEIRA, UMA toalha enrolada na cabeça como um turbante. Ela está rindo enquanto joga água com sabão em mim e estende as mãos para que eu me junte a ela. Eu entro na água quente, me inclino para trás quando ela começa a lavar meu cabelo, seus longos dedos massageando meu couro cabeludo. Pontos de luz, pequeninos planetas, dançam na frente dos meus olhos, enquanto ela move as mãos pela minha pequena cabeça, e eu sinto a sua carne, a plenitude da minha mãe, nas minhas costas.

—Você é meu bebê — ela sussurra.

E é disso que eu me lembro, mesmo que nunca possa confirmar que aconteceu dessa maneira. Mesmo que isso tenha sido apenas um filme. Estrelando outra pessoa completamente diferente.

CLARO QUE ELE FEZ ISSO.

Ele me deu uma festa de aniversário no topo do Edifício Chrysler.

Volto do passeio com Franklin no Riverside Park assim que o sol começa a se pôr no rio Hudson. É o fim da minha terceira semana na cidade e a sala está cheia de balões flutuantes, prateados e brancos. Apoiada na janela está uma impressão de papelão da altura de uma pessoa, mostrando uma vista aérea do centro de Manhattan em uma noite chuvosa e dourada. Recebo uma bebida marrom-avermelhada em uma taça cintilante, uma cereja escura balançando na superfície. Tem gosto de uma ideia que ainda preciso entender, uma promessa de vida adulta rolando em minha boca.

— Ao seu primeiro Manhattan — Noah diz ao brindarmos as taças e, embora eu não esteja banhada de purpurina, estou brilhando do mesmo jeito. — Feliz aniversário, Alice.

Que estranho pensar que nunca mais ouvirei essas palavras.

Estamos bêbados. Ou eu estou. Três Manhattans seguidos, servidos de uma garrafa de cristal deixada em cima do piano. Separei cada cereja e agora mordo uma, o suco vermelho-escuro escorrendo do canto da boca. Tem um gosto doce e amargo na minha língua e eu entendo que esta é uma embriaguez diferente de tudo que já experimentei antes. Estou lânguida — acho que é a palavra certa. Pesada. Mas não presa. Em minha mão esquerda está um cheque emitido para aquela pequena escola de fotografia na esquina.

— Taxa de matrícula — Noah explicou quando abri o envelope que ele me deu, o pedaço fino de papel caindo no meu colo. — Não posso deixar você perambulando pela casa para sempre, Pequena Joan.

O cheque é como a chave de uma porta nova em folha. Eu me vejo no verão, subindo os degraus da frente da escola, me vejo entrando no prédio todos os dias, pronta para a aula. Eu me imagino ficando cada vez mais familiarizada com esse mundo com o passar dos dias e, se eu apertar os olhos, posso até ver aquela futura eu almoçando com seus amigos, usando a câmara escura para completar sua última tarefa, mostrando aos alunos mais novos como encontrar a sala de aula B.

— Noah… — Quero contar a ele sobre esse meu eu mais velho. Quero expressar quão estranha e maravilhosa é a ideia de um futuro. Quero agradecer a ele por fazer isso possível, tornando *a ideia* possível. Quero que ele saiba que, antes, os presentes só vinham com exigências. Condições. Eu estava sempre fazendo a contagem regressiva para o fim de algo, para quando seria tirado de mim. E quero dizer que ainda não entendo por que ele faz tudo isso por mim. Uma garota que ele conheceu há apenas algumas semanas.

— Noah. Quem você era antes?

Todas as respostas não são encontradas no passado?

— Antes de você? — ele esclarece, colocando seu próprio Manhattan no chão.

— Bem, sim, antes de mim. Mas eu não quis dizer exatamente isso. Quero dizer, como era sua vida quando você era jovem? Quando tinha dezoito anos, como eu.

Noah me conta que nasceu do outro lado do rio. Em Hoboken, um nome que me parece uma barra de chocolate, algo macio com algo duro e crocante no meio.

— Pequena Joan, você pode ter acabado de descrever a minha adolescência com perfeição — ele responde, sorrindo para o passado, vendo sua vida em marcha a ré, de modo que sua boca muda durante essa viagem, vacilando nos cantos até que eu não possa mais dizer se ele está se divertindo ou se está triste. — Eu queria escapar. Muito parecido com você. Só que eu tinha uma jornada mais curta a fazer. Passei toda a minha juventude olhando para o outro lado do rio; Manhattan era minha estrela-guia. Até chegar aqui, eu sempre vivi querendo estar em outro lugar.

— Conte sobre a Nova York daquela época — peço, porque quero que ele continue falando e aprendi que, muitas vezes, ele compartilha pedaços de si mesmo dentro de outras verdades. Em algum lugar da Manhattan de sua juventude, encontrarei o homem que ele é agora e por que escolheu me ajudar.

— Naquela época, Nova York ainda era uma ideia. A melhor ideia que este país já teve. Agora, é mais como um *reality show* grosseiro. As ruas foram limpas, os turistas vêm, vêm e vêm, há prédios de apartamentos meio vazios bem ali no centro, blocos inteiros de concreto, propriedades de pessoas que nunca viverão aqui, mantendo seus condomínios multimilionários para o caso de elas visitarem algum dia. Nos anos setenta, você não visitava Nova York. Você vivia aqui, escapava de qualquer vida que seus pais criaram para você e acabava em um lugar que pedia apenas que vivesse nele, que fizesse dele um lugar para você.

Eu poderia ouvir Noah falar assim por um ano.

— Eu morava no Village. Camas sujas, bares sujos, enquanto meus pais tentavam limpar as coisas em casa. Era perigoso, e emocionante, e um mundo inteiro por si só, uma cidade em perpétuo movimento e sempre se superando. Observei aquelas torres subirem, eram mesmo monstruosidades, mas nunca me importei com elas, porque me lembravam dois dedos gigantescos fazendo "v de vitória" para todos. Eu também vivia assim na época, seguro de mim e um pouco grosseiro. Eu tinha muitos amigos e depois não tinha mais, porque os anos oitenta chegaram e as pessoas ao meu redor começaram a morrer. Amantes, amigos, o menino gênio que morava no apartamento ao lado. Eles morreram, a cidade viveu e mudou, porque sobreviver muda tudo.

(Disso, eu sei.)

— A cidade continuou se movendo. Eu continuei me movendo. Nova York é feita para segundas chances, Alice. Acabei conhecendo alguém, que conhecia alguém, que conhecia alguém, e eles me apresentaram ao dinheiro. Consegui bastante dele. Mandei de volta para o outro lado do rio, para os meus pais. Comprei este lugar por um preço barato de um homem que me reconheceu da minha vida anterior. Mesmo quando eu não reconhecia a mim mesmo.

— E a garota de quem eu te lembro? — pergunto no silêncio que se segue, sentindo que estamos nos aproximando da história agora. Esta noite e os Manhattans afrouxaram alguma coisa.

— Ah, sim. Parte da minha vida no caminho certo. Uma remanescente, se quiser chamar assim. Minha filha estaria — ele conta nos dedos, uma vida inteira em seus cálculos — com seus trinta e poucos anos agora. É difícil de imaginar. Metade da minha vida viveu de novo. Machuquei muito a mãe dela, do jeito que você pode machucar uma pessoa de verdade, que é não a amar da maneira que disse que a amaria. Então, ela foi embora. Levou a garota para o exterior e minha desculpa pela complicação da minha orientação foi deixá-las ir, sem amarras, sem vínculos, sem fazer perguntas.

Noah abre a porta e eu estou lá com as minhas malas. Uma garotinha se vira para ver seu pai uma última vez. Saindo e sem nunca imaginar que ela jamais voltará para a casa com o piano e o lustre; nunca mais verá o homem que sempre fala com ela como se estivesse lendo uma história. Você não pode saber o quão longe algumas despedidas o levarão.

— Você se arrepende? — pergunto. — Qual foi o tamanho do seu remorso?

Noah me disse que tem muitos, muitos arrependimentos. Que qualquer pessoa que afirme o contrário não viveu por tempo suficiente ou simplesmente viveu tempo demais para se lembrar da verdade das coisas. E, sim, ele se arrepende de não conhecer sua filha, de não a ver crescer. Agora, depois de me conhecer, mais ainda.

— Não conheço meu pai — digo, querendo costurar o pequeno buraco que abri. — Ele está em algum lugar aqui em Nova York. Pelo menos acho que está. Não sei nada sobre ele, exceto que também era fotógrafo.

— É por isso que você veio para cá? Para encontrar seu pai? — Noah pergunta e sinto que ele está mapeando a jornada de outra filha para casa.

— Não — respondo com honestidade, embora eu desejasse saber como mentir para ele, para o seu bem. — Eu realmente não penso nele. Não dessa forma. Para falar a verdade, é provável que ele não saiba da minha existência. Minha mãe era capaz de agir assim. Eu meio que aprendi a lidar com a ausência dele até que não a percebi mais, sabe? Não fazia sentido desejar o que eu não poderia ter.

Mais tarde, o simples absurdo dessa frase se revelará. Entenderei que desejar o que você não pode ter é um desejo forte o suficiente para compelir os mortos.

— Que dupla nós somos — digo de repente, nessa noite em que ainda tenho muito a aprender, o sabor dos Manhattans agora um eco em minha boca. — Pai sem filha, filha sem pai. Se a vida fosse um filme, de repente você precisaria de um rim e então descobriríamos, "Oh!", que você é meu pai de verdade. Não seria demais, Noah? Eu aparecendo na sua porta e, no final das contas, descubro que não foi um acidente. Que o tempo todo eu estava destinada a te encontrar.

Eu esmago outra cereja encharcada nos meus dentes, sorrio vermelho para ele.

— Que Deus me ajude — Noah diz em falso horror — se eu acabar responsável por uma criança selvagem como você!

No cômodo ao lado, na porta da geladeira, os "T devo 1" se agitam. *Post-its* documentando minhas dívidas. Tênis. Jaqueta. Passagem de metrô. E algumas notas que adicionei quando Noah não estava prestando atenção. Na verdade, existem alguns desses outros "T devo 1" coletados lá agora, pequenas mensagens que eu deixei para ele, e não sei se ele olhou alguma vez para elas, mas as que eu coloquei na pilha dizem: *Amizade. Fidelidade. Segurança.* Coisas desse tipo.

Coisas que posso pagar a ele algum dia.

Porque eu ainda acho que vou conseguir. Nessa noite da minha primeira festa de aniversário, ainda acho que haverá verão e escola e gente para almoçar comigo, eu sentada ali no centro das coisas, rindo, contando histórias, fazendo planos. Novas amizades crescerão ao meu redor, um jardim selvagem delas, e quando eu ligar para Tammy para contar sobre tudo isso, não importará que deixamos tantas semanas passarem sem nos falarmos. Ela ficará tão feliz em saber o que estou fazendo, onde estou, que me perdoará por não ter contado.

—Você conseguiu, Alice — ela dirá. —Você fez uma vida para você!

Mas eu vou saber quem realmente fez essa vida acontecer, a pessoa a quem devo tudo. Esta noite, na minha festa, não tenho dúvidas de que haverá tempo suficiente para retribuir ao Noah tudo que ele tem feito por mim.

Porque mesmo quando eu estiver na casa dos trinta, com a idade da filha a quem ele disse adeus, ainda terei muitos anos restantes. Não estarei nem perto daqueles 79,1 anos prometidos para mim. Serei uma fotógrafa famosa, as pessoas pendurarão minhas fotos em galerias pela cidade e as colocarão nas capas de revistas. E eu cuidarei do Noah do jeito que ele cuidou de mim. Dessa vez, serei eu a mantê-lo seguro. Temos muito pela frente e pelo que agradecer.

Imaginar isso de outra forma partiria meu coração ao meio.

SUPONHO QUE BAIXEI A GUARDA. NO FIM. QUANDO O CÉU REALMENTE desabou. A rachadura, o *flash* de luz e a água como chuva. O ar pesado como uma bota no meu peito. Sujeira, metal e ser empurrada para baixo, para a terra. Isso me surpreendeu. O choque de quão pouco você pode significar para outra pessoa. Como um mundo inteiro pode ser descartado tão depressa. Eu estava certa em pensar que nunca estaria segura, que precisava ser cautelosa.

Mas isso ainda me surpreendeu. No fim.

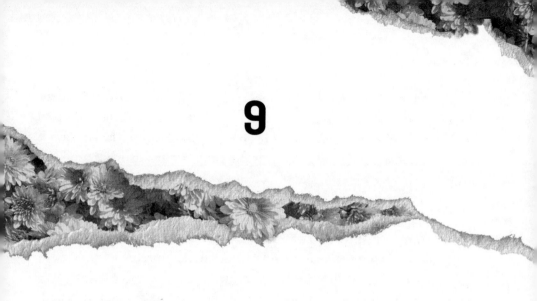

9

Amanhã estarei morta.

Por onde você quer começar no dia antes de eu morrer? O que você gostaria de ver primeiro? Eu me levanto, ainda sonolenta. Faço um bule de café, a água assobia e respinga em mim. Não consigo colocar a temperatura certa da água no chuveiro. Às vezes, acho que as torneiras são trocadas a cada dia só para me confundir. Como uma banana, a textura lutando em minha boca. Contorno os brinquedos de cachorro, chuto-os para o canto da sala e abro a janela para o dia. A rua é a mistura usual de sacos de lixo estufados e armações de metal. Seria possível derrubá-los se eles nem sempre já parecessem à beira do colapso. O céu está azul, mais tarde choverá de novo. Há pelo de cachorro rastejando no meu dedão do pé. O dia está claro, brilhante, comum.

Eu me levanto. Ainda estou com sono. Faço café, água assobiando. Temperatura errada. Banana escorregou na minha língua e o guincho de um osso de borracha. Sacos de lixo e metal e o azul, bem azul do céu. Chuva chegando. Pelo de cachorro coçando meu dedo do pé. O dia está claro, brilhante, extraordinário.

A manhã passa. Nem lenta, nem rápida. Apenas passa. Tive quase um mês dessas manhãs e já estou habituada a elas. Faço um sanduíche de queijo, deixo o prato e a faca na pia ao lado da minha caneca de café. *Eu deveria fazer mais para ajudar a manter o lugar limpo*, penso. Não posso me esquecer de mostrar o quanto sou grata. Colo outro *post-it* e escrevo a palavra *Ajudar*, antes que um grande estrondo do lado de fora me assuste. Meu "r" oscila e sai do papel amarelo quando derrubo a caneta. Eu pretendia escrever: *Ajudar mais no apartamento*, mas a caneta rolou para baixo da mesa e agora não vou me abaixar para encontrá-la. *Ajudar* vai servir, penso, sorrindo, enquanto coloco minha última dívida tremulante na porta da geladeira.

Esta última manhã clara e brilhante da minha vida.

NESTA ÚLTIMA E BRILHANTE MANHÃ DA MINHA VIDA, RUBY JONES OLHA pela janela. Ela franze o nariz para os sacos de lixo pretos, empilhados e alinhados na rua. Ela imagina o cheiro de vegetais podres e fraldas sujas, embora o único cheiro em seu quarto seja o resto vago de sua vela de grife almiscarada. Ela pode ver uma faixa de céu entre seu prédio e o apartamento da frente. Azul. Nada de chuva, mas dizem que chegará esta tarde. Também a promessa de um verão quente pela frente, assim que superarem essa primavera temperamental. Previsões meteorológicas de um futuro já traçado.

(Eles estão certos, aliás.)

Ela também tem uma rotina distraída nesta última manhã. Lá embaixo para um café; de volta ao quarto para um banho. Calçados para uma corrida, alguns alongamentos e sai correndo até o Riverside Park para uma mudança de cenário, o terreno mudando sob seus pés; da rua para a calçada coberta, para o cais. Ouvindo música alta em seus fones de ouvido, tentando fugir do ritmo de seus pensamentos.

Ash não mencionou uma visita.

Não desde que ele disse que poderia vir para Nova York e ela esperou horas antes de responder — *eu adoraria!* —, e logo eles estavam falando sobre outras coisas, e ela não podia, não perguntaria sobre os planos dele, até que uma semana se passasse, e depois outra. Até que seu primeiro mês em Nova York estivesse quase acabando. Um mês inteiro e, ainda assim, Ash continuava sendo o nó em sua garganta, a dor em seus ossos. Isso não deveria acontecer.

Há coisas que Ruby tentou fazer, soluções que ela procurou. Por exemplo, baixar um aplicativo de namoro e se envolver em conversas preliminares com alguns dos caras que responderam ao perfil dela. Um homem, um gerente financeiro que mora em Chelsea, parecia bastante agradável, até que enviou fotos explícitas de si mesmo no meio da tarde, perguntando: "Você consegue aguentar isso?", como se eles não estivessem apenas falando sobre conseguir ingressos para um jogo de beisebol. Ruby o bloqueou no mesmo instante, antes de apagar seu novo perfil para sempre, suas bochechas vermelhas de vergonha e um pouco de alarme. Ela esteve bem perto de convidá-lo para uma bebida. As fotos indesejadas pareciam agressivas, sinistras até. Esse gerente financeiro teria sido da mesma forma pessoalmente? Novata no namoro on-line, Ruby não tinha ideia se esse tipo de comportamento era a norma nos dias de hoje. Talvez ela devesse rir ou admirar a confiança mal direcionada do cara. Mas não teve vontade de rir. Todo o incidente a deixou enjoada e, depois, triste. Ruby estava procurando uma transferência de Ash, uma chance de substituir o *quase* relacionamento deles por algo presente, real. Em vez disso, ela se descobriu ansiando por ele mais do que nunca, por uma intimidade já traçada.

Isso não deveria acontecer.

Riscando "conhecer estranhos" e "namorar" de sua lista, Ruby continuou correndo. Ela começou um diário. Desconfiada das palavras que saíram, envergonhada de ver sua dor no coração espalhar-se nua pelas páginas todas as manhãs, descartou o diário cinco dias depois. Então, se dedicou a uma palestra sobre autorrealização no centro comunitário e outra sobre meditação guiada em uma loja de departamento, e passou as tardes lendo ou observando as pessoas dos bancos de madeira úmidos do parque High Line. Não sendo mais uma turista, Ruby passou os últimos dias da minha vida experimentando uma Nova York diferente e uma versão diferente de si mesma. Nada funcionou, é claro; qualquer coisa que ela tentasse parecia um passo em falso, como se ainda estivesse correndo para o lado errado. A solidão é desorientadora dessa forma; com Ash como sua única estrela-guia, Ruby continuou a se sentir totalmente perdida.

(Ela ainda não tem ideia de para onde está indo, da história que a espera. Mas ela está tão perto agora. Estamos quase lá.)

Esta manhã, bem nesta última manhã, ela está tentando — e falhando — não pensar em seus erros ou em Ash. Ela passa por barcos que balançam na água enquanto segue o rio Hudson para o sul, antes de se virar e correr para sair do Riverside Park. Ela aprecia o queimar de suas panturrilhas enquanto sobe os degraus de concreto para os níveis superiores, dois de cada vez. Ruby aprendeu a apreciar esse parque, com suas estátuas, barcos e ampla faixa de água. Há espaço ali para se alongar, não há necessidade de comparar sua velocidade com a da pessoa à sua frente; ela decide que é ali que se exercitará de agora em diante.

(Lá está Noah, levando os cachorros para passear nos andares superiores enquanto ela corre. Ele também adora esse parque.)

De volta ao quarto, ruborizada pela corrida, Ruby pega o celular e envia uma mensagem impulsiva. Digita a frase que está boiando em sua cabeça há dias.

> Vou perder você, Ash?

A resposta dele chega quase que de imediato.

> De maneira nenhuma. Está cada vez mais difícil responder hoje em dia. Superocupado. Te vejo em breve!

Então, cinco minutos depois:

> Talvez.

Algo se eriça em Ruby. Talvez sejam as endorfinas pós-corrida, sua percepção de dor reduzida. Uma rejeição passiva que normalmente poderia machucá-la transforma seu lábio superior em um rosnado. Apesar de seus melhores esforços para se distrair, ela não tem conseguido parar de sonhar com Ash vindo visitá-la no verão, imaginando os bares escuros aos quais ela o levaria, os clubes de *jazz*, o passeio de trem até Rockaway para passarem um dia na praia. As coisas tão simples que eles poderiam experimentar juntos. Ela deixou sua mente vagar por braços dados, beijos no pescoço e, sim, pelas noites na cama. Mãos sobre os lábios, suspiros silenciados contra essas paredes finas. Dedos traçando a cabeceira da cama, arranhando, do jeito que ela gozava na boca dele. Talvez eles jamais conseguiriam ir aos bares, aos clubes e à praia.

Talvez.

Quão estúpida ela pode ser? Pegando uma mensagem e criando uma biografia dessa forma. Agora ela relê todas as antigas mensagens dele. Percorre seu pequeno quarto como uma leoa, a frustração crescendo. *Está ficando mais difícil responder.* Não! Quão patética ela pode ser? Alimentando-se de todos os *talvez* e *de modo nenhum*; jantando restos. Ele não está muito ocupado para responder. Ele sem dúvida se colocou à disposição de outras pessoas hoje, virando-se para lá e para cá a fim de lhes dar tudo de que precisam. Nunca o que ela precisa dele; jamais. Com essa raiva repentina e devastadora de seu amante, Ruby quer chutar alguma coisa. Ela o odeia nesse momento, conforme uma grande gota de chuva respinga na sua janela. Batida contra o vidro, batida contra a realidade. O céu azul pode desaparecer tão rápido.

Talvez, só um pouco, Ash a odeie também. Ele a despreza por conduzi-lo por uma trajetória da qual não consegue encontrar o caminho de volta. Da qual ele não pode compensar. Ele se esquece de tudo isso nos braços dela, é claro, ou quando está sozinho em outra cama de hotel grande e limpa, depois de uma conferência e de tomar muito vinho. Nesses momentos, ela é tudo em que ele consegue pensar. Sua amante, aquela cujo corpo ele penetrou, se afogou e bebeu repetidamente. Às vezes, a dor por ela não é diferente de sede ou fome. É uma necessidade primitiva por sua pele e seu cheiro. Outras vezes, como agora, quando ela revela sua carência, sua ira através do oceano, ele deseja que ela o deixe em paz, pensa na vida antes dela — e também depois dela, se ele pudesse apenas dizer as palavras. Por que ela não entende? Por que continua voltando para mais? Ela não pode perdê-lo, não quando ele nunca foi dela, para começar. Ela é quem se ofereceu. Concordou com os termos. Isso não é culpa dele. O que ele deveria fazer? Romper um noivado com a melhor mulher que já conheceu, desistir do futuro glorioso que tem pela frente? Se ele for honesto, isso nunca acontecerá.

Se ele for honesto.

De que adianta tentar entrar na cabeça dele, Ruby se exaspera. Enquanto o trovão ribomba à distância, ela tem certeza de que Ash não foi honesto em nenhum dia de sua vida.

EU DEIXEI ALGUMAS COISAS DE FORA. NOS DIAS APÓS A MINHA FESTA de aniversário, começo a relaxar. A confiar. Eu tiro mais fotos. Passo um tempo com Franklin em sua área favorita no Riverside Park. Deixo uma mensagem para a escola de fotografia, cuido dos cachorros e escrevo mais "T devo 1". Em breve, fará um mês inteiro desde que deixei Wisconsin. Fiz dois aniversários e tenho planos. Tento ligar para Tammy, algo que sei que deveria ter feito muito antes, mas ela não atende. Faço mais uma ligação, o coração na boca. A escola responde à minha mensagem e pede uma submissão, um portfólio do meu trabalho que deverá incluir, o formulário diz: *Um autorretrato, com o objetivo de nos mostrar a artista que pretende ser.* Tirei fotos por toda a cidade e ainda tenho quatro rolos de filme. Eu tenho planos.

E então, numa manhã bem cedo, tudo termina. Havia um "eu" e era eu. Eu estava no centro, olhando para fora. Até que alguém decidiu entrar no espaço que criei para mim e tomar para si.

Você acha que caso consiga se segurar firme o suficiente, quando as coisas tentarem puxar você para longe, ainda poderá se manter no lugar. Mas então outra pessoa ocupa todo o espaço, bloqueia a vista e, de repente, você é empurrado para fora de si mesmo.

Agora é a vez deles.

Houve um eu e agora há um ele, a ele, um *dele.*

A ponta do cigarro. Vermelho vivo se apagando. A cinza cai. Pedacinhos de neve queimada à deriva. Uma vibração em meu ombro. Eu vou dar um peteleco. A mão dele desce sobre a minha e eu...

Não estou com vontade de contar mais nada agora.

10

*N*as horas antes de eu morrer, Ruby Jones dormiu com sua raiva e acordou coberta por ela. Do lado de fora está chovendo forte, mas ela mal nota o tempo. São 5h55, cedo para Ruby, mas já está acordada, andando de um lado para o outro no pequeno caminho entre sua mesa e a cama. *Caramba, essa quitinete é pequena demais!* Cheia de coisas desnecessárias. Ela ajeita o controle remoto da TV, dá um tapinha nos cantos da cama, muda a escova de cabelo para a gaveta da mesa de cabeceira. Faz uma volta de 360 graus, tira a escova de cabelo da gaveta e vira o controle remoto de lado de novo.

É assim que as pessoas enlouquecem, ela pensa. *Preciso sair deste quarto.*

Enquanto calça os tênis de corrida, Ruby ouve o estrondo do trovão. Ou pode ser a batida forte de uma porta de carro. Ela se esforça para analisar o som e, depois, dá de ombros. Não importa, ela não tem medo de uma tempestade. Um pouco de chuva nunca fez mal a ninguém.

A rua está vazia quando ela sai do prédio e segue para o oeste em direção ao Riverside Park, o aguaceiro açoitando seu rosto. No primeiro cruzamento, já ensopada, pensa em voltar, então se lembra do andar impaciente, da sensação de prisão que teve desde ontem.

— Foda-se! — ela grita e espera o sinal para atravessar, embora não haja carros nessa parte da rua.

Também não há ninguém assustador por ali, nenhum passeador de cães com suas coleiras torcidas, nenhuma babá guiando com cuidado uma criança de pernas vacilantes. Quando Ruby chega à rua Riverside

Drive, ela finalmente encontra carros, uma fileira deles parando e dando partida, cada um lançando um jato de água ao passar. Pelo menos é a prova da existência de outras pessoas. Mesmo que ela seja a única ali fora, correndo na chuva.

Ruby pensa em ficar na Riverside, mas a calçada é estreita e, quando um carro após outro manda borrifos de lama em sua direção, ela gira e se direciona para o parque. Está mais escuro do que esperava, o céu parece estar se fechando em torno das árvores, porém ela continua, certa de que haverá outros corredores e ciclistas na trilha à beira-rio. Enquanto corta os níveis superiores do parque, Ruby procura as escadas para levá-la até a água, mas os densos aglomerados de árvores de cada lado não se parecem com os que ela se lembrava. Talvez tenha entrado em um lugar diferente hoje. O Riverside Park ainda é novo para ela e o tempo pode tê-la confundido de alguma forma. Ela sabe, graças a seus mapas, que o parque se estende por quarteirões, rua acima, rio abaixo, então não se perderia. Ruby diz a si mesma que só precisa continuar indo para o sul até encontrar um ponto de referência que reconheça, algo para orientá-la. Ainda assim, sente uma leve centelha de pânico.

O trovão soa forte sobre sua cabeça e Ruby se assusta, torcendo o tornozelo. Seu grito de dor ecoa nas árvores, enquanto raios cortam o céu e ela pensa em desistir e voltar para casa. Ela tem que parar, enxugar os olhos e alongar o tornozelo, quando dois corredores passam voando por ela rumo ao norte. Eles acenam com a cabeça, fazem o sinal de joia, e ela imediatamente se sente tola por não pensar direito. Aqui é Nova York: você jamais é a única pessoa em um lugar, e em qualquer lugar!

Sentindo-se menos nervosa agora, Ruby abaixa a cabeça para se proteger da chuva e recomeça, a lama respingando quando seus pés atingem o chão. Ela finalmente chega a um conjunto de escadas, os degraus feitos em um barranco molhado e inclinado, de modo que ela tem que descer com cautela, para não escorregar na pedra desgatada. Há um pequeno túnel ao pé da escada, pichações e urina velha manchando as paredes de concreto úmido. Saindo do túnel para o caminho da orla, ela solta a respiração — *Consegui!* — e se surpreende ao descobrir que, à esquerda ou à direita, o caminho permanece vazio. Enquanto um raio corta o céu acima de sua cabeça, Ruby sente um lampejo correspondente de alarme, sua sensação de alívio diminui. Era para haver gente ali embaixo, sempre há pessoas ali. Como ela não percebeu a gravidade dessa tempestade quando saiu de casa?

Ruby para e se apoia em uma grade na beira da água, tentando se acalmar. Ela não durará muito em Nova York se deixar uma pequena tempestade assustá-la. Isso é apenas chuva, alguns trovões e relâmpagos, e uma australiana idiota saindo para correr quando todo mundo é esperto o bastante para ficar em casa. Talvez as pessoas tenham acordado com uma mensagem de emergência em seus celulares: *Perigo de enchente. Fiquem longe de cursos de água*, depois viraram para o lado e voltaram a dormir. Não importa, ela não será arrastada para as águas turvas do Hudson hoje. *Afogamento de corredora antípoda* dificilmente é a maneira como ela morrerá.

No entanto, ela pode congelar até a morte conforme as gotas de chuva geladas escorrem por seu pescoço e encharcam sua jaqueta. Afastando-se da mureta, Ruby segue em direção a um píer que consegue ver à frente. Ela acha que se lembra das escadas logo depois de onde todos os pequenos barcos estão ancorados, um lance íngreme que a levará direto de volta para a rua, permitindo que evite o bosque escuro por onde passou antes. Mais calma agora, Ruby entra no ritmo, observa o local, enquanto seus pés batem contra o caminho molhado, um passo, depois outro. À sua direita, o rio faz o mesmo som de batida nas rochas. Na água, os barcos sobem e descem com o vento e as ondas, e, do outro lado do rio, as luzes de Nova Jersey são filtradas por nuvens escuras e espessas. Seria lindo, ela pensa, se não estivesse toda ensopada. Uma rara oportunidade de ter essa visão só para si.

Ela está se aproximando da marina quando seu pé bate em algo redondo e preto. Ela deve ter pisado sobre algo com todo o seu peso, porque pedaços de plástico se espalham pelo caminho. Algum objeto aleatório, encontrando seu fim sob os pés dela, descartado — ou perdido — e agora quebrado. Ela espera que não seja importante, o que quer que fosse, e pede desculpas silenciosas ao deus das coisas perdidas. Pensamentos acelerados, ela suplica por esse tipo de meditação. Bobagem passando por sua mente, limpando tudo. Ela já está menos zangada. Mais ela mesma. Ou talvez, por misericórdia, menos.

É depois de passar por outro grupo de barcos e uma rampa inundada — chuva caindo, rio subindo —, que Ruby percebe que seu acesso ao nível superior do parque agora está completamente bloqueado por uma cerca alta de arame à sua esquerda, paralela à água. É óbvio que ela veio mais para o sul essa manhã do que percebeu, para uma parte do parque em construção, e agora sua saída planejada está em algum lugar atrás da cerca. Ela terá que voltar no final das contas.

Porra.

Outro estrondo de trovão, desta vez um relâmpago ainda mais perto. As luzes cintilam do outro lado do rio e as janelas amareladas dos edifícios na margem oposta ficam escuras, como velas recém-apagadas. A chuva agora está caindo em uma camada sólida e está tão frio que Ruby pode ver, em sua respiração, fantasmas flutuando diante dela a cada expiração. Ela tem pouca visibilidade além dessas aparições e se detém para se orientar e enxugar a água do rosto. Ela quase pode ver uma estrutura preta queimada lá na água, atrás de uma fileira irregular de postes grossos de madeira parcialmente submersos. Essa parte da pista de corrida está suspensa sobre o rio; logo à frente, a trilha serpenteia de volta à costa antes de empurrar para fora de novo, criando uma pequena praia de pedras com musgo em forma de U e lixo abaixo dela. Lá em cima, carros passam zunindo pela estrada de concreto encharcada, mas ali embaixo: ninguém.

Alcançando a grade bem à sua frente, Ruby se curva e respira fundo algumas vezes. É quando se endireita e se prepara para dar o pontapé inicial que ela vê. Do outro lado do monte de pedras molhadas e ervas daninhas, a não mais de seis ou sete metros de onde ela está, há algo roxo estendido nas rochas, bem onde a água bate contra elas. Enquanto Ruby aperta os olhos através da chuva, ela vê algo mais fluir dos juncos roxos e amarelos, subindo e descendo com o rio.

Há um laranja brilhante também, reflexos dele, e quando Ruby pisca e tenta focar, entende que está olhando para além das rochas, para unhas e uma mão, e o amarelo é o cabelo, e ela sabe que está olhando para o corpo de uma jovem antes de sentir, antes de seu coração bater forte no peito e suas pernas ameaçarem ceder.

— Ei.

Ruby não sabe se é um sussurro ou um grito.

— *Ei!*

Desta vez, é mais como um grito, algo rouco e desesperado. Com o rosto na beira da água, a garota não se vira.

Ruby não está perto o suficiente para ver se a garota está respirando. Quando seu coração começa a ressoar em seus ouvidos, ela tenta pular o corrimão, mas seu pé escorrega na água, sua canela bate no metal duro. Pontos azuis e verdes piscam em seus olhos, enquanto ela tropeça para trás e quase cai. Ainda assim, a garota não se move. Tentando ignorar a dor pulsante na perna, o pânico crescendo até que ela pudesse sentir o seu gosto, Ruby puxa o celular do bolso do colete. Suas mãos estão tremendo tanto que ela digita três vezes os números errados da sua senha antes de conseguir desbloquear a tela.

911. Este é o número, certo? Ela precisa de alguém para lhe dizer o que fazer.

— Alô? Sim. Eu acho. Socorro. Posso ver alguém perto da água… há uma garota e ela não está se movendo. Acho que… acho que ela não está bem. Não sei o que fazer. Alô? Sim. *Por favor*, acho que ela está ferida. Eu não sei se devo ir até ela. Devo ir até ela? Por favor. Me diga o que fazer. Ela não está se movendo. Ela não está respondendo. Ela não está se virando. Por favor! Não estou perto o suficiente para ver se ela está respirando. Me diga o que eu preciso fazer.

Por favor.

ELA NÃO ESTÁ PERTO O SUFICIENTE PARA VER QUE NÃO ESTOU respirando.

De pé, em frente ao meu corpo. Toda aquela água turva na minha boca, nos meus pulmões. Despida abaixo da cintura, sangue manchando meu cabelo. Deixada nas rochas para me debater como um peixe, até que, eventualmente, parei de me mover. Por misericórdia, fui levada para longe, enquanto ele entrava. E agora uma estranha está olhando para o meu cadáver. Agora nós duas estamos lutando para entender o que estamos vendo. O que foi feito comigo.

Agora sei que você pode chorar, gritar, uivar como o animal ferido que você é. E eles não param. Isso não os comove. Eles continuam até que não haja mais nada, até que você seja quebrada, obliterada.

Quase como se você nunca tivesse realmente estado ali.

Ruby Jones é a minha única testemunha. Eu entendo isso de repente, explicitamente, e agarro essa certeza singular, tateando ao longo dela, até que me encontro parada ao lado dela, ali no caminho à beira-rio. Ela não conseguiu chegar até mim, mas, de alguma forma, de alguma maneira, eu faço meu caminho até ela. Fico maravilhada ao estender a mão para Ruby, mas a ponta dos meus dedos se transformam em chuva, pingando em sua bochecha, e uma segunda verdade se espalha acima de nós: ela só pode ver a minha casca, deixada nas rochas.

Acontece que você tem que aprender como ver uma garota morta. A reconhecê-la. Por enquanto, não posso fazer nada a não ser esperar, apavorada, ao lado dessa estranha trêmula. Sabendo que ela não será capaz de sentir minha presença, de me encontrar uma segunda vez, até que esteja pronta para ver o que todo mundo deixou passar despercebido.

RUBY ESTÁ ENROLADA EM ALGO PRATEADO. DOIS POLICIAIS GENTIS continuam chamando-a de *senhora* enquanto se revezam com suas perguntas, pressionando suavemente contra a confusão dela. Ela está tentando cooperar, tentando nadar por seu cérebro congelado e saturado, mas seus olhos continuam indo para os cintos deles, para as armas grossas e pretas, pesadas como pedras. Pensando em como deve ser fácil para alguém estender a mão e puxar uma, pegar uma arma ou cassetete e...

Ela fecha os olhos e o metal desce contra seu crânio, esmaga a pele e o osso, e a quebra em mil pedacinhos. Ela vê sangue. Uma explosão. Mas são apenas as sirenes piscando, o amarelo do cabelo de uma garota e o fluxo lento e constante de policiais descendo até o rio. Ela foi afastada para longe da água assim que a equipe forense chegou, mas ainda pode ver a agitação da atividade lá embaixo, pode observar enquanto eles fazem a cena de crime do corpo.

Ela sente que vai vomitar.

Os oficiais estão olhando para ela; a mão de Ruby foi para sua boca. Há metal em sua língua e tem gosto de uma arma, a sensação fria e dura de um cano empurrado contra seu rosto. Como um punho.

Ela se dobra e vomita no cascalho.

— Senhora. A senhora está bem? Podemos pegar um pouco de água, senhora?

E as perguntas param quando alguém dá um tapinha em seu ombro, talvez a policial, embora Ruby não possa ter certeza, porque a chuva e as lágrimas embaçaram tudo agora.

— A senhora notou alguma coisa antes de vê-la? Viu alguém estranho na área? Alguma coisa parecia anormal?

Isso era o que ficavam perguntando a ela quando desceram o rio pela primeira vez. E ela respondeu *não, sim, hum* a todas as variações dessas perguntas, deixando um rastro de palavras inúteis entre ela e essas pessoas que tentavam ajudar, porque ela não viu nada. Não havia nada. Havia apenas a chuva caindo, o rio agitado e o lugar onde ela parou para respirar, antes de voltar para casa.

— O que vai acontecer com ela?

Sua única pergunta para eles, deixada sem resposta enquanto ela estremece em seu envoltório prateado e outra sirene surge em direção ao rio.

MAIS TARDE, RUBY SE SENTA NO CHÃO DE CERÂMICA DO CHUVEIRO, A água batendo em seus ombros, espirrando sobre sua pele. Ela observa enquanto a água se acumula em seus joelhos. Tenta pensar em qualquer coisa, menos nessa manhã. Mas quando fecha os olhos, imediatamente está de volta, e a água escorrendo sobre seu corpo se torna vermelha, cobrindo-a com sangue espesso e coagulado. Eles acham que ela não viu; eles acreditam que ela foi movida para longe o suficiente da água, mas quando meu corpo foi virado, havia um vermelho brilhante em minha têmpora direita, ou onde minha têmpora deveria estar. Ruby não deveria ter visto meu rosto, mas aqueles policiais simpáticos ainda estavam fazendo perguntas, enquanto os outros trabalhavam, aqueles que erguiam a fita isolante com as mãos enluvadas, passando por baixo e em volta, como se fizessem isso o tempo todo.

Ela sabe que não deveria ver que meu rosto havia sido esmagado.

(O que ela não sabe: naquele momento, eu parecia muito com a minha mãe. Aquele rosto bonito e destruído dela quando a encontrei no chão da cozinha. *Sinto muito*, quero dizer, a primeira de muitas vezes, por todas as coisas com as quais Ruby terá que lidar agora. Eu sei como é ter o horror seguindo você para casa.)

Ruby foi levada de volta para seu apartamento em uma viatura; ela se sentou no banco de trás, se desculpou por pingar água da chuva no assento, tentou não chorar quando a policial Smith garantiu que ela havia feito um ótimo trabalho hoje.

— Você fez tudo certo, Ruby, de verdade — o policial Jennings concordou por cima do ombro.

Ruby ficou tão aliviada ao ver as luzes piscantes se aproximando, ao ouvir as sirenes conforme elas se aproximavam. Ela não sabe quanto tempo ficou sozinha perto do rio antes de os policiais chegarem. Cinco minutos, talvez um pouco mais. Ela passou esse tempo sentada, em pé, agachada, com o celular pressionado no ouvido, uma voz estranha no final da linha lhe dizendo para ficar calma, lembrando-a de que a ajuda estava a caminho. Ao longo da ligação, Ruby caminhou em círculos menores, tentando não olhar para o outro lado da água. Cuidando para não tocar ou mover nada ao seu redor.

— Fique o mais imóvel que puder — eles pediram ao telefone. E ela sabia o que eles queriam dizer com isso.

Alguém esteve lá antes de você, Ruby. Por favor, não mexa em nada que deixaram para trás.

Eles deixaram para trás uma garota com uma camiseta roxa. De bruços nas rochas. E ficou claro que alguém a machucou, alguém *fez* isso com ela. E, talvez, ocorre a Ruby, alguém ainda estivesse lá no parque, observando, enquanto ela esperava a chegada da polícia. Talvez aquele alguém a tenha ouvido tropeçar enquanto tentava explicar onde estava, onde estava o corpo em relação a ela. Quando ela não conseguia dar nomes de ruas ou informações, podia apenas olhar ao redor e descrever os arredores, tentando, desesperadamente, dar aos policiais a ajuda de que precisavam para encontrá-la.

— Há um viaduto. Passei pelos barcos. Há postes de madeira saindo da água. Há uma estrada acima de nós. Não consigo ver nenhum sinal. Eu estava tentando encontrar uma saída!

Talvez esse alguém estivesse observando Ruby o tempo todo, ou talvez já tivesse ido embora tempos atrás e a garota estivesse morta havia horas. Ninguém disse. Como a jovem desceu até a beira da água, afinal? Ruby havia se machucado ao tentar escalar o corrimão, ela viu os investigadores se esforçando também, escorregando nas pedras molhadas, lutando para se firmarem ao se aproximarem do corpo. A garota já estava na água quando foi morta ou alguém a arrastou para fora da passarela e a jogou por cima do corrimão? Quão forte você teria que ser para fazer isso?

Por que alguém faria isso?

(Nós duas repetíamos essa pergunta diversas vezes.)

O chuveiro está ligado há tanto tempo que a água esfriou e Ruby se obriga a pensar em Ash, indo ao único círculo em sua mente que lhe parece familiar, sua única distração confiável. Lembrando-se da última vez em que o viu pessoalmente, ela tenta se concentrar em algo vivo, respirando e real. Ela tem que pensar em Ash ou os soluços ofegantes sacudirão seu corpo de novo, aqueles que a derrubaram quando ela ficou debaixo do chuveiro em suas roupas lamacentas, a água tão quente que doeu por toda parte. As mãos de Ruby tremiam tanto que ela não conseguia fazer com que cooperassem, não conseguia fazer os dedos soltarem o sutiã ou levantarem a blusa encharcada sobre a cabeça. Enquanto lutava para se despir, a água quente, bem quente, alfinetou sua pele recém-exposta, e o soluço saiu dela como um uivo. Algo animalesco, zangado e cheio de raiva, até que tudo se esvaziou e Ruby ficou hiperventilando, sentada nua no piso do chuveiro. Era como se ela não conseguisse se lembrar de como respirar. Ela continuava vendo o corpo, continuava sentindo o terror de esperar lá fora, sozinha, com aquele cabelo amarelo girando na água, o céu trovejando acima dela. E depois, tão rápido quanto o choro a atingiu, Ruby ficou em uma espécie de entorpecimento, encontrou um espaço vazio atrás de seus olhos que nunca soube que existia, um lugar onde ela poderia olhar sem piscar, deixando a água esfriar sobre ela. Só para que pudesse tremer de uma maneira diferente.

Melhor pensar em Ash, na bagunça em que sua vida está, porque ela pode controlar isso, pode viver dentro de um drama compreensível. Ruby pode ser *aquela* mulher. A amante. A mulher sem respeito próprio. Ela não sabe ser essa outra pessoa. Como ser alguém que descobriu um corpo? Ela não sabe ser alguém que ficou em frente àquele cadáver, esperando a chegada da polícia, contando até dez repetidas vezes, respondendo às perguntas que a operadora do *911* fazia e o tempo todo olhando para a garota nas pedras, desejando que ela apenas levantasse a cabeça e dissesse *Ei!* de volta para ela, mesmo que Ruby soubesse, olhando para aquelas pernas expostas, a torção de seu corpo, que era tarde demais. Que não adiantava descer pelas pedras, porque a jovem já estava morta.

> Encontrei uma garota morta hoje.

Esta é a mensagem que Ruby envia a Ash quando finalmente sai do chuveiro. Ela digita as palavras e muda o celular para o modo silencioso, sentindo aquele estranho vazio se estabelecer em seus olhos outra vez, antes de ir para a cama, ainda enrolada em sua toalha. Ela olha para o teto, ouvindo a chuva lá fora, e nem se encolhe quando o trovão estremece as paredes.

Ela se levanta da cama por volta das três da tarde. Não comeu. Não consegue comer. Ela percebe que precisa de uma bebida, especificamente, de uísque. O desejo por aquele líquido âmbar, por seu calor, é sua única certeza, como se alguém a tivesse curado com isso muito tempo atrás, como se fosse um remédio. Ela veste uma calça justa, botas, um suéter grosso. Tudo preto. Ela se sente mais segura, de alguma forma, envolta em roupas escuras de inverno, o tipo que afunda seu corpo, a esconde. Ela está feliz por ainda estar chovendo lá fora, não consegue imaginar o sol ou o céu azul. O mundo mudou em apenas algumas horas. Da maneira como sempre muda em apenas algumas horas. Não são anos ou décadas — isso é simplesmente como contabilizamos as mudanças do eixo, como nos ajustamos e nos recuperamos delas. Nós pensamos em anos — *como foi esse ano, qual é a sua resolução de ano-novo, estou tão feliz em ver esse ano acabar* —, mas são as horas que de fato nos mudam.

Ruby era uma pessoa diferente quando se levantou algumas horas atrás.

É possível, ela considera, que a garota ainda estivesse viva naquele momento.

(Ela pensa em mim como *a garota*. O primeiro dos muitos novos nomes que receberei. "Eu sou Alice", sussurro, mas o som sai como uma rajada de chuva.)

Pegando um guarda-chuva na recepção, Ruby volta para o molhado. Ela passa depressa pelas ruas quase vazias, segue em direção ao piso de madeira e às luzes de LED de um pequeno bar por onde passou muitas vezes nas últimas semanas. Pensando que esse será um lugar onde ela será deixada em paz para beber sozinha; mas ela não *estará* sozinha. Ela nunca mais quer ficar tão sozinha quanto esteve essa manhã.

O único *barman* está distraído com uma tela de TV na parede quando ela entra; uma reprise de basquete tem toda a atenção dele. Quando ele a serve o uísque, o copo está cheio até a borda. Ele volta ao jogo antes que Ruby possa dizer obrigada e ela se vira, aliviada por ele não querer bater papo. Escapulindo com sua bebida, ela vê dois sofás bem no fundo do bar, estragados e baixos. Escolhendo o que está no canto mais escuro, Ruby enfia os pés embaixo do corpo e fica grata pela queimação que o primeiro gole de uísque provoca em sua garganta, aquele pequeno alívio. Fechando os olhos por um instante, ela deseja que sua mente fique tão quieta quanto esse canto, esse lugar. Reza para a bebida acalmá-la.

Carne exposta, como fruta machucada. Uma das mãos espalmada nas rochas.

Ela abre os olhos.

O cara mais velho e sério que veio depois, O'Byrne, o detetive de homicídios, deu a Ruby um cartão com seu nome, disse que a levariam para uma entrevista formal no dia seguinte, mas que ela deveria ligar imediatamente caso se lembrasse de alguma coisa. Ele disse que as pessoas podem entrar em choque a princípio e, às vezes, quando o choque passa, elas se lembram dos detalhes importantes melhor do que no início.

—Você esteve no parque por uns bons dez minutos antes de encontrá-la, certo? Isso é uma quantidade real de tempo. Você pode ter visto algo, alguém, e, se viu, queremos saber isso. Ligue para mim na mesma hora, ok, Ruby? Se conseguir se lembrar melhor de algo.

O policial mais jovem, Jennings, disse que Ruby fez um ótimo trabalho ligando para o 911 e direcionando a polícia para o corpo. Disse que ela fez um ótimo trabalho em não ter medo. Mas o detetive O'Byrne parecia desapontado com ela, como se ela pudesse ter lhe dado mais.

Eu não vi nada, detetive.

E agora tudo que vejo é ela.

A porta do bar se abre e um casal tropeça para trás do vão, sacudindo as gotas de chuva de seu guarda-chuva compartilhado. Eles são jovens, risonhos, e o garoto beija a garota na boca antes de se dirigir ao balcão. Quando a menina se senta no sofá ao lado de Ruby, ela não tira os olhos do rapaz. Mesmo em seu estado atual, é fácil para Ruby ver o novo amor brilhando nessa jovem. Ela está radiante com isso, aquecendo a sala.

Ruby pensa: é claro que essa garota está apaixonada por esse rapaz hoje. Da mesma forma que está chovendo hoje, e ela encontrou um cadáver hoje, e está bebendo uísque à tarde. *Hoje.* Terça-feira, 15 de abril, quatro semanas depois de chegar à cidade de Nova York. Amanhã, essas coisas só serão verdades de ontem. Amanhã, pode estar seco, com céu azul lá fora. Amanhã, ela não poderá dizer *Encontrei uma garota morta hoje.* E amanhã essa garota, com seus olhos reluzentes, com seu brilho de amor, poderá ter amado um garoto ontem. Ela poderá tê-lo amado com todo o calor que um corpo consegue gerar, até que alguma coisa casual que ele disse, alguma pequena ação — ou talvez grande — tomou conta do novo amor dela e o esmagou, perfurando o casulo que ela havia criado. Basta um segundo, uma palavra descuidada, uma admissão impensada, para que tudo mude. Para que, amanhã, essa jovem talvez se encontre a olhar para a parede, perguntando-se como de repente tudo está tão diferente agora, quando ontem, nesse exato momento, ela estava dividindo um guarda-chuva com um garoto que a beijava na porta, um garoto que a abrigava e cuidava dela. Ela se perguntará com que rapidez todo esse cuidado pode desaparecer.

Ele se senta com ela hoje, neste dia, e *essa* garota coloca a perna sobre a coxa dele de maneira fácil, proprietária. Eles estão extasiados com começos e Ruby já prescreveu um fim para eles. *O que há de errado comigo?,* ela se pergunta. Por que ela presume que sabe alguma coisa sobre os amanhãs desse jovem casal? Com certeza, algumas pessoas encontram contentamento e se apegam a ele. Com certeza, algumas pessoas encontram a pessoa certa e ficam com ela, fazem bebês e uma vida juntos. Na verdade, não apenas algumas pessoas, mas a *maioria* delas.

Ruby é a estranha aqui.

Olhando para baixo, tentando não chorar nesse bar sujo, ela vê a tela do celular acender. Mensagens de Ash, três seguidas. As duas primeiras devem ter chegado quando ela estava caminhando até o bar. Abrindo as mensagens, Ruby vê uma série de pontos de interrogação e, alguns minutos depois, uma frase incorreta perguntando onde ela estava.

Sua última mensagem, que acabou de chegar, está toda em caixa-alta.

> RUBY O QUE TÁ ACONTECENDO?

Sua mensagem para ele, quando ela saiu do chuveiro:
Encontrei uma garota morta hoje.
Ash acordou com isso.

Sentada cabisbaixa no sofá, no fundo do bar, pronta para outro uísque, Ruby não sabe como responder. O que diria? Ela estava com raiva dele, de si mesma, saiu para correr e, então, tudo mudou e ela não sabe o que está sentindo. Talvez se pudesse falar com ele — porém ela sabe que não pode ligar, sabe que ele não a atenderá a essa hora do dia, mas seus dedos pairam sobre o nome dele. Por fim, ela guarda o celular. Ela pode explicar o que aconteceu outra hora. Ele não poderia vir até ela, para protegê-la. No final, isso realmente não importa.

No final.

No final, você não pode recuperar o que perdeu. Você não pode trazer os mortos à vida. Uma menina morreu hoje e Ruby nem sabe o nome dela. Ela terá que esperar a polícia ou os jornais lhe falarem sobre essa garota de cabelo amarelo em sua camiseta roxa, com suas unhas cor de laranja e seu rosto ensanguentado. Essa garota, ela pensa, com certeza teria algo a dizer sobre tudo o que há a se perder — no final.

O copo de Ruby está vazio. Ela volta para o bar, passa pelo casal aninhado e ensopado de amor. Deseja parar e dizer a eles, de repente, que ela sente muito. Por tudo o que certamente acontecerá no caminho deles.

11

—Conte o que aconteceu.

Mais tarde, Ruby mal se lembra do que disse em seu depoimento oficial à polícia. Ela sabe que o detetive O'Byrne começou fazendo perguntas sobre sua carreira, por que ela veio para Nova York, quantas vezes saiu para correr. Entende que ele estava se esforçando para fazê-la se sentir confortável, imitando o fluxo de uma conversa casual, mas o absurdo disso, de sentar e conversar com um detetive de homicídios sobre seu trabalho de *design* gráfico — "É ótimo, mas não é, hum… minha paixão" — e como ela está, atualmente, vivendo do dinheiro antes destinado a um depósito para uma casa — "Minha avó, hum… me deixou vinte e cinco mil dólares quando morreu" — ou explicar que ela tenta correr todos os dias. A loucura de compartilhar detalhes tão pequenos de sua vida fazia as palavras se embaralharem ao sair, se reorganizarem em sua língua, até que ela descobriu que não conseguia entender nada, não conseguia mais distinguir o que era importante dizer e o que poderia deixar de fora.

Ela entendeu que o detetive O'Byrne chegaria ao rio e às rochas em algum momento, que ele a estava guiando aos poucos até lá através do emaranhado do que veio antes, mas também sabia que não tinha nada de valor para oferecer a ele, nenhuma visão surpreendente, nenhuma memória recuperada surgindo para validar a maneira como ele olhou para ela com tanta atenção. Vinte e quatro horas depois de encontrar o corpo, Ruby teve que admitir que sabia ainda menos do que quando aconteceu.

Terminada a entrevista, o detetive agradeceu a presença dela na delegacia, franziu um pouco os olhos escuros e manteve os dedos grandes suaves ao estender a mão para cumprimentá-la. Mas Ruby tinha certeza de que o havia desapontado mais uma vez e teve que desviar o olhar. Caminhando para casa, ela teve a estranha sensação de que não estava mais lá na rua, não estava habitando por completo o próprio corpo. Era como estar bêbada, e algo mais. A sensação de que todos ao seu redor também estavam bêbados e não de uma forma agradável, em um final de noite. Alguém atrás dela tossiu e isso soou como uma bofetada. Um homem sorriu para ela e rapidamente se transformou em um olhar malicioso. Comprando frutas no supermercado, outro homem perguntou se ela estava tendo um bom dia e Ruby tinha certeza de que ele a estava provocando. Entrando em sua rua, por um breve e desorientador momento, ela pensou ter visto o gerente financeiro, o que enviou aquelas fotos explícitas e não solicitadas de si mesmo. Até o porteiro do prédio parecia alterado; ela podia sentir seus olhos estreitos a encararem enquanto ela esperava as portas do elevador do saguão se abrirem. Por um segundo, Ruby entrou em pânico porque ele sabia em que andar ela morava, talvez até tivesse a chave da porta. Como ela não havia considerado isso antes?

O coração de Ruby ainda estava martelando quando entrou em sua quitinete. Ela verificou se a porta e as janelas estavam bem trancadas e se deitou na cama, a mão no peito, tentando se acalmar. O cara da portaria era claramente inofensivo. O homem do supermercado estava apenas puxando conversa, e não havia como aquele idiota do aplicativo de namoro saber onde ela morava. Eles nem trocaram nomes completos. Ela sabe disso, de maneira racional, mas a estranha sensação de estar dentro e fora do próprio corpo persiste, mesmo ali na segurança de seu quarto, de modo que ela se sente intensamente consciente de seu coração no peito e, ao mesmo tempo, separado de seus próprios membros. Sempre que fecha os olhos, vê *flashes* de vermelho na têmpora da garota, a torção de pernas nuas e os cabelos amarelos flutuando. Ela tinha dado o seu melhor com o detetive O'Byrne — "Virei à esquerda aqui, não, espera, desci as escadas pela direita, ali" —, mas o que conseguia se lembrar sobre a manhã de ontem era o que ele já sabia: havia um garota morta em Riverside Park, ela a encontrou, e era óbvio que algo muito, muito ruim tinha acontecido com a menina antes de Ruby aparecer.

Ela sabe, agora, que fui estrangulada até a morte; as últimas manchetes gritam isso. Quando deu de cara com esse detalhe terrível pela primeira vez, imediatamente colocou a mão na própria garganta e aplicou pressão na cartilagem que podia sentir prensada sob a pele. Quão depravada uma pessoa poderia ser para tirar uma vida dessa maneira, ela se perguntou, seus olhos se enchendo de lágrimas. Para usar as próprias mãos, para olhar de perto a dor que estava causando. Imaginar isso, mesmo que por um breve momento, era horrível.

Ele está lá fora, em algum lugar, ela pensa. O homem que fez isso. Agora mesmo, ele pode estar na rua, no supermercado ou ali no prédio dela. Poderia ser qualquer homem que ela conheceu na cidade de Nova York. O pensamento é assustador e ela resiste o máximo que consegue, contorce os dedos das mãos e dos pés, mexe as pernas no ar, tentando se concentrar em seu corpo, em sua respiração, em qualquer coisa que pareça ser só dela. Ela tem um instinto de que algo se rearranjou quando estava no rio, que havia uma Ruby de *antes* e agora há uma Ruby de *depois*, uma mulher que não se sente mais confortável em seu próprio corpo, como se a violação de outra pessoa tivesse se infiltrado em sua própria pele.

Mas nada realmente aconteceu comigo, Ruby lembra a si mesma. *Só encontrei a garota. Não corri nenhum perigo.*

E mesmo assim. E se aquela garota também achasse que estava segura? Pouco antes daquela coisa muito, muito ruim acontecer com ela — como ter alguma ideia do que estava por vir?

É impossível para Ruby não imaginar isso.

E agora, finalmente, aos poucos, começo a tomar forma na mente de Ruby. Uma pessoa começa a se formar além do sangue e dos hematomas, as coisas quebradas. Uma pessoa real, uma jovem garota que tinha uma vida inteira pela frente e que deve ter ficado muito assustada naqueles últimos e terríveis momentos. Esse pensamento faz Ruby se sentar ereta. Ela tem se perguntado sobre o tipo de homem que poderia fazer coisas tão terríveis, mas se dá conta de que está fazendo a pergunta errada. Quem diabos era a garota a quem ele fez aquelas coisas horríveis?

Quem *é ela?*

De sua nova base de medo e confusão, pouco mais de vinte horas depois de descobrir meu corpo nas rochas, Ruby Jones se prepara para me encontrar novamente.

— Obrigada — sussurro, enquanto ela pega seu *laptop* e começa a pesquisar on-line por toda e qualquer coisa que possa descobrir sobre o caso. Porque, mesmo que ela ainda não entenda por completo, de maneira deliberada, Ruby escolheu não me esquecer. Quando me esquecer seria, sem dúvida, o caminho mais fácil para ela.

Ela tem muito o que aprender. Sobre si mesma. Sobre garotas mortas. Definitivamente, não vai ser fácil. Mas, neste momento, o que mais importa é o seguinte: Ruby decidiu se agarrar a mim com a mesma força que eu me apego a ela.

É IMPROVÁVEL QUE ELA ESTIVESSE SE PROSTITUINDO.

Ela não parece ter dormido na rua.

As roupas sugerem que ela pertencia à classe média.

A fita da cena do crime oscila acima das rochas. Cães policiais foram trazidos, buscas usando parâmetros foram concluídas e repetidas. A chuva forte tornou as coisas mais difíceis, mexeu o solo, trouxe à tona a sujeira de outras manhãs e lavou as pegadas e quaisquer outras impressões que ele — o suspeito — pudesse ter feito na única manhã que importa. Então, o máximo que eles possuem para trabalhar agora é o meu corpo. As impressões que deixei para trás e as coisas que *ele* pressionou sobre mim.

Há evidências de luta.

Meu arquivo de caso se enche de notas como essa, um preenchimento de palavras em torno do esqueleto do crime. As evidências físicas empacotadas e etiquetadas no local são examinadas. As amostras voltam do laboratório e os bancos de dados são pesquisados. As primeiras quarenta e oito horas são cruciais, eles afirmam. Porém, com o passar do tempo, não há nenhuma descoberta reveladora, nenhum suspeito, nenhum nome. Liderados pelo detetive O'Byrne, uma dúzia de homens e mulheres me transformaram em sua pergunta, mas a resposta escapa de cada um deles.

— Ela não está revelando seus segredos facilmente — comentam um com o outro. Como se houvesse maneiras melhores de uma garota morta se comportar.

O detetive O'Byrne é diferente. Ele não desiste de mim tão facilmente. Nesses primeiros dias, ele pensa assim: eu sou uma simples música da qual ele não consegue se lembrar. Uma melodia que ele conhecia, mas, por ora, só consegue ouvir um fragmento, uma nota pairando no ar, repetida várias vezes. O nome da música está tentadoramente próximo, mas ele não consegue chegar lá. Ele não consegue chegar a esse lugar tão profundo dentro de sua própria cabeça, onde outras pessoas, outros *homens*, cantam. Eu o vejo se esforçando, vejo as vezes em que ele pressiona os dedos grossos nas têmporas, os cotovelos na mesa, os olhos bem fechados.

A nota está entre nós. Ele *sabe* que sabe.

Alguém tirou uma foto dele assim, uma vez, imprimiu e rotulou de "O Pensador". Ainda está presa em uma parede da delegacia, entre dezenas de outros instantâneos que documentam pessoas, e lugares, e assassinatos há muito resolvidos. Não importa que o verdadeiro Pensador tenha a mão na boca. O fotógrafo reconheceu a intenção, o voltar-se para si mesmo, o desdobrar de pensamentos repetidamente até que sejam reduzidos a algo pequeno e verdadeiro. A verdade quer ser contada; o detetive O'Byrne compreende isso acima de tudo. Ele chegará àquele lugar, em breve, e tem certeza disso. Ele encontrará o homem que fez isso porque assinaturas, cartões de visita são sempre deixados nos corpos das garotas assassinadas. É por isso que ele continua voltando para a lista de possíveis armas. Analisa as possibilidades. Fragmentos deslocados. Forma arredondada. Algo derrubado com extrema força contra a têmpora direita. Hemorragia recente. Isso veio primeiro, ela ainda estava viva. Antes que as mãos fossem para o pescoço, antes do esmagamento, do estrangulamento que a matou. Aquele ataque inicial foi um acidente? Um momento de raiva exaltada? Ambas as coisas interligadas? Polegar nas palavras, pressionando contra as possibilidades. Em seguida, dedos de volta à têmpora. Uma torneira imitando o golpe de um... o quê?

Descubra a arma e você descobrirá o homem.

Para o detetive O'Byrne, o fracasso não é uma opção. Não é nada pessoal, ele pensa. Apenas seu trabalho. Ele ficaria obcecado com qualquer caso tão complexo, ele *tem* que fazer disso sua prioridade. É para isso que ele é pago e faz bem seu trabalho.

Não é nada pessoal. Ele não está tornando nada pessoal quando coloca a cabeça entre as mãos grandes e sofre com os detalhes já incontestáveis desse caso. Esses fatos sombrios escritos no corpo de uma jovem que ele sabe, com certeza, que são verdadeiros.

HÁ EVIDÊNCIAS DE LUTA.

Existe algo que você deve saber: eu não queria morrer. Não sei se faz alguma diferença, mas quando chegou a hora, lutei muito para ficar no meu corpo. Tentei o meu melhor, mas simplesmente não consegui aguentar. Eu *não* queria morrer. E agora eu sou...

Bem. Ruby e o detetive O'Byrne não são os únicos que procuram respostas. Acontece que eles não ensinam como estar fora do mundo, assim como não ensinam como estar nele.

12

> VC TÁ BEM?

Ruby está olhando para a tela do celular há vinte minutos. É a primeira mensagem que ela recebe de Ash em três dias. Três dias. Já se passaram três dias inteiros desde que ela encontrou o corpo de Jane. *Jane.* É assim que a mídia chama a garota — eu — agora. Jane Doe, uma mulher branca, não identificada, encontrada assassinada em Riverside Park. Loura. Presume-se que tenha entre quinze e vinte e quatro anos. Altura de 1,65 m, 56 kg. Sardas espalhadas pelo nariz. Sem marcas identificadoras, tatuagens ou grandes ações feitas nos dentes. Ela se parece com ninguém e com todos, e eles a chamam de Jane.

A *garota* agora é Jane.

A polícia diz que está investigando cada denúncia feita por telefone. Os policiais dão entrevistas coletivas, seus rostos como pedra. De pé em palanques, alertam as mulheres para terem cuidado, para evitarem *situações.* As notícias começam com *"Ataque cruel"* e *"Assassinato brutal"* o consenso crescente é que esse foi um ataque aleatório, o que coloca meu assassinato na boca de todos ali onde aconteceu, embora a cidade inteira esteja assustada. Quem *é* ela? Perguntam as pessoas. E como isso pode ter acontecido? Ninguém jovem e bonita é assassinada na cidade de Nova York nos dias de hoje. Correção: ninguém jovem e bonita é *estuprada* e assassinada na cidade de Nova York nos dias de hoje. Citações de "fontes policiais" sobre a natureza exata da agressão dominam todos os artigos nos jornais. Ruby se sente enjoada.

(Outros adoram. Eles rastejam direto para a lama.)

Então, Ruby está bem? Não. Como eu disse, ela não escolheu o caminho fácil. Ela já poderia ter me deixado ir, ter me entregado às pessoas cujo trabalho é pensar em mim. Em vez disso, sua necessidade de saber quem eu sou veio à tona como uma febre; depois de sua conversa com o detetive O'Byrne, ela ficou escondida dentro de seu quarto, movendo-se entre a cama e o banheiro, como se tomar um terceiro ou quarto banho pudesse acalmá-la. Isso nunca ajuda, então ela rasteja de volta para debaixo dos lençóis, meio molhada, olha para o teto, até que liga o *laptop* novamente, volta para sua busca por manchetes frescas e tópicos com novas informações sobre a investigação. A cidade buzina e zumbe do lado de fora de sua janela; para além de suas cortinas fechadas, há milhões de pessoas vivendo seus dias e noites, fazendo as coisas que sempre fazem, boas ou más, ou ambas, mas Ruby quer calar todas aquelas vidas. Agora que ela se sente mais perto dos mortos.

Cassie fala que ela deveria voltar para casa. Diz que estava certa em questionar a segurança de Ruby e a ideia de viajar sozinha.

Longe de seu *laptop*, só há um lugar seguro em que Ruby consegue pensar.

A delegacia fica em uma rua residencial ladeada por árvores de troncos finos. Lanças de metal fazem as janelas do primeiro andar das casas geminadas e ornamentadas parecerem pequenas celas de prisão, mas, na maior parte, o local tem um clima inofensivo, caseiro, e Ruby jamais teria adivinhado que havia uma delegacia de polícia aninhada no bairro. Quando foi até ali para o depoimento formal, ela seguiu o ponto azul em seu celular e ficou confusa ao chegar. Naquela rua, as pessoas deveriam estar fazendo o jantar ou brincando com as crianças, não investigando roubos, agressões e todas as coisas escondidas e destruídas. Mas, novamente, tanta coisa acontece a portas fechadas. Talvez fizesse sentido para a polícia se enfiar no meio de toda aquela domesticidade, entre as cozinhas, salas de estar e cortinas sendo fechadas em torno da vida cotidiana.

Talvez seja melhor manter a polícia perto de casa.

Setenta e duas horas depois do meu assassinato, em uma manhã de céu cinzento, Ruby se vê voltando para a delegacia. Ela passa pelo prédio uma dúzia de vezes, mas não sobe até a entrada, não consegue fazer mais do que vagar pela rua. Para ela, basta olhar para as portas da frente e saber que há pessoas como o detetive O'Byrne e o policial Jennings, aquele gentil agente, trabalhando lá dentro. Resolvendo crimes, ajudando as pessoas, mantendo-as seguras. Poucos dias atrás, ela pensou: *É assim que as pessoas enlouquecem.* Agora, ela entende que não tinha ideia do que significa precisar de respostas que ninguém pode lhe dar.

O corpo foi encontrado por uma corredora. Uma frase tão comum. Duas mulheres anônimas conectadas por apenas sete palavras. O quão próximas elas haviam chegado uma da outra naquela manhã? Perto o suficiente para mudar de papéis, para desempenhar a parte da outra?

A vítima tem trinta e poucos anos. Ela tem 1,70 m e 70 kg. Cabelo e olhos castanhos. E uma tatuagem de coração no pulso direito.

A vida de Ruby foi decidida no tempo que levou para calçar os tênis de corrida? Se tivesse chegado ao parque apenas alguns minutos antes, ela poderia estar em perigo?

(Quão perto do perigo *todas* nós chegamos?)

Enquanto está em frente à delegacia, Ruby pensa no detetive O'Byrne. Até o momento, ela o viu muitas vezes no noticiário, leu todos os artigos que encontrou sobre ele. Não foi nenhuma surpresa descobrir que ele é famoso em sua área, um investigador respeitado e condecorado, conhecido por resolver muitos dos casos de grande visibilidade da área. As coisas sombrias, os assassinatos de mulheres e crianças, casos que Ruby pulou no início, mas aos quais muitas vezes retorna no escuro, jogando sal na ferida exposta da violência quando não consegue dormir. Ela se pergunta quanto o detetive O'Byrne sabe sobre esse assassinato em particular além do que foi compartilhado com o público até então. Uma garota foi agredida, estrangulada. Um ataque aparentemente aleatório. O DNA do perpetrador foi encontrado sob as unhas da vítima (e em outros lugares nos quais Ruby não gosta de pensar). Tudo isso é de conhecimento geral agora. Mas que novos segredos o corpo da menina ofereceu aos legistas, fotógrafos e investigadores da cena do crime? Três dias depois, é óbvio que não foi o suficiente para revelar a identidade dela. Cartazes com um esboço detalhado no centro agora estão espalhados por Riverside: *Você conhece essa mulher?*

(Um artista forense fez um desenho aproximado do meu rosto, pintou um pequeno sorriso em meus lábios, me colorindo para fora dos meus próprios limites. Quase poderia... mas o artista suavizou minha expressão, arregalou meus olhos. Pareço uma garota que não conhece nada do mundo. Quem vai reconhecer isso?)

Ele tem que saber mais sobre o caso, Ruby pensa de O'Byrne, hoje. Ela quase pode vê-lo mudando todas as diferentes partes de mão em mão, esfregando a verdade entre as pontas dos dedos até que faísque. Uma imagem estranha e, quando olha para baixo, Ruby vê que ela mesma está pressionando o polegar contra o indicador, uma contração nova e nervosa.

— Ele sabe quem você é, Jane?

Ruby não quis dizer essa frase em voz alta, mas as palavras escaparam de sua boca assim que o policial Jennings apareceu, silencioso, ao lado dela. Ela pula, seus rostos refletindo surpresa e reconhecimento. Ele acha que Ruby fica mais bonita à luz do dia, até mesmo *sexy*, então se repreende por um pensamento tão inapropriado. Smith o mandou para fora, disse que a australiana do caso Riverside tinha ficado parada na frente do prédio a manhã toda e que ele deveria ver se ela estava bem.

— Hum... Ruby?

Envergonhada, ela acena e abaixa a cabeça ao mesmo tempo. Jennings a observa com preocupação e ela se lembra de sua gentileza perto do rio. A maneira como ele expirou lentamente quando ela apontou para o corpo. A policial Smith a envolveu com um cobertor, apertou seus ombros, mas Jennings parecia querer chorar.

— Oi, policial Jennings — ela finalmente responde, desejando que o rubor em suas bochechas diminuísse. — Eu... hum, só estava passando por aqui. E queria saber se houve algum avanço. Ou, sabe, pistas. No caso.

Enquanto ela fala, Jennings fica olhando para as portas da delegacia, sentindo um claro desconforto. Ele deveria ter dito para Smith fazer aquilo. A parceira dele é muito melhor com os traumatizados; ela, de alguma forma, sabe o que dizer, como encontrar o equilíbrio entre a distância profissional e o conforto. Ele limpa a garganta, desejando ter prestado mais atenção em como Smith faz isso.

Confundindo esse desconforto com censura, o rubor de Ruby se intensifica.

— Desculpa. Eu não queria ser um incômodo. Eu nem deveria estar aqui e sei que não tenho o direito de fazer perguntas. É que… não consigo parar de pensar nela. Acho que estou ficando louca.

Com essa admissão um tanto alarmante, Jennings pisca em meio ao nervosismo, lembra-se de algo de seu treinamento e dá um passo à frente.

— Está tudo bem, Ruby. Você quer entrar e conversar? Talvez você tenha se lembrado de algo? O detetive O'Byrne está mais no centro da cidade hoje, mas eu posso…

Ele para de falar quando Ruby balança a cabeça, as lágrimas se acumulando e, logo em seguida, escorrendo pelo rosto.

Ao ver as lágrimas dela, Jennings estende a mão e, desajeitado, dá um tapinha no braço de Ruby e depois tosse. Agora são as bochechas dele que estão queimando. Será que algum dia ele se acostumará com o choro?

(Pense, Jennings, pense.)

— Hum… Ruby, posso conseguir alguns números de telefone. Existem pessoas, os especialistas nesse tipo de coisa, que podem ajudar você. É muito normal ficar perturbada depois do que você passou. Testemunhar um crime pode ser traumático e muitas pessoas dizem que falar sobre isso ajuda. Para que você não se sinta presa, sabe.

Mortificada por estar chorando de novo, querendo nada mais do que escapar dessa conversa estranha o mais rápido possível, Ruby acena com a sugestão de Jennings e enxuga as lágrimas com as costas da mão. Dando a si mesmo um crédito por acertar dessa vez, o jovem policial praticamente corre pela rua e volta à segurança emocional da delegacia. De volta à rua poucos minutos depois, ele entrega a Ruby três ou quatro panfletos lustrosos e se sente ainda melhor quando ela o recompensa com um meio sorriso.

Todos os livretos que ele escolheu para ela têm capas que mostram um elenco diversificado de personagens falando ao telefone ou caminhando juntos, de mãos dadas. Todos estão com um sorriso no rosto, apesar das palavras que saltam do papel. *Trauma. Vítimas. Violência. Luto.* Agora esse deveria ser o mundo dela? O seu grupo?

Ruby não sente vontade de sorrir.

Ainda assim, o jovem oficial está claramente satisfeito consigo mesmo e Ruby só pode agradecê-lo por tentar.

—Vou dar uma olhada, com certeza. Para me certificar de que eu não — ela acena com a mão — me sinta presa. Agradeço por isso, policial Jennings. De verdade. Obrigada.

— Não se preocupe, Ruby. Você passou por muita coisa. É bom lidar com isso, certo? E passe aqui se quiser conversar mais um pouco, está bem? Você é bem-vinda a qualquer hora.

(Uma despedida estranha. Mais a ver com o sorriso dela do que com qualquer outra coisa. Ambos reconhecem isso e Jennings tem o bom senso de começar a se afastar.)

— *Policial Jennings!*

Ele já havia atravessado a rua quando Ruby gritou seu nome, assustando os dois.

Ele para.

Ruby respira fundo.

— Onde ela está? Você pode me dizer onde a Jane está?

— Onde a Jane está? — Jennings repete a pergunta, confuso.

— Sim. Quero dizer, a garota. Jane Doe. Para onde vocês levam — Ruby engole em seco — os corpos que encontram?

—Ah, certo. Já entendi — Jennings se pergunta por que de repente começou a transpirar. — Ela está na Primeira Avenida, acho.

— Na Primeira Avenida?

— Isso. No necrotério de lá. É onde ela deve estar. Eles esperam identificá-la. Se ninguém aparecer para… hum… reivindicá-la, é provável que a mantenham lá por um tempo.

— E depois?

Ruby precisa saber o que acontece se ninguém reivindicar o corpo.

Jennings esfrega a nuca, sente uma gota de suor sob a ponta dos dedos. Ele odeia pensar nessa parte. Nunca se acostuma com isso. A ideia de todos aqueles cadáveres enfileirados, órgãos retirados, lábios costurados.

Esse final feio não parece certo para uma garota tão linda quanto a que encontraram no rio. Sente um desejo repentino de proteger Ruby do que ele sabe. É o mínimo que pode fazer por ela.

— Quer saber, querida? Provavelmente, vamos descobrir quem ela é em breve. Quase sempre acontece assim, então, não se preocupe.

Jennings abre o que espera ser um sorriso tranquilizador e vai em direção à porta da delegacia que se fecha atrás de suas costas. Ruby fica parada na rua e, em sua mão, os folhetos com aqueles rostos sorridentes olhando para ela. Ela desdobra o de cima, mas a impressão fica borrada, porque ela está chorando de novo, e grandes lágrimas caem na página.

Vc tá bem?

Ash não se incomodou em digitar uma frase correta. Que espaço isso deixou para ela responder? Como ela poderia se encaixar em todas as coisas que a fazem não estar bem?

Ela pensa na frase que leu em tantas reportagens de jornal: *O corpo foi encontrado por uma corredora.*

Por que nunca disseram o que aconteceu com a corredora depois disso?

ALGUÉM ORGANIZA UMA VIGÍLIA À LUZ DE VELAS NO RIVERSIDE PARK. A notícia da reunião pretendida é compartilhada localmente e, na noite de sábado, quatro dias após o assassinato, cerca de trezentas pessoas descem para os campos lamacentos perto do cais. Os enlutados, em sua maioria, são da vizinhança, mas algumas mulheres vêm do outro lado da cidade, de seus próprios lugares sombrios, convocadas para homenagear uma da sua espécie, aquela que não conseguiu, que não poderia voltar para casa. A multidão é pontuada por essas sobreviventes, suas dores inflamadas, ferozes, enquanto os fiéis de diferentes denominações se manifestam, um aperto de conforto após o outro oferecido durante a noite. Velas tremeluzem, ondulam, e, quando a conversa para, alguém dá um passo à frente e, com suavidade, canta "Aleluia" na congregação silenciosa, a cabeça dela curvada para baixo.

À distância, trezentas velas erguidas são uma coisa linda de se ver. Um brilho de estrelas desenhado nas mãos das pessoas. Os rostos são suaves, aquecidos, conforme as pessoas encostam uma vela acesa no pavio da outra, conectando cada nova chama, até que o campo tremeluz. Até que a multidão parece respirar luz, inspiração e expiração visíveis de tristeza e oração.

Não há nenhum nome a ser dito, mas sou reconhecida por cada uma das mulheres presentes, agarrada em torno de suas mãos levantadas, pesando no coração delas. Eu sou seus medos e suas fugas afortunadas, sua raiva e sua prudência. Eu sou sua cautela e seus dias de ontem, a versão sombria de si mesmas todas aquelas noites em que passaram olhando por cima dos ombros, ou entrelaçando as chaves entre os dedos. Um homem fala para a multidão, implora a seu gênero para ser melhor; as pessoas aplaudem, dão vivas, mas é o silêncio das mulheres que acende a luz das velas, a envia ao céu, um clarão à procura de cada irmã perdida. Então, quando a paixão do homem se esgota, é a raiva silenciosa das mulheres que perdura, que pode ser vista brilhando do alto. Muito depois de todas as pequenas luzes terem sido apagadas e os enlutados terem seguido em frente.

Ruby não comparece à vigília. Está sentada sozinha em seu quarto, a apenas alguns quarteirões do parque. Acendeu sua vela, uma única chama tremeluzindo, pulsando no escuro. De pernas cruzadas na cama, bebendo vodca morna, olha para a vela e não sente nada. A tristeza, ela está aprendendo, quando quer, pode ser tão quieta quanto um sussurro. Quer tudo se agite dentro dela, quer a dor se espalhe como um rio transbordando, rompendo suas margens, ou as águas parem e ela flutue na superfície, entorpecida — no final, a sensação é a mesma. De total desamparo. Saber que tão pouco está sob seu controle, saber que você não pode agarrar seu caminho de volta à ignorância da segurança. Às vezes, nos últimos dias, ela tem se enfurecido com essa perda. Esta noite, está de luto. Está sozinha em uma cidade solitária e quase tão profundo quanto a pena que sente de uma garota sem nome morta é este pensamento terrível: se alguma coisa lhe acontecer em Nova York, ela mesma pode acabar em um dos necrotérios da cidade, sem ninguém procurar por ela. Porque ninguém notará que ela se foi.

NA MANHÃ SEGUINTE À VIGÍLIA, RUBY ACORDA COM RESSACA POR causa da vodca. Ela se lembra de ter apagado a vela e de ter saído da cama para se deitar no frio dos azulejos do banheiro depois que o quarto começou a girar. Tem uma vaga lembrança, também, de acordar tremendo no chão, uma toalha grossa enrolada nos ombros. *Autocuidado de uma bêbada*, ela pensa com um suspiro, a toalha agora emaranhada sob as cobertas. Ela não estava em um estado de sono profundo o suficiente para sonhar, mas o tempo passou e agora são seis e meia da manhã. Pelo menos ela conseguiu calar a noite.

Indo para o banheiro com a cabeça doendo, de repente, seu estômago se contorce. Uma lembrança da noite passada se espalha e volta à superfície. Depois da vela, antes dos azulejos. Ela era justa, estava com raiva de novo. Ruby se vê com o celular na mão, abrindo no nome de Ash. O bater de teclas, uma lista furiosa de pecados se formando, mensagem após mensagem.

Você não... Você nunca... Eu odeio...

Pegando o aparelho agora, ela tem que se forçar a olhar para a tela.

Nada.

Ela verifica o nome dele.

Nada.

Mesmo assim, essa memória persiste. A sensação de que disse algo que não deveria. Ela nunca, jamais, deixou Ash saber o quanto a distância dele a magoa. Ela nunca o deixou ver sua angústia e permaneceu teimosamente orgulhosa disso, agarrando-se à impassibilidade como seu único controle. Ela esqueceu tudo isso na noite passada?

Quero dizer a ela que vodca e garotas mortas têm um jeito de afrouxar esse aperto.

> Ash. Eu estava bêbada mesmo ontem à noite.
> Não me lembro do que te disse.

Ruby envia essa mensagem após digitar e deletar uma dúzia de outras; o texto é exibido em um instante como entregue. Segue-se uma hora de silêncio conspícuo e Ruby verifica compulsivamente o telefone, como se uma resposta pudesse passar despercebida enquanto ela pisca. É tarde da noite em Melbourne. Mas de fato não era tarde o suficiente para que sua mensagem não fosse lida — Ash ainda estaria esperando mensagens relacionadas ao trabalho a essa hora, ele teria o celular ao alcance. O pânico cresce conforme o tempo passa. O que ela escreveu nas mensagens noite passada? Quão ruim foi? Ruim o suficiente para ela deletar as evidências depois? As fotos e palavras que eles enviaram um para o outro desde que ela havia chegado a Nova York foram todas excluídas de seu celular; mais tarde, ela vai lamentar essa perda, mas, por enquanto, só se sente mal. Ela disse algo que sabia que não gostaria de ver no dia seguinte?

Ruby segura um travesseiro contra o peito, tenta aquietar a mente. E, pela primeira vez, considera: dizer a verdade pode realmente ser tão ruim?

Deve ser. De que outra forma explicar a náusea, os membros encovados e peito pesado? Não tinha nada a ver com libertação.

Ela manda outra mensagem.

> Estou me sentindo muito mal sobre... tudo.

Entregue em milissegundos. Sem resposta. Ruby levanta o travesseiro até o rosto agora, grita no tecido macio. Um som estranho e abafado, mais parecido com a memória de gritos do que com a coisa real. É muito cedo, ela sabe, ou talvez muito tarde, para a garrafa de vodca meio vazia ao lado da cama. Mas não há como negar que seus dedos já estão querendo chegar até o vidro liso e claro.

Ela realmente se tornou essa pessoa? Seria fácil demais dizer sim. Pegar a garrafa e calar a luz do dia também. As pessoas nos planfetos do policial Jennings não a culpariam por isso, com certeza. Apesar de seus sorrisos prontos para a câmera, entre todas as pessoas, elas entenderiam que você não pode sobreviver a algumas situações sozinha. Que, às vezes, você precisa de ajuda para se levantar do chão.

Mas não é ela que precisa de ajuda, é?

Algo que ela percebe agora. Ela foi para a delegacia porque queria estar perto de pessoas para quem Jane é a única coisa que importa. Para ficar focada naquele corpo, e estar mais perto dela também, do jeito que estava poucos dias atrás. Não parece certo ter estado lá primeiro e depois viver a partir de então, como se nada tivesse acontecido. Ela quer estar com o detetive O'Byrne, separando as evidências, procurando pistas, encontrando os elos que faltam.

Isso é realmente a única coisa que importa.

Eu poderia ajudar, ela pensa, então se interrompe, sentindo-se tola. Talvez tenha ficado um pouco maluca, afinal. Imaginando um lugar para si mesma à mesa, desse jeito. Imaginando que poderia fazer diferença na investigação.

Ruby ouve Jennings agora, a maneira como ele disse que seria bom falar sobre o que ela vivenciou no rio. Enviar mensagens para Ash, com certeza, não melhorará as coisas, ela sabe. Cassie, com sua repreensão gentil e súplicas para voltar para casa, também não vai ajudar em nada. Mas quem sobra, então? Como um sussurro em outra sala, Ruby tem a sensação de que há uma conversa importante acontecendo sem ela, e nela estão as respostas que está procurando. Ela sente um convite à espera. Se apenas pudesse descobrir de onde vêm esses sussurros.

Sem saber o que fazer com essa nova percepção, flutuando fora de alcance, Ruby desliga o celular e o coloca em uma gaveta antes de se deitar na cama. Por fim, ela cai em um sono agitado cedo pela manhã, sonhando com uma jovem com uma pá tão alta quanto ela, cavando a terra, cantando enquanto trabalha, e, quando ela acorda desse sonho, é quase meio-dia. Ruby ouve trabalhadores conversando e rindo do lado de fora de sua janela, pendurados em suas pranchas, balançando em suas cordas. Eles estão cuidando da vida deles. A cidade continua se movendo.

Você também precisa continuar se movendo.

Essas palavras saem mais como um grito do que como um sussurro, catapultando Ruby para cima e para fora da cama. Ela toma banho e se veste sem cuidado, prende o cabelo molhado com um nó e sai depressa do apartamento. Está frio lá fora, mas o sol de abril é um clarão forte em um céu radiante e azul, e Ruby se repreende por já ter perdido metade do dia. Algo mudou enquanto ela dormia. Um clique e um desbloqueio. Ela não quer acordar no chão do banheiro, nem dormir enquanto está sol em um domingo. Ela não quer chorar na rua e não quer enviar mensagens bêbada e sem resposta para o outro lado do oceano.

O que Ruby quer é ser útil. Pode ser tolice pensar que o detetive O'Byrne a utilizaria para algo, mas talvez ela possa ajudá-lo de outras maneiras. Mesmo que isso signifique simplesmente lembrar que cada Jane Doe — *sua* Jane Doe — é uma pessoa real, com um nome real que ela merece recuperar.

O que fazer em seguida, então? Quem vai querer falar com ela sobre garotas mortas, quem vai querer mergulhar na escuridão com ela?

A resposta, quando chega, parece óbvia. Deve haver outros descobridores de mortos por aí. Ela só precisa achar uma maneira de *encontrá-los*. Indo para o café mais próximo, carregando sua ideia com cuidado, como se pudesse quebrá-la, Ruby se senta em um banquinho alto perto da janela e conecta seu *laptop* ao Wi-Fi gratuito. Um enorme café com leite é colocado na frente dela. O conforto do café, ela pensa antes de fechar os olhos, desejando que a inspiração venha.

"Encontrar um cadáver" pode ser um bom lugar para começar.

Ela digita com cuidado essas palavras na barra de pesquisa de seu *laptop* e prende a respiração enquanto os resultados aparecem. Parece o começo de algo, o sussurro vindo de outra sala ficando mais alto, mas os primeiros resultados da pesquisa são todos sobre algo chamado Limpeza pós-morte, uma indústria de risco biológico que, aparentemente, vem crescendo e da qual Ruby nunca ouviu falar. Esses anúncios publicitários sombrios para limpar cenas de crime são seguidos por listas e mais listas de histórias do tipo "Eu encontrei um cadáver!", postagens de *blogs* decoradas com palavras como *horrível*, *horripilante* e *pesadelo*. Ruby dá a esse conteúdo apenas uma visão superficial; ela não está procurando excitação.

Finalmente, três quartos abaixo na página, um título se sobressai para ela.

TEPT: Quando o corpo fica preso no modo de luta ou fuga.

"Para que você não fique presa." Não foi essa a frase que o policial Jennings disse do lado de fora da delegacia? Não era bem isso o que tinha em mente, mas ela clica no *link* mesmo assim, expirando o ar devagar enquanto o artigo carrega.

Seu café com leite está frio quando ela termina de ler. Ali, apresentada por um médico bastante conhecido de Boston, está a explicação mais clara para o que o trauma faz a uma pessoa, à sua mente e ao seu corpo. Os *flashbacks*, as visões constantes da chuva e do rio, todos os pensamentos obsessivos girando ao seu redor. O fato de ela continuar sonhando com garotas mortas. Sem mencionar sua súbita paranoia, a ideia de que qualquer homem que ela encontrar possa ser capaz de matá-la. Tudo é explicado pelo médico. Essa *hipervigilância*, diz ele, é uma marca do Transtorno de Estresse Pós-Traumático. E o perigo só precisa ser percebido, afirma ele, para que o TEPT seja acionado. Encontrar um cadáver está bem ali na lista dele. Uma música familiar sobre as maravilhas de Nova York soa nos alto-falantes do café, enquanto Ruby pondera sobre essas novas informações, se perguntando o que fazer com o que parece, de repente, uma chave em sua mão.

E então ela se lembra de seu plano anterior: procurar outros descobridores dos mortos. Talvez seja ali que eles estejam escondidos. Digitando rápido desta vez, Ruby está surpresa com a quantidade de resultados que aparecem para ela agora, páginas e mais páginas. Ao que parece, Nova York está repleta de grupos de apoio para pessoas com traumas. Sentindo-se — estranhamente — como se estivesse sendo guiada, Ruby clica no *link* de um encontro em Manhattan que oferece apoio e amizade para pessoas com TEPT, incluindo aquelas com causas "não tradicionais".

Descobrir uma vítima de assassinato. Não tradicional? Ruby continua lendo.

O resumo do encontro descreve sessões que incluem compartilhamento individual (*opcional*) e discussões em grupo: *Oferecemos um lugar de não julgamento, onde sua segurança é a prioridade. Nenhum diagnóstico formal de TEPT é necessário para ingressar. O grupo se reúne a cada duas semanas, em um local no centro-leste da cidade. Endereço a ser compartilhado após confirmação de presença.*

O formulário de inscrição é pequeno. Ruby o preenche e aperta o "enviar" antes que tenha tempo de pensar melhor a respeito. Quase de imediato, um e-mail de alguém chamado Larry soa com uma nota de boas-vindas genérica.

> Parabéns! Saiba que é preciso coragem para dar
> o primeiro passo em seu processo de cura. Você
> deveria ficar orgulhoso de si mesmo...

Em anexo ao e-mail de boas-vindas, está uma lista de datas, locais e horários para as sessões de primavera do grupo; a próxima reunião está marcada para quinta-feira, dali a quatro dias. Ruby quase não pede conselhos à irmã mais velha e nunca pensou em consultar um terapeuta. Ela vai mesmo fazer isso?

Nos alto-falantes, um homem ainda está cantarolando sobre Nova York; enquanto ele canta sobre novos começos, a letra da canção ressoa pelo café, cai bem ao lado de Ruby, e os pelos dos seus braços se arrepiam. De repente, não há dúvidas. Ela irá a esse encontro. Ela irá ao encontro de pessoas que a entendam. Qual é a pior coisa que poderia acontecer? Se seguir o caminho errado, ela, eventualmente, encontrará o que está procurando. Porque você pode encontrar qualquer coisa em Nova York, certo?

Até mesmo um cadáver, ela pensa, alarmada ao descobrir que, pela primeira vez, essa verdade mais crua quase a faz rir.

ALIÁS, QUANDO COMECEI A APARECER NOS SONHOS DELA, FOI UM ACI-dente. Não há exatamente uma diferença entre acordado e dormindo para mim, hoje em dia. É ela quem muda quando seus olhos estão fechados, ela é quem fica mais aberta. Lembrar de mim ao lado dela no Riverside Park, entendendo que a segui para casa — essas são coisas que ela esquece sob a luz do dia e eu não sabia que havia uma maneira de lembrá-la delas. Até que aconteceu.

Tento não me agarrar demais quando ela se lembra. Eu realmente sinto muito por todas as coisas que ela tem que carregar. É por isso que eu a pressionei para buscar ajuda, lá no café. É por isso que coloquei meus dedos sobre os dela, apertei as teclas.

Bem.

A verdade é que não posso tocar em nada, não de fato. Mas me sinto melhor imaginando que nem tudo desapareceu simplesmente porque outra pessoa quis. Que ainda estou aqui. Mesmo que ninguém possa me ver. Mesmo que ninguém saiba meu nome.

Ainda.

Coisas pequenas começaram a acontecer, sabe? Coisas importantes. No início, pareciam pequenos acidentes. Mas agora, se eu me concentrar o suficiente, parece que posso colocar o princípio de um pensamento na cabeça de Ruby, fazendo sua mente ondular. Foi o que aconteceu com aquele artigo sobre TEPT. Apenas um empurrãozinho, mas ela sentiu e seguiu. Noah me contou tudo sobre trauma. Explicou quase tão bem quanto aquele médico de Boston. Quando estávamos falando sobre sacudir as memórias, imaginei um corpo cheio de buracos. Ele me disse que há uma chance de herdarmos o trauma, que as lembranças ruins podem ser transmitidas de uma geração para a outra, e pensei em minha mãe na época, em todas as coisas que nunca soube sobre ela. Mas agora eu me pergunto se, de alguma forma, passei minhas memórias para Ruby, se acidentalmente as imprimi em seus ossos. A maneira como Noah fez soar...

Mas chega de falar de Noah. Meu corvo, meu pássaro da morte. Não quero pensar nele, não preciso, agora que tenho Ruby. Eu deveria ter prestado mais atenção às coisas que ele me disse, sim. Mas isso não me fará bem hoje em dia. Além disso, quando me lembro dele com clareza, sinto uma dor tão aguda, tão terrível, quanto qualquer coisa que já experimentei quando estava viva.

E de que adianta estar morta se ainda podem machucar você do outro lado.

É COMO SE ELES TIVESSEM ME ESQUECIDO. OS OUTROS.

Ele.

O problema é que, se eu não entendo totalmente como consigo avançar às vezes, entendo ainda menos sobre o porquê. Na maioria das vezes, é como se eu fosse um peixe prateado, disparando em uma onda, uma sombra rápida demais para ser capturada. Mas há momentos em que os vejo de perto — Noah fechando a porta do meu quarto; Tammy checando seu celular; o Sr. Jackson escondendo uma caixa de fotos em seu armário, no espaço onde a Leica costumava ficar —, que as ondas ficam muito grandes e elas me jogam ao redor, me golpeiam contra algo duro e inflexível, e a água entra correndo.

São eles ou eu virada de cabeça para baixo quando isso acontece?

A única certeza que tenho é de que Ruby é meu único mar calmo quando os outros me fazem sentir como se estivesse morrendo de novo.

Ou pior. Como se eu nunca tivesse existido.

ESTAMOS NOS APROXIMANDO, DIZ A CITAÇÃO.

Na foto em preto e branco que a acompanha, O'Byrne olha para fora, parecendo severo e seguro. Parecendo o tipo de homem acostumado a ser ouvido.

Considere-se avisado, a citação continua. *Você será encontrado. Estamos aprendendo mais sobre você a cada dia. É só uma questão de tempo.*

O'Byrne está blefando, quero dizer, enquanto Ruby lê essa declaração oficial sem parar, com o coração disparado. *O'Byrne está tentando atraí-lo de onde quer que ele esteja se escondendo. Enganá-lo para que se entregue. Eles realmente não sabem nada sobre ele.*

Eu também tentei chegar perto dele. Mas o homem que me assassinou só precisava pensar no que fez naquela manhã para que aquelas ondas selvagens voltassem a me arrastar para baixo da água turva. Parece um tipo de aviso, sempre que me aproximo. Enquanto está lá fora, vivendo sua vida como se nada tivesse mudado, ele ainda tem o poder de me destruir. De tirar o pouco que me resta.

É isso o que acontece depois que matam você? Eles continuam vivendo a vida deles, continuam se levantando para trabalhar, tomando café da manhã, verificando o tempo e dizendo *por favor, obrigado* e *de nada*, e eles sorriem para o próprio reflexo nos espelhos e vitrines enquanto caminham pela rua. Escondendo-se à vista de todos, se é que ficam preocupados em se esconder.

Pensando que ninguém tem o poder de detê-los. Nem a garota naquele momento, nem ninguém agora.

É só uma questão de tempo.

Antes que o encontrem? Ou antes que ele tenha a chance de fazer o que fez comigo a outra pessoa?

13

—S eis ou sete pessoas vêm na maioria das sessões.

Larry, do e-mail de boas-vindas, está falando com Ruby por cima do ombro enquanto coloca uma série de almofadas coloridas no chão do centro comunitário. Ele faz um círculo com elas, dez grandes almofadas no total. Ele sabe que alguns membros do grupo preferirão deixar um espaço entre eles e a pessoa ao lado; além disso, há uma pequena esperança de que mais pessoas apareçam esta noite. Que encontrem abrigo neste encontro, em vez de vagarem por aí, confusas e sozinhas. Larry tem sido o facilitador dessas sessões de apoio há dois anos. É, como ele já disse a Ruby várias vezes, sua "vocação" — permanecer aberto para as muitas, muitas formas que o trauma pode se apresentar e encontrar maneiras de curar os danos que o TEPT pode causar. Para ele, é um trabalho que nunca cansa. Não quando você considera todas as maneiras como os humanos podem machucar a si mesmos e uns aos outros, muito menos as surpresas que um planeta imparcial pode ter reservado. Com sua própria vida, ao que tudo indica, segura como uma caixa, ele fica constantemente surpreso com o que as pessoas têm que suportar.

```
Parabéns! Saiba que é preciso coragem para dar
o primeiro passo em seu processo de cura. Você
deveria ficar orgulhoso de si mesmo. Gostaríamos
muito que participasse da nossa sessão de grupo,
na qual terá a chance de falar sobre o que está o
impedindo de viver a vida plenamente. Depois de
```

> vinte anos em meu próprio consultório, sei que
> a minha vocação é ajudar as pessoas a se cura-
> rem de seus traumas para se tornarem a melhor
> versão delas mesmas.

Melhor versão. Vocação. Para Ruby, aquele primeiro e-mail foi tão... americano, e ela não ficou nem um pouco surpresa ao descobrir que Larry se parecia com um anúncio de revista dos anos 1950, com seus dentes brancos e retos e seu cabelo louro cor de areia tocando as laterais dos olhos verdes brilhantes. Ele parece uma lousa em branco, algo novo e aberto. Como se toda a sujeira tivesse sido esfregada — ou deliberadamente varrida para fora da vista. Afinal, esse é o outro lado da América. Um país cuja história é brilhante por fora, uma fachada lustrosa, até que você percebe que apenas uma versão da história está sendo contada.

(Ruby e eu não estudamos a mesma história americana. Mas acho que ela está certa sobre essa parte.)

Nos últimos dias, Ruby quase se convenceu de não comparecer ao encontro várias vezes. Mas seus pesadelos se intensificaram desde que aprendeu sobre TEPT, como se ela enfim tivesse dado a seu subconsciente permissão para fazer isso. Ela sonha com inundações, portões que não abrem e juncos amarelos enrolados em sua garganta. Às vezes — na maioria delas —, ela vê aquele rosto ensanguentado, os olhos arregalados, e acorda suando, convencida de que está de volta ao rio.

(A propósito, não sou eu. Quando ela tem esse tipo de pesadelo, não tenho o menor poder.)

Há algo mais. Quando Ruby voltou da cafeteria naquela tarde de domingo, uma mensagem de Ash a esperava:

> Estou em Londres. Com um *jetlag* do caralho.
> Não sei de que mensagens você está falando,
> mas pra mim tudo certo. Não sei você. Você vai
> me contar o que aconteceu no outro dia?

Ele não contou que estava viajando a trabalho. Crise construída. Crise evitada. Ela ligou para ele ali mesmo e contou sobre a descoberta de um cadáver. Esqueceu que estava com raiva dele. E agora eles estão de volta ao carrossel.

(Também não tenho poder aqui.)

Porém, ela está aqui, agora — nós estamos aqui, agora —, seguindo o todo-americano Larry pela sala, enquanto ele termina de arrumá-la, conversando sobre isso e aquilo, o clima, um restaurante indiano em seu bairro que "você tem que experimentar, Ruby. Ah, é tão bom. Nunca gostei muito dessa coisa vegetariana, parecia que faltava alguma coisa, sabe? Mas eles podem ter me convertido". Uma risada, um olhar para cima e um rápido sinal da cruz, antes de ele dar uma piscadela e voltar a colocar grãos frescos em uma velha máquina de café. Ele está animado por ter uma nova pessoa ali esta noite, sente-se como um homem prestes a começar uma corrida enquanto se pergunta qual pode ser a história dessa mulher australiana. Ele não tem que fazer isso, abrir mão de seu tempo livre para ajudar pessoas como ela. A clínica em Murray Hill, os pacientes de que ele trata, exigem mais do que o suficiente dele. Mas ele se comprometeu a retribuir à comunidade fora daquelas sessões de trezentos e cinquenta dólares por hora, ou melhor, por causa delas. Compartilhar sua boa fortuna e mente sã duas vezes por mês é sua penitência por viver do sofrimento das pessoas. É realmente o mínimo que ele pode fazer.

Além disso, nunca se sabe aonde a noite poderá levar. Trauma é indisciplinado dessa maneira. Toda a bagunça da vida real é melhor do que o melhor programa de TV. Ele nunca fez sucesso como ator. Mas veja, quando a vida lhe der limões, você sempre pode encontrar alguém para fazer uma limonada.

RUBY ESTÁ PREOCUPADA COM QUE NINGUÉM MAIS APAREÇA ESTA noite, que ela acabe sendo a única participante, quando uma jovem meio que tropeça pela porta, cabelo, bolsa e um sapato voando. Depois de acenar para Larry, que sorri beatificamente como se cumprimentasse uma amiga querida, a garota pega o sapato rebelde e se arrasta até o círculo de travesseiros.

— Ops — fala na direção de Ruby, oferecendo um sorriso tímido.

Por insistência de Larry, Ruby já está sentada de pernas cruzadas no chão e essa pessoa esguia, de cabelos escuros, se senta em frente a ela. Incapaz de pensar em algo para compartilhar, Ruby começa a puxar um fio solto da almofada em que está sentada, torcendo-o com força no dedo indicador, fazendo com que mais e mais algodão se desfie. Ao contrário de Ruby, essa outra pessoa parece estar bastante relaxada. Apesar da entrada um tanto desajeitada, ela agora se senta perfeitamente ereta em sua almofada laranja, sorrindo para cada pessoa que entra na sala — elas estão entrando pela grossa porta depressa agora — e ela talvez dê uma olhadela em Ruby, uma ou duas vezes, embora Ruby, mantendo os próprios olhos voltados para o chão, não possa ter certeza disso.

De repente, o círculo se encheu de pessoas. Larry bate palmas antes de se sentar em uma almofada extra ao lado de Ruby. Com um lampejo de pânico, ela percebe que, em vez de ser a única ali esta noite, ela é a única pessoa *nova* presente. A única pessoa que não conhece as regras. Como se fosse uma deixa, depois de agradecer a todos por terem retornado ao círculo, Larry pede a Ruby que se apresente como a mais nova integrante do grupo:

— E direto da Austrália!

Ela vê sobrancelhas se erguendo com essa informação e, de repente, só quer levantar e correr dali.

À medida que a sessão vai acontecendo, nada parece certo. Nem todos aqueles olhos nela. Nem a alegria mal disfarçada de Larry por ter uma nova história para rebater no círculo e, definitivamente, nem a maneira como ela percebe que os outros estão impacientes para que ela termine de se apresentar — detalhes mínimos — e, assim, possam ter sua vez na noite, cada pessoa contribuindo com uma história aparentemente pior do que a anterior, uma *torre* de infortúnio apenas esperando para cair.

Na base, à direita de Ruby, está uma mulher de meia-idade que, depois de uma invasão em casa, instalou fechaduras triplas em todas as portas de seu apartamento, inclusive nos armários. Em seguida, vem um homem que encontrou seu sobrinho de três anos afogado na piscina de um hotel três verões atrás. Por cima de todas as histórias, vem o peso de um senhor idoso que, acidentalmente, colocou um lojista no hospital quando dirigiu sua Mercedes através de uma janela de mercearia. Um evento traumático empilhado sobre o outro e, embora Ruby sinta um aperto no coração de solidariedade por toda a dor que se manifestou na frente dela esta noite, quando chega a Tanker, um engenheiro de quase trinta anos que teve uma arma apontada para a cabeça dele durante um assalto a uma loja de conveniência, que acabou fatal para o dono, ela tem que admitir que cometeu um erro ao ir àquela reunião. Sua situação é tão diferente que ela quase se sente tola. É como se Tanker e os outros membros do grupo ainda estivessem mergulhados em seus desastres, lutando para voltar à superfície, enquanto ela se senta fora das experiências que a trouxeram até ali, observando à distância. Essa é a melhor maneira que ela pode explicar a situação sem a linguagem terapêutica com a qual todos parecem tão familiarizados. Os membros do grupo podem sugerir que ela esteja reprimindo os próprios sentimentos, evitando-os, mas, realmente, depois de ouvir o círculo de histórias esta noite, o que ela quer dizer é o seguinte:

Eu não sou a proprietária da minha dor, como vocês. Sinto como se a tivesse pegado emprestada de outra pessoa.

Não é surpreendente quando ela balança a cabeça — *Não* — quando é hora de ela falar.

Do outro lado do círculo, a garota que tropeçou pela porta observa Ruby, seu sorriso nunca se altera. Como Ruby, ela se recusa a falar quando chega a vez dela — "Vou dar um tempo esta noite, pessoal" — e seu silêncio deixa Ruby um pouco desapontada. Essa garota parece tão diferente dos outros, quase serena, apesar de sua aparente falta de jeito. Desde sua queda pela porta até a curiosa calma de seu sorriso, algo nela faz Ruby sentir uma angústia repentina ao pensar em sair dali sozinha.

Se soubesse alguma coisa sobre a jovem sorrindo para ela do outro lado do círculo, Ruby teria entendido que Lennie Lau podia ver seu isolamento com clareza e foi, imediatamente, atraída pela dolorosa beleza em que a solidão pode envolver uma pessoa. E ela teria visto como Lennie já estava traçando um plano para desvendar aquela solidão, para puxá-la, como Ruby havia puxado o fio solto de sua almofada esta noite, porém com mais força, para que, com o tempo e cuidado, toda aquela dor fosse desfeita.

LENNIE JÁ DERRAMOU SUA BEBIDA E DERRUBOU O GARFO NO CHÃO duas vezes. Ela não se preocupa em pedir outro, apenas esfrega os dentes de metal contra seus *jeans* rasgados e coloca o garfo de volta na mesa. Ela fala depressa, gesticula, descontrolada, fazendo voar qualquer coisa dentro do raio do cotovelo. Os funcionários sorriem com bondade para ela, trazem guardanapos extras, dando tapinhas em seu ombro quando passam. Ruby tem a sensação de que essa garota é tratada com carinho por onde passa.

Elas estão em um pequeno restaurante italiano na Terceira Avenida, uma rua depois de onde foi a reunião. Lennie agarrou o cotovelo de Ruby após o término da sessão, perguntou se gostaria de sair para uma sobremesa, e Ruby olhou em volta, pensando que o convite era para outra pessoa. Que estranho, que maravilhoso, parecia ser dirigido a ela, como se essa Lennie tivesse, de alguma forma, lido sua mente. O desejo de boa companhia era como a lembrança de sua comida favorita, uma saudade que ela sentia. Estar com pessoas interessantes novamente, manter uma conversa que não estava apenas em sua própria cabeça — Ruby esperava que Lennie não tivesse visto seus olhos marejarem quando ela acenou com veemência com a cabeça, concordando com o convite.

No caminho para o restaurante, Lennie manteve a conversa leve e alegre, como se tivessem acabado de sair de um cinema juntas, mas assim que se sentam à mesinha, ela fixa seus olhos escuros e intensos em Ruby e as perguntas começam.

"Há quanto tempo você está aqui?" "Onde você está ficando?" "O que fez você escolher Nova York?"

Encontrando sua língua pesada por falta de utilização durante semanas, Ruby não consegue formar as palavras para responder à última pergunta. Ela escolhe o que espera ser um encolher de ombros despreocupado, uma espécie de *quem sabe?*, mas seu rosto se cobre de vermelho e ela fica grata quando a garçonete interrompe seu esforço para colocar uma taça de vinho tinto. *Me dê a garrafa inteira e talvez eu consiga explicar*, Ruby quer dizer. Em vez disso, ela aproveita a pausa na conversa para mudar o foco para Lennie.

"Você nasceu aqui?" "Onde você mora?" "Você está estudando ou trabalhando?"

A resposta dela para essa última pergunta faz a boca de Ruby se abrir de surpresa.

Lennie, nascida e criada em Nova York, é embalsamadora em uma funerária no Brooklyn. Ela é especialista em reconstrução, o que significa que trabalha com corpos que chegam ao necrotério visivelmente danificados. Ela explica a Ruby que é seu trabalho reparar esses corpos, trazer cada pessoa morta de volta à aparência de antes do que aconteceu.

Do que aconteceu. Qualquer tragédia que alcançou e parou o coração. Ruby sente que não consegue respirar.

— Acho que sou meio maquiadora, meio mágica — Lennie continua, lambendo *chantilly* de seu garfo antes de a(le-aná-lo como uma varinha. — Se eu fizer bem meu trabalho, você nunca vai perceber os truques.

Imediatamente, posso ver o cuidado que Lennie tem com garotas como eu. Grande parte de seu trabalho contém um elemento de brutalidade; a maioria das pessoas recuaria diante das tarefas que ela repete todos os dias. Perfurando órgãos, limpando intestinos. Enchendo gargantas com algodão, costurando bocas. Colocando gel adesivo nos olhos, drenando sangue, passando fio por mandíbulas. Esses são apenas alguns dos seus chamados "truques". Vestir o falecido, pentear e maquiar — esses momentos mais delicados acontecem depois que o trabalho duro é feito, de tal forma que Lennie é tão íntima de seu corpo quanto qualquer pessoa poderia ser. Sem pressa, demonstrando respeito, ela oferece sua arte como o menor dos consolos, e vejo como essa generosidade brilha como âmbar na ponta dos dedos quando ela trabalha, cintila como ouro em tudo que ela toca.

Lennie encontrou essa vocação por acaso alguns anos atrás, depois de não conseguir entrar na faculdade de medicina.

— Engraçado, né? Se não me deixam chegar perto dos vivos, posso pelo menos consertar os mortos!

Ela estava trabalhando durante o verão, ajudando no salão de beleza de sua prima, quando começou a conversar com uma cliente que precisava de ajuda para suas mãos bem secas e com escamas vermelhas.

— Essa mulher estava reclamando de como sua pele estava tão danificada por todos os produtos químicos com que trabalha, dizendo que tudo penetra, não importa o quanto tentasse se proteger. Acontece que ela era uma agente funerária. Até então, eu nunca tinha conhecido um. Achei que eles eram todos velhos assustadores, dirigindo os negócios da família ou algo assim. Mas essa mulher, a Leila, era jovem, bonita e comandava seu próprio *show*. Eu tinha o dom de fazer cabelo e maquiagem, e ela me disse que havia outras maneiras de usar esse dom. Maneiras de fazer a diferença. Quero dizer, no começo era apenas curiosidade. Leila me contou algumas merdas malucas sobre o trabalho dela e, na época, eu estava a fim de ficar maluca. Mas, então, bem, ficou importante. As necessidades dos mortos e tudo mais.

Ruby concorda e balança a cabeça.

— Acho que dá para entender — ela afirma, embora saia mais como uma pergunta.

— Você sabe como os mágicos serram as pessoas ao meio e depois as juntam de novo, Ruby? Pensa no que eu faço como uma versão desse truque. Eu pego as pessoas quebradas e as junto de novo.

Lennie faz outro aceno com a varinha de seu garfo, varre-o sobre a mesa — "Tcharan!" —, fazendo Ruby pular em sua cadeira.

Lennie imediatamente abaixa o garfo.

— Eu sinto muito, Ruby. Não tenho a intenção de ser irreverente sobre essas coisas. Tenho feito isso há tanto tempo que esqueço que não é a ideia de normal para todo mundo.

Normal.

Ruby ri da palavra, mas o som sai frágil e quebra quando atinge o ar entre elas. Ela quer dizer a Lennie que *normal* parece um país estrangeiro hoje em dia. Quer dizer que sabe por que os mortos precisam de mágicos para juntá-los de novo.

Diga a verdade a ela, estou pensando, quando algo se ergue na pele de Ruby, uma rajada de ar frio nesta sala quente.

Ela estremece e Lennie se inclina para frente, preocupada.

— A morte passou por perto — Ruby começa a explicar, então para, balança a cabeça, como se quisesse desalojar algo.

Diga a verdade a ela, ela pensa.

— Acontece que não é tão anormal para mim, Lennie. Eu encontrei a garota. A garota que foi assassinada em Riverside Park.

Agora é a boca de Lennie que se abre.

— Puta merda. Da semana passada? O caso que está em todos os noticiários?

Ruby acena com a cabeça e, com a exclamação de Lennie, começa a falar, deixando sair tudo o que segurou nos últimos nove dias. A corrida, a chuva, o medo, aqueles juncos amarelos emaranhados e o momento em que ela entendeu que estava olhando para o corpo de uma jovem. Ela fala de maneira hesitante no início, mas logo as palavras saem dela, uma torrente de pedras cobertas de terra e folhas encharcadas e marrons, água salobra, e Lennie, felizmente, não vacila com a feiura colocada diante dela. Ela garante a Ruby que levou anos para se acostumar a ver os danos que as pessoas podem infligir umas às outras.

— Ter isso imposto a você assim. Não consigo imaginar.

Com a compreensão silenciosa de Lennie como guia, Ruby continua contando sua história. No momento em que chega ao embaraçoso encontro com o policial Jennings fora da delegacia, ela sente como se algo tivesse sido extraído. Como uma língua se enrolando no buraco onde antes ficava um dente, ela procura o que sobrou e descobre, para sua surpresa, que é principalmente tristeza. Ela está de luto pela garota nas rochas como se a conhecesse, como se elas fossem amigas.

— É tão estranho, Lennie. A maneira como não consigo parar de pensar nela. Achei que talvez estivesse tendo problemas para processar o que aconteceu. É por isso que vim para o encontro esta noite, como se eu pudesse ter TEPT ou algo assim. Mas não é isso ou, pelo menos, não só isso. Eu me sinto… *conectada* a essa garota. Com todo o meu ser. Isso é esquisito?

— Não acho que isso é esquisito — Lennie responde sem hesitar, seus olhos escuros brilhando. — Passei a pensar que a intensidade, não o tempo, é o que nos conecta. E o que pode ser mais intenso do que ser a única a encontrá-la? Eu diria que a parte esquisita seria se você não sentisse absolutamente nada.

Elas estão conversando há tanto tempo que as luzes do restaurante diminuíram e as cadeiras foram colocadas sobre as mesas. Ruby sabe que elas terão que sair em breve e que essa nova e preciosa conexão será cortada. Há algo que ela quer saber antes, algo em que se agarrar quando for para casa sozinha.

— Foi isso que aconteceu com você, Lennie? Quero dizer, por que você vai a um encontro de TEPT? Por causa de todas as coisas que você tem visto no seu trabalho?

Lennie considera a questão, avalia a intenção como se a tivesse nas mãos.

— Já percebeu como só há mulheres nessas caixas? — ela finalmente fala. — Aquelas que são serradas ao meio. Por um tempo, foi demais. Eu já vi muitas garotas mortas entrando pela porta. Mas Ruby — Lennie estende o braço por cima da mesa, pega a mão dela e a aperta com força —, espero que apenas uma seja o suficiente para partir seu coração.

O CONVITE CHEGA LOGO DEPOIS DAS DUAS DA MANHÃ. RUBY ESTÁ acordada, repassando a noite como se estivesse desembaraçando um colar, escolhendo com cuidado a cadeia de eventos, quando a notificação toca em seu celular.

> Querida Ruby,
> Você está cordialmente convidada a ingressar no Clube da Morte às 11 horas deste domingo. Vamos nos reunir no restaurante Nice Matin (veja o mapa — fica perto de você!), onde mimosas e discussões profundas nos aguardam. Os membros fundadores do clube estão ansiosos para ver você lá.

A mensagem curta termina com uma citação em itálico:

> *"As fronteiras que separam a Vida da Morte são, na melhor das hipóteses, sombrias e vagas. Quem ousa dizer onde termina uma e começa a outra?"*
> *— Edgar Allan Poe.*

Embora o número do telefone seja desconhecido, Ruby sabe, sem dúvida, que esse é o trabalho de Lennie Lau, a mágica de cabelo escuro do Brooklyn que junta mulheres e garotas novamente. Ela se lembra de como Lennie pegou sua mão no restaurante. O que foi que ela disse? Algo sobre muitas garotas mortas entrando pela porta. Ter conhecido alguém que entende esse tipo específico de assombração, o modo como garotas mortas podem seguir você para casa — Ruby mal pode acreditar em sua sorte.

E agora sua mente está voltando para o domingo, para esse misterioso Clube da Morte e o que isso pode significar. Talvez esta seja sua chance de encontrar o que está procurando. Ela sabe que não pode ter esperanças, não depois que o encontro de TEPT provou ser tão inadequado. Mas, então, veja o que resultou disso. Uma nova amiga e um convite. Não pode haver mal nenhum em ver aonde essa situação vai levá-la.

Além disso, não é como se ela tivesse outro lugar para estar.

Nem eu, sussurro. O som da minha voz pinica na pele de Ruby e sei que isso não é inteiramente verdade. Sei que garotas mortas não deveriam assombrar os vivos. Que *há* um outro lugar onde eu deveria estar. Às vezes, eu o sinto, quase como aqueles sussurros da outra sala que Ruby se esforça para ouvir. Longe, e também perto — acho que existe um lugar que oferece o desaparecimento. Não há mais ondas quebrando, me jogando de um lado para o outro. Apenas calmaria.

Mas não quero mais desaparecer. Não quando tantas pessoas se esqueceram de mim. Não quando ninguém sabe o meu nome.

Talvez o Clube da Morte também seja a minha chance, Ruby.

Minha chance de ser lembrada. Para que as pessoas saibam que estive ali.

Ali. Na cidade de Nova York.

E pensar que Ruby e eu imaginamos que essa era a aventura. Realmente, não tínhamos ideia.

14

O Clube da Morte foi formado depois que Lennie se apaixonou, brevemente, por um homem. Josh era um jornalista alto, moreno e bonito que estava escrevendo um artigo sobre o necrotério para uma revista popular e tinha um especial interesse no trabalho de reconstrução de Lennie. Ele a seguiu no trabalho por quase uma semana e havia algo na maneira direta como ele fazia as perguntas que fez o coração de Lennie bater fora do ritmo. Ela percebeu as pupilas dele sempre dilatadas, as luas brancas das unhas dele, a superfície plana dos dentes da frente, e a especificidade dessas observações a confundiu. Josh com certeza não era o tipo dela — seu último amante tinha sido um franzino dançarino de bambolê que ela conheceu em um *show* burlesco no East Village —, mas com certeza havia algo zumbindo entre eles. Ou foi o que Lennie pensou, até que ela percebeu o que de fato a atraía: a curiosidade inteligente de Josh e seu respeito não apenas por seu próprio trabalho, mas também pelo trabalho dela. Enquanto eles conversavam sobre suas respectivas carreiras, discutindo a maneira como ele vivia de contar histórias, ele sugeriu que o trabalho dela era desfazer histórias, levar seus cadáveres de volta a um tempo mais fácil, e talvez isso significasse que eles vinham da mesma coisa, apenas de locais diferentes. Foi a descrição mais cuidadosa de seu trabalho que Lennie já tinha ouvido, e ela sabia que queria manter aquele homem e seu jeito com as palavras em sua vida.

— Eu odiaria pensar que a coisa mais interessante sobre uma pessoa, como ela é lembrada, seja a maneira como morreu — ela disse no jantar após o último dia de Josh no necrotério, quando seu novo amigo compartilhou o segredo dele com ela. Alguns anos atrás, ele também quase morreu, depois que um acidente de bicicleta no Central Park o deixou com o pescoço quebrado e uma concussão grave. Ele passou semanas no hospital; por um tempo, era difícil saber se voltaria a andar. Embora já tivesse se recuperado fisicamente — "É óbvio", disse a Lennie naquela noite, dando tapinhas em suas pernas —, algo sobre como ele se sentia no mundo tinha sido, sobretudo, alterado.

— Às vezes — admitiu Josh —, luto com o fato de que sobrevivi. Você já ouviu falar da Síndrome de Cotard? — Lennie balançou a cabeça, não. — Bem, é uma teoria e tanto. Existem pessoas por aí que pensam que estão de fato mortas. Pessoas vivas e respirando que têm certeza de que saíram desse invólucro mortal e não podem ser convencidas do contrário, apesar do… Bem, apesar de todas as evidências do contrário. Pessoas com essa ilusão veem a si mesmas principalmente como cadáveres ambulantes, os mortos entre os vivos, e por mais que se argumente sobre o assunto, nada consegue mudar a maneira como a mente delas pensa. É uma condição fascinante, mas também aterrorizante. Porque, desde o acidente, às vezes me pergunto se também não sou um cadáver ambulante. Morto por dentro, sabe?

Enquanto Josh compartilhava essa confissão surpreendente de uma maneira natural, a vizinha quieta e franzina de Lennie vibrou em sua mente. Ela conhecia Sue havia anos, desde que o gato persa da mulher mais velha tinha reivindicado o sofá de Lennie como seu, uma tarde em que as janelas estavam abertas. Elas eram quase amigas, próximas o suficiente para compartilhar um ou dois vinhos nas noites mais quentes, mas até agora Sue tinha recusado firmemente qualquer abertura que pudesse formalizar a relação delas. Inaugurações de galerias, terças-feiras baratas no bar de ostras local, festivais de comida próximos ao rio… Sue respondeu "não" a todas as atividades que Lennie sugeria e, então, uma noite ela disse algo mais.

— Sinto muito, mas não vivo no mundo como você, Lennie. Não de verdade. Quando minha filha morreu — um acidente de carro há quase vinte anos, Lennie sabia detalhes mínimos naquela época —, as melhores partes de mim também morreram. Ninguém quer passar tempo com um cadáver, e com razão. Aprendi a fazer as coisas sozinha e agora prefiro assim.

Às vezes, você apenas sabe o que é necessário.

— Quero que você conheça uma pessoa — Lennie disse a Josh naquela noite durante o jantar e falou a Sue a mesma coisa, no dia seguinte. Exatamente o que fazer com essa união veio no meio da noite, quando ela se lembrou de um homem no necrotério que tinha acabado de perder a filha, uma jovem mulher na qual Lennie trabalhou sua magia, apagando os ferimentos de bala e marcas de dedo com cuidado, para que um caixão aberto pudesse ser possível.

— Não entendo o que isso significa, para onde ela foi e por que não posso ir também — o pai disse a Lennie, soluçando em seu ombro.

— Deus não me responde. E nenhum dos meus amigos me olhará nos olhos, muito menos falará comigo. Com quem devo falar agora?

A partir desse lamento, as sementes do Clube da Morte foram plantadas.

Cada um de nós teve o rosto pressionado contra a morte, Lennie escreveu em sua proposta. *É um grande mistério, mas, ao mesmo tempo, dita claramente como você — como nós — vive. Talvez se a conhecermos um pouco melhor, se tentarmos entendê-la, possamos encontrar uma maneira de quebrar o vidro que separa a vida da morte.*

E quem sabe o que encontraremos do outro lado?

O outro lado. O lugar onde você dá sentido às coisas. Onde uma filha pode morrer, um corpo pode retornar da beira do precipício, outro entrar em uma maca e as pessoas continuam a acordar, e comer, e dormir, e sonhar, e amar, e lutar, e chorar, e conspirar como se a vez delas nunca fosse chegar.

Lennie encerrou seu convite sincero com a mesma citação de Poe que ela enviaria a Ruby muitos meses depois e uma súplica: *Venha explorar os limites comigo, por favor. Fico solitária aqui.*

O isolamento torna tudo menos estranho. Você se pega concordando com coisas das quais, de outra maneira, zombaria se fosse alguém que tem planos regulares para as noites de terça e quinta.

— Sou um misantropo — disse Josh.

— Não quero conhecer ninguém novo — reclamou Sue.

Mas, mesmo assim, eles concordaram com a primeira reunião do chamado Clube da Morte de Lennie. A primeira pergunta, explorada com tequila em um bar em Bedford, parecia o clique de um cadeado se abrindo: *A morte é o fim ou é o começo?*

Isso foi há nove meses. No momento em que Ruby se senta com o trio em uma mesa ao ar livre, em um dia morno de primavera, perto do Central Park, os membros fundadores não conseguem se lembrar da vida sem as conversas semanais e tortuosas do Clube da Morte. Nem filósofas, nem debatedoras, essas três pessoas muito diferentes vêm com suas perguntas e reflexões, tendo como terreno comum um lugar que a maioria das outras pessoas evita nas conversas educadas e cotidianas. A maioria das reuniões leva os membros para longe de onde começaram e *todas* as reuniões envolvem comida e bebida. Em outras palavras, os membros do Clube da Morte geralmente chegam sóbrios e vão para casa bêbados.

(Talvez a única coisa em que eles nunca tenham chegado a um acordo foi sobre o nome — "Clube da Morte? *Sério*, Lennie?" —, mas sua fundadora se recusou firmemente a mudá-lo, o que é algo que aprecio.)

— Não espere que mais ninguém entenda — Lennie aconselha Ruby com um sorriso, conforme chega à conclusão da história da origem do Clube da Morte. — Não quando vivemos em uma cultura que gosta de fingir que as coisas mais óbvias não são reais, pelo fato de serem um pouco desagradáveis. A maioria das pessoas evita falar sobre a morte porque a considera confrontadora — ou assustadora. E se elas pensam que encontraram uma maneira de reconciliar seus medos, digamos que por meio da religião, elas vão fazer de tudo para encerrar quaisquer questões que possam ameaçar essa segurança. Portanto, a única regra do Clube da Morte é que uma pergunta difícil é mais importante do que uma resposta simples. Até que um de nós atravesse e volte, por mais tempo do que Josh, desculpe, tudo o que podemos fazer é continuar perguntando, não importa aonde isso nos leve.

Ruby a está acompanhando com entusiasmo, embora um pouco ansiosa. Não a ajudou que, desde a chegada ao lugar do encontro, evidências circunstanciais sugeriam que nem Sue, nem Josh estivessem particularmente empolgados com a presença dela. Enquanto Lennie tagarela, os lábios de Sue permanecem pressionados e a antiga paixonite de Lennie mal levanta os olhos do celular. Ao lado de Lennie, eles parecem nuvens vagueando em direção ao sol, e só quando um Bloody Mary é colocado na frente de Josh, e ele se lança sobre a bebida, as mãos unidas na taça alta como se estivesse orando, que Ruby percebe que, na verdade, ele está com uma baita ressaca. Sue, por outro lado, está simplesmente cansada hoje. Com uma eterna insônia, ela trabalhou on-line até as três da manhã. A reunião a essa hora, ela afirma, parece como se levantar no meio da noite para jantar.

— Desculpe — ela diz a Ruby, quando uma série de pequenos bocejos a domina. — Não estou acostumada a sair a essa hora. Ao contrário do meu companheiro aqui — ela acena com a cabeça para Josh — que, provavelmente, ainda não foi para a cama.

— Bem, não para a própria cama dele, pelo menos — Lennie acrescenta com uma piscadela, fazendo Josh mostrar a língua para ela e murmurar "Quem me dera". E com essa deixa, a mesa se ilumina e compartilha seus primeiros raios de calor genuíno.

Mais tarde, quando estiver de volta à sua quitinete, Ruby pensará como é fácil assumir que você é a causa do desconforto ou desdém de outra pessoa, quando a realidade é que todos nós aparecemos com as consequências das nossas noites anteriores, das nossas horas pela madrugada e das manhãs acordando cedo demais. Ela havia esquecido que fazer novos amigos é uma daquelas coisas confusas, como aprender um segundo idioma ou a tocar piano, que parece ser muito mais fácil quando você é criança. Quando as pessoas chegam aos trinta e seis anos — Ruby sente cada pedaço da sua idade pela primeira vez —, a maioria já tem suas amizades consolidadas. Elas têm filhos, parceiros, primos, carreiras e hipotecas que permitem reformas na cozinha e férias em Fiji a cada dois anos. Elas têm histórias e papéis bem definidos para desempenhar, e qualquer crise existencial que possam experimentar é geralmente sentida como um tremor, enquanto as experiências de Ruby são mais como grandes terremotos, reorganizando tudo.

Pessoas da idade dela não fazem as coisas que ela faz.

(*Algumas, sim*, sussurro, mas Ruby está muito ocupada pensando no Clube da Morte para entender a maneira como meu suspiro faz as cortinas de seu quarto tremularem.)

— Não sei direito por que vim para Nova York — ela disse durante o encontro, quando a pergunta surgiu de novo. Mas poderia muito bem ter dito "*Porque eu podia*". Como sua vida estava tão vazia das armadilhas habituais, tão acidentalmente não convencional, era mais fácil tirar um ano sabático aos trinta e seis anos do que ficar parada e ser lembrada de tudo que não tinha. Ela se pergunta se alguém à mesa tinha pensado: "Como ela pôde deixar uma vida inteira tão facilmente?" e foi educado demais para falar isso. Pensando bem, os membros existentes do Clube da Morte também não pareciam ter muitos dos laços normais de adultos com os vivos. Talvez eles tenham entendido, sem precisar insistir.

— Divorciada — Sue respondeu quando a questão do *status* do relacionamento atual surgiu.

— Divorciado — Josh concordou com a cabeça quando Ruby se virou para ele (percebendo, pela primeira vez, o cinza ardósia dos seus olhos, o oceano vítreo do seu olhar).

— Ansiosamente se esquivando — acrescentou Lennie, fazendo todos rirem, de modo que a pausa de Ruby passou despercebida antes de ela responder: "Terminalmente solteira", estendendo a mão para o celular, que não tocava havia vinte e quatro horas.

Vou conhecer todos eles, Ruby pensa em sua cama esta noite, puxando as lembranças de sua estranha tarde, permitindo-se ficar animada com a perspectiva da próxima reunião do Clube da Morte. Sua primeira reunião *oficial*, como Lennie apontou durante o encontro, antes de recitar uma lista de lugares chiques que eles poderiam escolher para se encontrar. Bemelmans Bar, no hotel The Carlyle; Oyster Bar, no terminal Grand Central. O Tavern on the Green, recentemente reaberto, ou aquele bar secreto e proibido com a banheira, cujo nome ninguém conseguia lembrar. Restaurantes e bares sobre os quais Ruby havia lido nos dez principais guias e não tinha visto motivo para visitá-los sozinha.

— Passo — Josh disse para a maioria das sugestões, revirando os olhos. — Quando você vai parar de pensar que a sua vida é um episódio de *Sex and the City*, Lennie?

— Nunca — ela respondeu com um sorriso. — Além disso, é melhor do que pensar que é um episódio de *Law and Order*, que, a propósito, costumava me assustar quando eu era criança. Ruby acabou de encontrar um cadáver, pessoal. Precisamos animar um pouco as coisas por aqui.

— Diz a mulher que começou um Clube da Morte — Josh bufou e eu pensei, naquele momento, que poderia estar um pouco apaixonada por todos eles. A maneira como os membros do Clube da Morte brincavam uns com os outros, a maneira como todos ouviam com atenção Ruby contar sobre como foi encontrar o meu corpo, até mesmo Lennie, que já tinha ouvido a história poucos dias antes. Eles nunca desviaram o olhar da seriedade de Ruby, nunca descartaram seus sentimentos quando ela admitiu que daria qualquer coisa para saber mais sobre mim, e eu gostei muito disso. Gostei da maneira como eles não a julgaram ou disseram para superar isso, nem mesmo Sue, que parecia mais séria do que os outros dois. Isso me fez pensar nos amigos que imaginei para mim, as pessoas que deveria conhecer e, pelo menos, fiquei feliz pela Ruby. Por ela começar a contar suas histórias, a fazer planos.

E tem mais. Os novos amigos de Ruby sabem das coisas. Talvez não tanto quanto Noah, mas muito sobre Nova York, a morte e as garotas mortas. Especialmente Josh. Quando Ruby disse que lutou para entender como ninguém se apresentou para me identificar — "Com certeza *alguém* sente falta dela!" — e Lennie se perguntou como alguém poderia permanecer anônimo nesta era de mídia social, Josh as informou de que mais de meio milhão pessoas desaparecem em todo o país, todos os anos, com muitos desaparecimentos não reportados a princípio.

— Se alguém está afastado de sua família — Josh continuou —, se não tem laços próximos ou se simplesmente presumem que esse alguém esteja em algum lugar cuidando da própria vida, pode demorar um pouco para alguém soar o alarme. É incomum ter um caso Jane Doe contemporâneo, sem dúvidas. Mas não é impossível. E você tem sorte de ela ser branca — acrescentou, enquanto eles estavam se preparando para deixar o restaurante. — Com toda aquela coisa de "Mulher branca perdida", a sua Jane está recebendo muito mais atenção da mídia do que a maioria, Ruby. Alguém deve fazer a conexão em breve.

Dada a expressão no rosto dele, Ruby não conseguiu perceber se Josh pretendia confortá-la; ela se lembra dessas palavras agora (talvez eu tenha lhe dado uma cutucada), e ela abre o *laptop*, digita a frase em que ele colocou aspas no ar. O primeiro resultado da pesquisa é algo chamado "Síndrome da Mulher Branca Perdida", seguido por dezenas de *links* que fazem referência às variações desse termo. Ruby respira fundo e entra de cabeça.

Aqui vai o que aprendemos: uma quantidade desproporcional de atenção da mídia é dada a incidentes de crimes violentos envolvendo garotas brancas de classe média a alta. Acontece que, quando algo ruim acontece com as jovens, a etnia e a chamada classe social desempenham um papel em como, ou mesmo *se*, nossas histórias são contadas. Enquanto ela vasculha artigos de pesquisa, *blogs* políticos e notas de protesto, uma realidade desoladora se abre para Ruby: é provável que *essa* Jane esteja recebendo atenção da mídia, incluindo o crescente interesse de veículos de notícias nacionais, porque ela é jovem, bonita — e branca. Como se essa combinação fosse a melhor representante para vulnerabilidade e inocência. Como se a cor da pele pudesse determinar o quanto devemos sentir pena de alguém e quanta justiça essa pessoa merece.

O estômago de Ruby se revira quando ela compreende o significado desse viés traiçoeiro; ela deveria saber que até a morte teria suas hierarquias e preconceitos.

Enquanto lê noite adentro, Ruby também pensa em sua própria cumplicidade, a confronta conforme relembra aqueles crimes de alto perfil que chegaram às primeiras páginas, não apenas na América, mas também na Austrália. Em todos os casos que surgiram em sua consciência — suficientes para se lembrar de um nome, de um rosto, de uma história —, a vítima é uma jovem branca.

Por que ela nunca notou como poucas pessoas são consideradas dignas de ter suas histórias contadas? Ela se dá conta de que devem existir tantas biografias sepultadas, tantos nomes não ditos. Tudo porque uma linha arbitrária é traçada entre o tipo certo e o errado de vítima. E esse tipo "errado" se torna invisível.

Algo que Ruby Jones começa a fazer a partir desta noite: procurar os mortos. Ela procura nomes e rostos, lê obituários, relatórios de crimes e relatos históricos, os nomes gravados em estátuas e bancos de parque. Novas mortes, velhas mortes; ela faz o possível para não discriminar, ao parar para ler o nome de cada pessoa falecida que encontra, se dar ao trabalho de falar seus nomes em voz alta.

Os mortos, ela logo percebe, estão por toda parte. Perdidos para o câncer ou para tiroteios em escolas. Para a brutalidade policial. Para a violência doméstica e os afogamentos. Para sequestros e para a guerra, corações com muitos buracos. Ela encontra listas e mais listas de maneiras de morrer e de nomes para dizer em voz alta. Pelo resto da vida, ela prestará atenção. Ela fará com que os falecidos saibam que são importantes, especialmente aqueles cujas vidas seriam deixadas de lado. Ela dirá seus nomes, pronunciará as sílabas de sua existência sempre que puder.

Ela não tem um nome para pronunciar em voz alta por mim.

Eu sou Alice, sussurro para ela muitas vezes. *Alice Lee*. Mas Ruby não pode me ouvir por causa das buzinas dos carros, das sirenes e das portas batendo. Estou perdida no zumbido do seu celular e no som do chuveiro ligado, do chiado da cafeteira no andar de baixo e da batida de seus pés no chão. Minha voz fica mais baixa ainda quando ela está rindo, chorando ou ofegando com a memória da boca de Ash, ou quando os olhos de ardósia de um homem que ela acabou de conhecer piscam atrás dos dela, inexplicavelmente substituindo o rosto de Ash quando ela goza.

A questão é: quando os mortos respondem, é raro falarmos alto o suficiente para sermos ouvidos acima do clamor de toda a vida acontecendo.

DUAS SEMANAS SE PASSARAM E NINGUÉM VEIO ME REIVINDICAR. ELES fizeram cartazes, deram coletivas de imprensa, pediram que se alguém soubesse de *qualquer coisa* entrasse em contato. Eles tentaram preencher o que sabiam de mim, mas durante todo o tempo as informações fugiam cada vez mais para longe. E, mesmo assim, ninguém veio por mim. Eles ainda me chamam de Jane. Para ser clara, não acho que sou uma Jane.

Jane parece alguém mais velha, alguém refinada, com um emprego de verdade e um apartamento em seu nome. Bem como aquele em que Noah mora. Exceto que sem os cachorros, talvez com grandes flores brancas em vasos por toda parte e talvez sem um piano posto no meio da sala. Não acho que a Jane toque piano. Ela faz as palavras cruzadas do *New York Times* e pratica *mindfulness*. As sardas em seu nariz foram removidas com *laser* pouco antes de seu trigésimo quinto aniversário e, embora nunca admita, ela tomou injeções de Botox a cada seis semanas nos últimos dois anos. Essa é a Jane. Ela é bem-sucedida, educada e se encaixa no seu nome. E não é o meu nome.

Não é o meu nome.

Eu quero meu nome de volta. Esse nome que foi meu desde o começo. É ele que quero que usem quando falarem de mim. Quero que as notícias digam que a Alice Lee era uma garota que morava na cidade de Nova York e estava começando a se encaixar entre as letras de seu próprio nome, de sua própria vida. Alice Lee tinha dezoito anos e tinha longos cabelos louros que seu amante costumava enrolar nos dedos dele, forçando seu pescoço para trás para que ele pudesse mordiscar sua pele. Alice Lee adorava isso, adorava tirar fotos com a câmera que roubou, estava começando a amar Noah e a bondade silenciosa dele, e adorava o brilho prateado do Edifício Chrysler, poderia ficar olhando para aquela torre para sempre.

Alice Lee era alguém que sentia falta da sua melhor amiga, Tammy, e uma vez, quando tinha seis anos, um homem parou na frente de sua casa e tentou colocá-la no carro azul dele, acenando do banco do motorista, dizendo que tinha um segredo especial para compartilhar. Alice Lee foi a menina que congelou por um minuto inteiro antes de correr para dentro, e ela foi a garota que nunca contou a ninguém sobre aquele minuto nem sobre aquele homem no carro azul.

Essa era Alice Lee. Ela nunca quebrou um osso sequer, seus dentes eram retos e fortes, sua mãe morreu, e ela também. Não da mesma maneira, mas também não tão diferente. Ela gostava de tacos de peixe e luzes de fada e odiava o sabor do alcaçuz. Ela não tinha lido livros suficientes e estava ocupada se apaixonando pelo mundo quando foi arrancada dele.

Sorria. Foi isso que ele lhe disse logo antes? Ou durante? Havia sons que ele fazia que ela não conseguia ouvir, não ouviria, mas ela o deixava com raiva, não é? Por não responder às perguntas dele. Em vez disso, ela congelou, como naquele dia em que o estranho em seu carro azul tentou lhe contar um segredo. Ela sabia que não deveria ir em direção a ele, podia sentir o cheiro do perigo entre eles, mas, por um minuto inteiro, ela se esqueceu de como se mover. E, desta vez, ela lembrou tarde demais.

Eu irei para a ilha de Hart. Se ninguém me reivindicar, meu corpo se juntará a um milhão de outros naquele pedaço de terra no estreito de Long Island. Um nome que soa bonito para uma massa de terra continuamente revolvida, ossos enterrados em cima de ossos. Três pessoas por cova, é o que dizem. Quando eles lembram que aqueles ossos pertencem a pessoas.

Eles podem emprestar meu corpo para uma universidade primeiro, antes de me levarem para a ilha. Eu não me importaria muito com isso, gosto da ideia de que algumas partes do meu corpo possam ajudar a consertar outros corpos, outros seres quentes e cinéticos que precisam de reparo. Não tenho mais uso para esta massa de cálcio e medula, para o cabelo, as unhas e aqueles olhos tão azuis. Eu não consigo movimentar meus músculos, provar algo antes de chegar à minha boca ou gozar tão intensamente a ponto de voar. Não importa muito o que eles fazem com o meu corpo agora.

Costumava haver um hospício na ilha de Hart. Também havia um ali, próximo ao necrotério. Os mortos e os danificados, lado a lado, fora de vista. Quando uma pessoa famosa morre, digamos que uma princesa ou um político, o público pode ver. O funeral deles é como uma celebração. Há flores, velas, fotografias e canções que contam algo sobre quem a pessoa era antes de morrer. Os que ficaram se levantam e compartilham suas memórias, pegam a vida que foi vivida e colocam uma moldura em torno dela. Para que as pessoas não se esqueçam. Não ganharei flores, velas e canções. Se eu estiver enterrada na ilha de Hart, ninguém saberá minha música favorita. A propósito, é *Try a Little Tenderness*. Otis Redding. Chorei a primeira vez que minha mãe tocou essa música para mim. Amei tanto aquela voz emotiva; parecia que ele estava cantando para mim, *sobre* mim. Eu ouvia a música com tanta frequência que, por fim, comecei a ouvir Otis cantando na minha cabeça sem necessidade do velho aparelho de som da minha mãe. *Aquelas garotas, elas realmente ficam esgotadas.* Acho que não é algo para ser tocado em um funeral. Mas pelo menos eu estaria lá. Presente em meu próprio velório. Se eles me levarem para ilha de Hart, está tudo acabado. Minha música favorita e minha palavra favorita (salsaparrilha); minha primeira paixão (Michael da turma da Sra. O'Connor, na quarta série). As pessoas lamentam o futuro perdido quando alguém morre. Mas e o passado? E tudo o que está ligado a uma pessoa e todas as coisas que desaparecem quando ela morre?

E se você perdeu até mesmo seu nome? E aí? Você será colocado em um caixão de pinho simples e um prisioneiro da cadeia de Rikers cavará sua cova e o abaixará. Ossos sobre ossos, nomes desconhecidos, enterrados com os perdidos e os esquecidos. Um asilo para os mortos.

Eu gostaria de ser lembrada de um jeito melhor que esse. Josh diz que temos sorte que as pessoas prestem mais atenção a uma garota como eu. Mas e se eles nunca descobrirem quem realmente sou? Pior ainda: e se eles pararem de se preocupar comigo *assim que souberem*?

E se, no final das contas, eu também for o tipo errado de vítima?

NÃO VÁ LÁ. NÃO FAÇA ISSO.

Saia muito curta, a rua muito escura.

Por que você não poderia — com quem você — como você?

Quando você sai por aí procurando problema desse jeito. O que exatamente você achou que aconteceria?!

Perceba todas as coisas que eles nos dizem. Ouça as palavras soando em nossos ouvidos enquanto os corpos se empilham. Enquanto outra jovem é adicionada à pilha de membros, e corações, e esperanças, e sonhos, e todas as coisas que ela nunca fará. Por causa de todas as coisas que ela *não* fez.

Ou de todas as coisas que ela fez.

Essa é a parte que eles raramente deixam clara. Quando decidem quem será o tipo certo de garota morta.

Se é que eles pensam em nós.

15

Um dia antes de sua primeira reunião oficial no Clube da Morte, Ruby passou a tarde no necrotério da Primeira Avenida. Ela permaneceu no pequeno saguão observando, silenciosa, as pessoas uniformizadas passarem pelas portas duplas do outro lado da sala, indo, ela presume, para as entranhas do prédio, onde o verdadeiro trabalho acontece. Imaginando refrigeradores, corpos envoltos em plástico e as fileiras de restos esculpidos lá embaixo, congelados bem abaixo dos pés dela. Ruminando nas costelas abertas, nos órgãos arrancados, nas gravações das últimas refeições e no peso dos corações e, no caso da Jane e do John Does, os espaços em branco onde deveriam estar seus nomes. Pensando, é claro, em mim.

Parada e acanhada nessa sala, Ruby está quase tão perto de mim quanto estava naquela manhã de terça-feira, há exatas duas semanas, quando meros metros nos separavam. O desejo de me ver de novo a levou ali, por mais louca que ela ache que isso possa torná-la. Às vezes, ela até se pega pensando que, se pudesse, voltaria para aquela manhã no rio. Aquele tempo que tínhamos antes da chegada dos oficiais agora parece sagrado para ela, embora não pensasse em nomeá-lo como tal. Sagrado é a minha palavra para isso, enquanto ela ainda se preocupa que eu tenha me tornado uma obsessão para ela. Algo que ela precisa resolver.

Mas eu sei.

Ali no necrotério, Ruby se pergunta se outras pessoas estão chegando perto de resolver o mistério para ela. O detetive O'Byrne vasculhou arquivos, examinou fotos e bancos de dados suficientes para ter um estalo em sua mente e começar a caminhar em direção à minha identidade? E isso, inevitavelmente, levará o detetive ao homem que fez isso comigo? Ruby também pensa nisso mais do que gostaria hoje em dia. Pensa *nele*. O fato de meu assassino estar por aí em algum lugar, sabendo o que fez. Ficando impune e seguindo com sua vida, o que parece a Ruby algo tão horrível e grosseiramente injusto.

Sentindo-se conspícua no pequeno e pouco decorado saguão, ela concentra sua atenção no lema em latim, escrito na parede atrás da recepção. Murmurando as palavras antigas, perdendo-se em seus ritmos, ela não percebe que está falando em voz alta outra vez, até que o homem impassível atrás da mesa olha para cima e pergunta se há algo em que ele possa ajudá-la.

As bochechas de Ruby coram.

Eu não acho que você possa me ajudar, ela quer responder, olhando para além dele, para as portas duplas, e balançando a cabeça. *A menos que você conheça a garota lá embaixo.*

Há pessoas nesse prédio que conhecem meu corpo tão intimamente quanto um amante conheceria. Eles sabem da pequena verruga no arco do meu pé esquerdo. A leve cicatriz em meu cotovelo esquerdo de uma sarna que infeccionou na infância. Eles sabem que minha região púbica foi depilada algumas semanas antes da minha morte. Axilas e pernas raspadas, talvez no dia anterior. Eles sabem que eu não sou virgem, que meus olhos são azuis, e, enquanto examinam meu corpo, um ou dois dos patologistas param para pensar como eu devo ter sido bonita sem metade do meu rosto esmagado. Em privado, eles concordam que os esboços do artista forense ainda não capturaram a plenitude dos meus lábios ou o tom de mel do meu cabelo.

Alguns homens ficam obcecados com os mortos tanto quanto com os vivos.

E não são apenas esses homens, nem aqueles que são obrigados a olhar para mim. Através do tempo cada vez maior que Ruby gasta on-line, ela foi apresentada a uma próspera rede clandestina de detetives amadores que frequentam fóruns e *sites* dedicados à sua paixão: resolver mistérios de assassinato. Pessoas anônimas, estranhas para mim e umas para as outras, esses verdadeiros entusiastas do crime passam grande parte de suas horas elaborando teorias sobre tudo, desde assassinatos de décadas atrás a novos casos como o meu, seus palpites e "*e se*" estão brilhando nas telas de computadores ao redor do planeta.

A primeira vez que Ruby encontrou um tópico de discussão focado na minha investigação de assassinato, em especial, ela quase não acreditou. Mas está acostumada agora, porque, com a minha identidade ainda sendo um mistério, o caso gerou muito interesse on-line. A princípio, as especulações menos generosas sobre mim a deixaram furiosa, mas também se acostumou com isso. Há pessoas que insistem que eu sou a garota drogada que conheciam e outras que juram que sou uma prostituta que encontraram em algum dia, em certo lugar, mas, felizmente, a maioria dos membros do fórum é circunspecta ao discutir as possibilidades e probabilidades da minha vida.

Não sou um caso incomum para essa verdadeira turma do crime, de maneira nenhuma. Mas eu sou uma brilhante novidade, um rosto novo na lista de achados e perdidos sobre a qual eles se debruçam, todas as Janes e Johns e as pessoas que mantiveram seus nomes quando encontraram seus misteriosos e nefastos fins.

Alguns homens ficam obcecados com os mortos tanto quanto com os vivos.

Para ser justa, muitas pessoas veem esse fascínio por nós como uma espécie de serviço público. Um conjunto extra de consolações, e, mais importante, um par de olhos extras no prêmio. São homens e mulheres que se dedicam a resolver casos arquivados, que ficam sabendo os nomes dos investigadores oficiais designados para esses casos e não hesitam em compartilhar suas teorias com a polícia e entre si. Esses criminologistas autodidatas compartilham preocupações sobre departamentos de polícia com poucos recursos e pistas potencialmente perdidas; eles são um pequeno exército avançando através da nação dos mortos. Os pontos são marcados se eles conseguirem emparelhar Jane ou John recém-descobertos com uma pessoa desaparecida. É um jogo de *Snap* feito pelo teclado, mesmo que as cartas raramente pareçam coincidir.

Agora faço parte do jogo, virada, examinada. A *Jane de Riverside*. Os mais famosos entre nós, aqueles que recebem quadros de mensagens inteiros para si mesmos, recebem apelidos como esse. Jane da Rua Principal e John da loja de conveniência. Jane de Clearwater, Jane da mala de viagem, Jane do festival, Jane da rodoviária, Jane da loja, Jane do posto de gasolina, Jane do Rolling Stones (a última, por causa da camiseta que ela estava usando quando encontraram seu torso decepado). *Alguém mais acha que a Jane do Walmart poderia ser o número do caso NamUs* — e assim começa uma onda de conversa e de cliques no teclado liderados por esses casamenteiros sérios e anônimos.

Ruby pode ter descoberto esse mundo recentemente, mas logo aprendeu suas manhas. Ela sabe, por exemplo, que ainda não tenho minhas estatísticas listadas no *site* da NamUs, o Sistema Nacional de Pessoas Desaparecidas e Não Identificadas oficial de onde esses autodenominados detetives tiram grande parte de suas informações. Quando ela encontra informações sobre mim em um *site* não oficial e lê: "Jane de Riverside: Mulher desconhecida, encontrada em 15 de abril de 2014, branca/caucasiana. Causa da morte: estrangulamento", ela compreende que há muito mais por vir. Se meu caso continuar sem solução, eventualmente terei meu próprio perfil no NamUs. Ele conterá um inventário de meus restos mortais (todas as partes recuperadas) e a condição desses restos será delineada em termos educados (nenhuma decomposição ou putrefação para essa Jane). Haverá detalhes sobre minha altura, peso e idade estimada, junto com uma lista detalhada das roupas que eu estava usando quando meu corpo foi recuperado. Receberei um número de caso pesquisável; me tornarei uma série de caixas para conferências e entradas de dados, à medida que os fatos conhecidos do meu caso são divididos e classificados.

Um Sistema Decimal Dewy para a classificação documentária dos mortos, Ruby pensou quando visitou o *site* da NamUs pela primeira vez. Ela se sentou de pernas cruzadas em sua cama, bebericando sua vodca enquanto clicava nesse catálogo aparentemente interminável de mortos e desaparecidos. Ela logo se viu incapaz de engolir, o álcool cobrindo sua língua e queimando o céu da boca. Embora Josh tivesse sugerido isso, o volume de casos no *site* da NamUs a surpreendeu. Havia tantas pessoas desaparecidas e com números no lugar onde seus nomes deveriam estar. *Snap!*

Ninguém chegou perto de encontrar um correspondente para a Jane de Riverside.

Ruby agora já frequentou esses fóruns sobre crimes verdadeiros tantas vezes que, de vez em quando, também me chama de *Jane de Riverside*. Ela não sabe o quanto eu odeio isso. Não desejo ser amarrada dessa maneira ao lugar em que isso aconteceu. *Isso.* O assunto sobre o qual todos querem saber mais.

No centro desse jogo, talvez ainda mais importante do que *isso*, é *quem* fez isso. Estou começando a entender que, para muitos, minha identidade só tem significado à medida que pode ajudar a identificá-lo. *Ele.* O homem comum por trás de cada mistério, cada história triste e ruim da Jane Doe. Não se preocupe com ela depois disso: assim que souberem o nome dele, será sobre ele que falarão. Ele será quem eles querem conhecer, aquele que assume a narrativa.

Eles fazem filmes sobre esses homens. O examinam de todos os ângulos. Ele se torna a figura central na história e, quanto mais danos ele causar, melhor.

Se e quando ele for pego, as pessoas, sem dúvida, ficarão maravilhadas com a forma como ele quase escapou de seu crime, sentirão algo semelhante a admiração pelo que esse suposto cara comum quase conseguiu. Como aquele homem bom da casa ao lado enganou tantas pessoas? *Nunca suspeitei de nada!* Não é isso que os vizinhos sempre exclamam com um pouco de espanto?

Você não encontrará o detetive O'Byrne em nenhum desses tópicos de discussão. Mas aqui está algo de que o detetive tem certeza: ele fará de novo. O homem bom que me assassinou. Você já levou anos para chegar à beira de algo de que estava desconfiado e, assim que saltou, foi como se todo o medo diminuísse, dissolvendo-se com o impacto? De forma que, quando pousou, você não conseguia se lembrar do que tanto temia antes, por nada na vida? É assim que homens como ele explicam para O'Byrne. Quando eles sabem que seu tempo acabou.

Foi surpreendentemente fácil matá-la. É o que todos eles dizem. Como se pudessem ter feito isso antes se soubessem dessa facilidade. É por isso que muitos deles voltam para mais. Não dá para ficar revivendo a primeira para sempre antes de começar a esquecer como era tirar uma vida.

Meu assassino se lembra. Ele passou por esse mesmo edifício hoje, parando do lado de fora do saguão, onde Ruby agora está, as bochechas vermelhas, enquanto o homem atrás da mesa repete a pergunta:

— Posso ajudá-la em algo, senhora?

Envergonhada, Ruby balança a cabeça, murmura um "obrigada" e sai correndo do saguão antes que mais perguntas pudessem ser feitas. Enquanto ela sai, seus passos ecoam sobre meus restos mortais, mas consigo acompanhá-la enquanto ela faz o caminho de volta à cidade.

Pensei em segui-lo também. Quando ele veio. Mas eu só cheguei até os limites dele antes de recuar.

Vou me esforçar mais na próxima vez.

Veja bem, Ruby não reconheceu esse lema em latim. Incapaz de traduzir as palavras, ela não tinha ideia de que se tratava de uma promessa. Mas eu sei o que diz ali na parede acima do meu cadáver:

"Deixe a conversa cessar, deixe o riso fugir. Este é o lugar onde os mortos se deleitam em ajudar os vivos."

Eu quero ajudar os vivos. Mas ainda não estou pronta para ver aonde ele vai.

ELES VÊM ATRÁS DE NÓS EM TODO O MUNDO.

Às vezes, se houver tempo suficiente entre uma garota e outra, uma cidade será acordada pelo choque quando isso acontecer. As pessoas sairão para as ruas com seus cartazes e sua raiva, uma multidão em protesto e tristeza enquanto enviam uma mensagem pela cidade: *Não queremos viver inseguras aqui.* A polícia pedirá às mulheres que fiquem vigilantes, que evitem certos lugares; dirá aos homens para garantirem que suas amadas cheguem a suas casas seguras de *qualquer* lugar — porque nenhum lugar parece seguro naqueles dias e semanas depois que uma garota morta é encontrada. As mulheres se oporão a isso, declarando: *Digam aos homens para não nos estuprarem nem matarem! Tenham uma sentença mais severa para crimes violentos! Nós não deveríamos ter que mudar nosso comportamento!*

Pode até parecer que as coisas melhorarão.

Mas depois de um tempo, a cidade voltará aos seus ritmos, voltará a ser um lugar onde as mulheres andam sozinhas à noite, conversam com estranhos na rua, evitando apenas locais *específicos*. Aquela garota, por quem eles marcharam, não será esquecida, mas seu assassinato eventualmente deixará de ser uma ferida recente. Ela se fixará na cidade como uma pequena e feia cicatriz.

Então, quando voltar a acontecer, a cidade estará cansada. Desta vez, ninguém marchará ou gritará nas ruas; a raiva será enfraquecida, silenciada. Flores serão colocadas e velas, acesas, mas a morte de outra jovem brilhante, de agora em diante, virá mais como um lembrete, como um alarme tocando.

A cidade já estava cansada quando o corpo dela foi encontrado.

Vez após outra eles virão com suas flores e velas. Da Cidade do México a Madri, a Melbourne e Manila, essas cidades estarão completamente cansadas enquanto observam as flores murcharem e as velas queimarem.

Aqui jaz a dor de outra mulher, de outra comunidade, é o que as flores e velas dizem.

Há silêncio por um tempo.

E então o alarme soa novamente.

16

Quando estava lá no chão, morrendo, ele não sentiu a morte da maneira que imaginava. Na verdade, ele não sentiu nada. As marcações de tempo dos seus movimentos naquela noite mostram que duas horas e meia se passaram entre sua saída do restaurante a oeste do Central Park e sua sangrenta e confusa cambaleada em uma bodega do outro lado, onde o funcionário, aterrorizado, usou o celular do próprio Josh para chamar uma ambulância. Ele se lembra da dor aguda de voltar a si no parque, da desorientação das raízes das árvores, das pedras, da terra no nível dos olhos e do contorno de uma roda de bicicleta estranhamente retorcida. Ele se lembra de como a dor veio à tona quando olhou para aquele círculo de aros, uma represa se abrindo, os nervos jorrando. Logo, seus braços estavam queimando e suas pernas eram chamas vermelhas. Ele podia sentir o gosto de sangue, vê-lo, e, embora não conseguisse estender os braços, ele sabia que havia algo errado com sua cabeça, algo exposto e quebrado. Antes disso — não havia nada. Duas horas de escuridão, enquanto ele estava deitado em um caminho de terra, a sua roda de bicicleta virada para cima parou de girar e as luzes se apagaram nos apartamentos em ambos os lados do parque. Os celulares foram desligados, os *laptops* foram fechados; os vizinhos e suas esposas rolaram para ficar de frente para as paredes de seus quartos. Todo esse tempo, ele se foi.

Enquanto Josh conta a história do seu acidente de bicicleta para Ruby, um músculo em sua mandíbula se contrai, traindo seu tom impassível. Ela ouve com atenção, quase consegue ver a terra, as raízes das árvores e a roda girando, virada para cima. O que ela não pode ver, da maneira que eu posso, é o homem que ele era minutos, segundos, *antes* do acidente. Como ele era mais leve do que o homem que conta a história agora. Fisicamente, sim, mas também algo mais. O abatimento de Josh vem da maneira como seu corpo o decepcionou após a queda, o modo como se recusou a erguê-lo. Com uma fratura na vértebra C3 — ele coloca a mão de Ruby na sua nuca, ajuda os dedos dela a sentirem as falhas — ele teve que usar um colete cervical por seis semanas, teve que ser alimentado como um bebê, ter sua bunda limpa por um rol de enfermeiras e reaprender como andar por conta própria. Isso faz alguma coisa com o seu senso de localização dentro do próprio corpo, passando todos aqueles dias e noites deitado de costas, olhando para o teto manchado de um quarto de hospital. Isso muda você, quando você se torna totalmente dependente de estranhos para cuidar de suas necessidades mais básicas.

Ele pensava, até o acidente, que era um pouco invencível.

(Você se surpreenderia com quantas pessoas pensam assim.)

Eles estão realizando sua primeira reunião oficial do Clube da Morte como um quarteto no restaurante Gramercy Tavern.

— Da fazenda para a mesa é a cara de Nova York! — Lennie declarou ao escolher o restaurante, onde Ruby descobriu que precisa consultar muitos dos ingredientes do menu.

— Não há bons restaurantes em Melbourne? — Sue perguntou quando Ruby pediu para ser lembrada do que era rúcula. Ruby logo descobre que essa mulher aparentemente taciturna é uma ávida viajante solitária, considera Melbourne uma de suas cidades culinárias favoritas e estava apenas implicando com ela. Nunca tendo certeza de como responder às zombarias (com frequência ela se perguntou se não havia nelas um toque de crueldade casual), Ruby ficou grata quando Lennie de repente bateu em seu copo com um garfo, chamando a atenção para iniciar a reunião.

Ao que parece, é surpreendentemente fácil navegar pelo Clube da Morte passada a estranheza dos "olás", de onde se sentar, de que salada sazonal pedir. Embora Lennie fosse a anfitriã oficial, a mais nova convidada recebeu a pergunta de abertura da noite.

— Qualquer pergunta sobre a morte que você queira fazer, Ruby, vá em frente.

Mesmo nervosa do jeito que estava, ela soube de imediato o que queria discutir.

Vocês acham que as pessoas sabem quando morrem? Enquanto acontece. Elas estão cientes?

(O que ela está realmente perguntando: aqueles de nós que morrem de forma tão violenta são poupados de saber disso? Ela não consegue parar de pensar nisso.)

Assim que Ruby formulou sua pergunta, algo mudou nos outros, uma orientação imediata em relação a ela. Josh respondeu primeiro, admitindo que suas próprias experiências o fizeram pensar sobre isso. Ele morreu naquela noite no parque, quando sua bicicleta atingiu a raiz de uma árvore e seu pescoço se quebrou ao bater no chão? Ou ele *quase* morreu, o que, de fato, não é a mesma coisa. Ao pensar no passado, ele só consegue se lembrar do vazio daquelas horas em que ficou quebrado e ensanguentado na terra. Não havia luz para onde seguir, nenhum avô dizendo que não era a hora. Sem túneis ou sentimentos de paz, apenas uma expansão silenciosa e escura à qual ele se sentia amarrado. Um lugar escuro para o qual ele, com frequência e sem pensar, retorna.

— A questão é, uma vez que você começa a perder o suprimento de sangue para o cérebro — ele está explicando agora —, seja por choque, que é o que aconteceu comigo, ou estrangulamento — ele olha direto para Ruby quando diz isso —, tudo para de funcionar bem depressa. Nossas características mais humanas são as primeiras a desaparecerem. Senso de identidade, consciência do tempo. Centros de memória, linguagem. Ou seja, você se reduz, tornando-se cada vez mais primitivo à medida que as coisas vão desligando. Dessa forma, eu diria que podemos saber quando estamos no processo de morrer. Mas no momento em que chegamos à morte, não sabemos se algum dia estivemos vivos.

— Embora os estudos tenham mostrado — Sue continua o assunto — que algumas pessoas experimentam um surto de atividade cerebral na hora da morte. O completo oposto de um estado inconsciente. Houve um momento, no carro com Lisa, que ela voltou a si, abriu os olhos e olhou direto para mim. Foi como se ela tivesse voltado, como se estivesse ótima. E então, em um segundo, ela se foi.

—Você nunca me contou essa parte — Lennie diz com suavidade, estendendo a mão e apertando a de Sue.

— Sobre o que aconteceu antes de me tirarem do carro? Não, acho que não. Eu não gosto de repassar os detalhes, como você pode imaginar. De qualquer forma — Sue enxugou os olhos com a ponta do guardanapo —, não quero ficar muito fantasiosa sobre isso. Uma explosão inesperada de atividade cerebral pouco antes da morte parece ser bastante comum. Uma última explosão humana enviada ao mundo, se quiser pensar assim.

Ruby logo entende que as emoções se movem como água quando o Clube da Morte começa. Às vezes, há um fluxo constante de palavras e ideias; em outras, toca-se em um ponto sensível que o bloqueia. Mesmo assim, com um pouco de pressão, algo verdadeiro e honesto eclode. O sorriso suave de Sue para Lennie agora, o sorriso acanhado de Josh ao sugerir que a história de seu acidente parece ter ficado um pouco mais dramática esta noite. Então, é como se todos fossem movidos pelas mesmas perguntas e ansiedades, pela mesma necessidade de superar suas limitações atuais. Ruby nunca participou de uma conversa tão crua e honesta. Seus amigos em casa são ótimos, são engraçados, gentis e inteligentes, mas eles falam principalmente sobre trabalho e fins de semana. Eles planejam festas e férias em grupo na Tailândia e, quando se encontram no sofá de alguém ou no canto escuro de um bar da cidade, conversam sobre coisas comuns do dia a dia. Às vezes, discutem sobre as tendências políticas uns dos outros ou participam de uma marcha a favor disso, contra aquilo. Mas, na maioria das vezes, seus amigos australianos têm um acordo tácito de passar por cima dos assuntos. Ainda mais o Ash.

— Não temos que falar sobre *tudo* — ele disse uma vez.

Como se o pouco que ela lhe falou fosse demais.

Desde seu pânico aparentemente infundado na manhã seguinte à vigília, Ruby tem sido cuidadosa com Ash. Embora eles ainda troquem mensagens quase todos os dias, a maioria delas se tornou genérica, educada, do jeito das pessoas que estão ocupadas pensando mais no que não dizem. Depois de reter tanto de Ash — de todos em casa —, é estimulante se encontrar no meio de uma conversa tão rica e significativa, algo que ela nunca teria pensado ser possível com pessoas que mal conhece. Embora, com certeza, esta noite tenha lhe dado a chance de conhecer melhor seus companheiros de mesa, de recolher pedaços deles com mais clareza, de uma forma que ela não tinha feito no primeiro encontro. Por exemplo, ela logo compreende que Sue, com seus cabelos brancos curtos e maçãs do rosto salientes, projeta uma confiança tranquila e invejável, seja escolhendo um vinho ou emitindo uma opinião. Ela viajou o mundo sozinha, não acha, de forma alguma, o isolamento atual de Ruby estranho, e está apenas preocupada com o que ela sugere que pode ser uma tendência para a falta de objetivo em sua nova conhecida.

— Não confunda gostar da própria companhia com não fazer nada — ela aconselha quando Ruby admite que não está trabalhando nem estudando enquanto está em Nova York. — Você é *designer*, não é? Bem, nos dias de hoje, não há desculpa para não trabalhar na sua própria cama, se for preciso.

Ruby não consegue se imaginar oferecendo um conselho não solicitado a alguém que acabou de conhecer; ainda assim, ela se sente grata pela repreensão educada de Sue e considera expor toda a sua lista de problemas, apenas para ver o que a mulher mais velha lhe dirá (*É Clube da Morte, não da Confissão,* ela tem que lembrar mais de uma vez quando se trata de Sue).

Josh, por outro lado, lança declarações como granadas. Ele mesmo varre os danos se perceber que foi longe demais.

— Sinto muito — ele pede desculpas mais de uma vez conforme a noite avança, sem parecer ter sentido. — Não saiu do jeito que eu queria. Escrevo como falo, mas não falo como escrevo — ele explicará mais tarde. — É assim que, às vezes, arrumo encrencas.

Além de ter opiniões firmes sobre quase tudo, Ruby agora pode reconhecer de maneira consciente que Josh é inegavelmente bonito. Ele nasceu em Minnesota; *do centro-oeste* é o termo que Lennie usaria para designar seu físico, já que ele possui membros grossos e peito largo, seu corpo lembra fazendas, máquinas e longos verões passados ao ar livre. Para Ruby, que compara todos os homens a Ash, Josh é sólido, robusto, uma rocha em comparação ao rio estreito e frio de Ash. *Fora de forma*, Josh diria, se soubesse da sua avaliação. Sabendo, o que Ruby não sabe, que antes do acidente ele era quinze quilos mais magro, abotoando-se com facilidade em ternos chiques ou deslizando para a cama de belas mulheres, com uma das quais ele se casou. Ele não fez as pazes com esse corpo novo e mais pesado, sente falta da impressão que costumava causar quando entrava em uma sala, do jeito que sua esposa se iluminava só de olhar para ele. Ruby poderia ter se jogado sobre a mesa para Josh por todos os motivos que uma mulher olharia para ele hoje em dia: quem quer ser apreciado por tudo que você mudaria em si mesmo? Depois que sua esposa foi embora, ele empacotou o que restava do desejo e o escondeu na escuridão. Contente, ele pensa, por deixar isso ali.

(Ele não diz nada disso em voz alta, é claro.)

Entre o grupo, está claro que Lennie é o calor, a fogueira. Vejo laranjas brilhantes e douradas cintilarem em seus dedos, pousando nos ombros de seus amigos quando ela fala, relaxando músculos, afrouxando ossos. Ela sempre teve esse dom, uma espécie de esplendor absorvido pelas pessoas ao seu redor, desde aqueles garçons afetuosos que Ruby notou em seu primeiro jantar após o encontro de TEPT, até Sue e Josh agora. Qualquer tensão que eles trouxeram para a mesa ia diminuindo à medida que a noite avançava. Ruby não consegue ver o brilho, mas ela também o sente; apesar da intensidade das conversas do Clube da Morte, ela logo se sente relaxada pela primeira vez em muito tempo.

Eu, por outro lado, não consigo relaxar. Pelo contrário. Sinto uma crescente sensação de expectativa. Esperando, enquanto o grupo se depara com a única pergunta que eu desejo que eles façam esta noite, observando enquanto eles se afastam dela todas as vezes.

O que acontece *depois* que você morre?

Eu poderia dizer a eles, sentados em torno dessa mesa atulhada de taças de vinho e pratos de cores vivas e com restos de comida, que você está ciente quando acontece. Eu poderia explicar que o apagão do acidente de que Josh consegue se lembrar é apenas quando tudo começa. A morte. Ela não acontece de uma vez. Não somos um interruptor acionado, uma fonte de energia desligada. No início, você ainda está ali; conforme a dor se intensifica, um cordão puxado uma vez, e outra, e outra, tão apertado que queima sob a pele, e só depois disso — não sei se é escolha ou necessidade nesse ponto — você começa a deixar o corpo. Você recua da agonia e do fogo e, quando se vê na escuridão, sabe, por instinto, que precisa atravessá-la. A escuridão é a sala de espera, uma breve pausa na noite da sua existência antes de tropeçar em busca de paredes ou de uma porta para sair dali. Nesse ponto, nada que eles possam fazer ao seu corpo o machuca. Não no sentido de nervos, tendões e ossos.

Mas você, definitivamente, está ciente de que está morta. É o que acontece depois disso que ainda não entendi.

Josh conseguiu voltar. Eu também, de alguma forma. Sei que há outros, em algum lugar nessa nova distância feita de espaço e tempo, que não voltam, pessoas que rapidamente seguem em frente. Cada vez mais consigo sentir a partida delas, como o clique de uma porta fechada, mas não sei para onde vão esses mortos que já não vivem aqui.

O que acontece se você não os seguir? O que acontece depois que você morrer, se *ainda* estiver ciente? Josh teve que aprender a andar de novo, depois de passar um tempo na escuridão. Isso significa que também posso aprender a falar, tocar e ser ouvida outra vez? Devo mandar aquele último sinalizador humano para mostrar a Ruby que ainda estou aqui?

A meu ver, o Clube da Morte contém as respostas. A verdade se revelará em breve. Desde que essas quatro mentes questionadoras, esses quatro conjuntos de experiências passadas, esperanças futuras e complicações atuais continuem pressionando o nariz contra a morte, continuem tentando quebrar o vidro.

Com a Ruby ali no meio.

E eu, o quinto membro, esperando do outro lado.

> Melhor Clube da Morte de todos os tempos!!!
> O Josh nunca falou tanto sobre o acidente.
> E Sue... UAU, ela te amou! É a vez dela de ser a
> anfitriã, ela vai enviar os detalhes o mais rápido
> possível. Obrigada. Mts bjs!!!!!

A mensagem de Lennie chega cedo pela manhã. Ruby, ainda meio dormindo, sorri ao lê-la.

Pergunte se os mortos também podem falar com a gente, sussurro em seu ouvido. Mas ela já voltou a dormir, minhas palavras soando como o ruído metálico das venezianas contra a janela aberta.

SUE ESCOLHE O PATSY'S COMO O PRÓXIMO DESTINO DO CLUBE DA Morte, um restaurante italiano onde Frank Sinatra costumava jantar em sua mesa favorita naquela época.

— O filme favorito da Lisa era *Um dia em Nova York*, com Sinatra e Gene Kelly — Sue explica quando eles se sentam. — E ela costumava implorar para comer aqui sempre que vínhamos à cidade. Pode não ser uma das armadilhas para turistas supervalorizadas e superestimadas da Lennie, mas há um pouco da história de Nova York aqui, e um pouquinho da minha.

Já se passou uma semana desde que se encontraram no Gramercy Tavern. Nesse meio-tempo, com alguma ajuda minha, os quatro membros do Clube da Morte pensaram uns nos outros, foram dormir com fragmentos das histórias de cada um e sentiram um desejo peculiar pela companhia um do outro, de maneiras que nunca esperariam. E embora ninguém saiba ao certo como isso aconteceu, é à Ruby que os três membros originais sempre se voltam. Tanto que, no final da semana, Sue não conseguia parar de pensar em quão próxima Ruby está da idade que sua filha, Lisa, teria agora se tivesse sobrevivido, o pensamento rolando continuamente até que fique brilhante como uma pérola entre as pontas dos dedos. Sua filha em Nova York. Sua filha comendo em restaurantes chiques e bebendo vinho fino. Sua filha... Mas sua imaginação é cortada toda vez, porque ela ainda não sabe o suficiente sobre quem é Ruby, não sabe o suficiente sobre quem a própria filha poderia ter se tornado. Com tantas lacunas, Sue se vê refletindo sem parar, procurando dicas, pistas. O que uma mulher de trinta e poucos anos acha da vida hoje em dia? Ruby parece ter surgido, da cabeça de Lennie, totalmente formada; no entanto, ela deve ter deixado uma vida inteira para trás. Amantes, família, amigos. Uma carreira na Austrália. De quais filmes ela gosta, quais livros ela ama? Que ideias ela *tem* sobre os homens?

(Se tivesse vivido, quem Lisa poderia ter se tornado?)

Levei um pouco mais de tempo para chamar a atenção de Josh, ou melhor, para descobrir como direcioná-la. Ele não estava interessado em saber por que Ruby veio para Nova York. Não ponderou sobre os arranjos dela para viver aqui, em como ela preencheu os dias ou o que ela deixou para trás na Austrália. Durante o primeiro encontro, ele deixou passar completamente a inclinação das maçãs do rosto e o contorno dos lábios dela, permaneceu indiferente à pequenez de suas mãos, à forma como seus dedos envolveram o copo que ela estivesse segurando ou o seu hábito de puxar o lóbulo da orelha quando estava imersa em pensamentos. Nada disso o interessou, nada disso voltou para casa com ele quando se separaram, o que não era, exatamente, incomum para Josh, já que nada sobre o sexo oposto o interessava hoje em dia. Lennie e Sue eram diferentes; ele arranjou tempo para o Clube da Morte porque gostava da maneira como a mente delas funcionava, as coisas das quais elas não se esquivavam. E porque seu agente concordou que ele poderia conseguir um livro disso tudo um dia. Foi assim que eu descobri no final. O anzol e a linha.

Eu.

A Jane de Riverside.

Josh tinha ouvido falar de mim, é claro. Mas depois de conhecer Ruby, ele começou a prestar mais atenção aos detalhes. E foi quando ele passou a notar a referência sobre a *corredora* em cada postagem de *blog* ou nas notícias que lia. *O corpo foi encontrado por uma corredora. Uma corredora fez a infeliz descoberta, logo após as seis da manhã. Corredora encontra o corpo no Riverside Park.* Quantas vezes ele leu uma variação dessa frase e não parou para pensar nessa corredora ubíqua, presente em tantos contos macabros? Como escritor, como ele não havia considerado essa experiência de encontrar um cadáver, especialmente se a descoberta chegou às manchetes e levou a uma investigação massiva como essa? Que estranho que o novo projeto de Lennie, essa mulher australiana que ela insistiu que ele conhecesse, acabasse se revelando um desses corredores. Na verdade, *a* corredora. A partir dessa centelha de fascínio, uma pequena fogueira foi acesa para Ruby, uma curiosidade, e foi aí que entrei, cuidando daquelas chamas até que incendiaram os sonhos dele.

Está ficando mais fácil. Fazer isso. Porque depois daquela última conversa do Clube da Morte, me permiti lembrar algo que Noah falou, uma daquelas coisas que nunca entendi na época.

—Você tem um mundo interior muito rico, Alice. Povoado com pessoas e lugares do seu agrado.

O que ele quis dizer foi: todos nós existimos em nossos próprios mundinhos, em nossos universos privados. Não temos que ver uma pessoa em carne e osso para pensar nela; é suficiente que ela esteja em nossa cabeça, que é onde criamos a maior parte do nosso olhar, de qualquer maneira. Portanto, não importa se *estou* consciente. O que importa é que os membros originais do Clube da Morte agora podem ver Ruby até quando fecham os olhos. Eu só preciso mostrar a eles o que já está lá.

Existem limitações, é claro. Por exemplo, não posso fazer Josh pensar em Ruby enquanto está escovando os dentes ou falando ao telefone, mas posso ajudá-lo a virar a cabeça quando passa pela proliferação de cafeterias australianas perto de seu local de trabalho, ou encorajá-lo a parar em um jogo de futebol australiano ao passear pelos canais de esportes tarde da noite. As músicas na rádio tornam tudo ainda mais fácil. AC/DC. INXS. Ele canta junto com suas bandas favoritas das terras lá do Sul e sua mente vagueia para Ruby por conta própria a partir daí. Meu trabalho está basicamente concluído.

Lennie, por outro lado, não dá muito trabalho. Sobretudo porque ela se apaixona pelas pessoas na hora. Não exatamente um amor romântico, mas algo semelhante, uma espécie de curiosidade eufórica que a impulsiona a desvendar os mistérios de uma pessoa, a saber quem ela de fato é. Ela estava certa sobre a solidão aguda de Ruby na noite em que a observou do outro lado da sala, na sessão de terapia de grupo. E certa, também, de que essa solidão, como qualquer tipo de sofrimento, encobre uma pessoa, esconde suas peculiaridades cativantes, histórias engraçadas e boas intenções. Sempre há alguém superinteressante sob essa coberta, Lennie tem certeza disso, e está determinada a ajudar Ruby a se livrar de suas camadas. Sabendo, sem qualquer ajuda minha, que algo aconteceu *antes* de a Ruby encontrar um cadáver, que sua dor tangível se deve a mais do que a morte de uma garota sem nome.

Por fim, eles se posicionaram de maneira perfeita. Pegaram suas histórias individuais e encontraram uma forma de colocar Ruby no centro delas, uma nova cola para manter o Clube da Morte unido. Isso é exatamente o que eu queria, um vínculo para garantir que eles continuem se encontrando, conversando, perguntando e respondendo a perguntas, para que, uma hora, essas perguntas os levem a mim. Ao *verdadeiro* eu, não à Jane de Riverside, por mais interessante que ela seja, mas à garota que viveria mais de setenta e nove anos. Até um homem levar todos aqueles anos embora.

Nossa morte está destinada? Temos um fim predestinado e inescapável ou tudo é arbitrário?

Essa é a pergunta que fazem hoje à noite no Patsy's, enquanto o macarrão é enrolado em garfos, o molho de tomate de Lennie manchando a toalha branca da mesa entre eles.

Como eu teria perguntado: ele sempre me mataria?

Sue, a primeira a falar na mesa, é enfática:

— Sempre pensei que o destino fosse apenas uma construção projetada para nos ajudar a dar sentido às coisas depois que elas aconteceram. É assim que sobrevivemos aos efeitos colaterais aleatórios da vida.

— Meus pais têm Deus para isso — Lennie afirma. — "A sorte é lançada no colo, mas cada decisão vem do Senhor", não é o que dizem? De qualquer forma, eles parecem ter certeza de que é Ele quem está dando as ordens.

— Prefiro colocar a minha fé nas Moiras — Josh responde, mostrando os dentes brancos em um sorriso sarcástico. — Três velhas tecendo nosso destino, girando, medindo, cortando. A vida por um fio. Muito mais evocativo do que algum velho que é ou não seu próprio filho e que fica controlando todas as coisas.

Lennie devolve o sorriso de Josh.

— Infelizmente, uma vida inteira de educação católica torna difícil para mim afastar aquele velho por completo. Ainda assim, não posso dizer com certeza o que penso sobre a ideia de ter um tipo específico de morte lá fora, esperando por mim. Não é a ideia mais reconfortante.

— Talvez seja — Ruby sugere. — Talvez, se soubéssemos quando morreríamos, e como... — Ela para quando a memória do meu corpo machucado volta à sua mente, uma imagem clara. — Deixa pra lá, eu não sei aonde queria chegar com isso. Imagina se Jane soubesse, naquela manhã...

— Foi ele, então? — Lennie questiona, mordendo o lábio, como se não tivesse certeza se deveria fazer aquela pergunta. — O cara que assassinou Jane. Você acha que ele saiu naquela manhã para matá-la?

(As ondas quebram. A água soa como tambores nos meus ouvidos. Sei que poderia ajudá-los a responder, se realmente quisesse. Estou lá, no universo dele também.)

— Pelo que li, parece mais um crime de oportunidade — responde Josh, enquanto Ruby fica pálida. — Um caso de lugar errado e hora errada para a pobre garota. Algum babaca viu uma chance de brincar de Deus e aproveitou. Então, não tanto destino, mas delírios de grandeza. Vamos apenas torcer ou rezar, Lennie, que ele tenha cometido erros suficientes para que a polícia possa alcançá-lo em algum momento. Embora algo como quarenta por cento dos assassinatos permaneçam sem solução, então...

— Eu costumava rezar muito quando era pequena — interrompe Lennie, percebendo o olhar alarmado de Ruby e mudando de rumo. — Eu realmente acreditava que poderia revirar todas as coisas terríveis do mundo de volta para elas mesmas e impedir que elas acontecessem. Talvez isso signifique que eu acredite mesmo no destino. Ou na ideia de que você pode controlar o próprio destino, se perguntar da maneira certa.

Sue acena com a cabeça, os pequenos diamantes em suas orelhas cintilando.

— Eu rezei por um tempo, após o acidente. Rezei para que voltássemos àquela noite em que íamos ao cinema, para que eu pudesse ficar no banco do motorista e ser aquela que absorveria o impacto do acidente. Eu costumava ficar deitada na cama, tentando viajar no tempo, voltando ao passado. Rezei, barganhei, implorei. E, às vezes, quando eu finalmente conseguia dormir, isso acontecia. A noite inteira seria diferente. Nevaria tanto que as estradas se fechariam, ou descobriríamos, às oito da noite, que os ingressos estavam esgotados, ou Lisa me pediria para dirigir e eu deslizaria para o banco do motorista, e aquele homem olhando para baixo, trocando o CD dele, bateria em mim e me levaria, não levaria ela.

Ela faz uma pausa, antes de continuar:

— Essas orações não mudaram nada, obviamente.

— Como você acha que seria a sua vida agora se tivesse nevado ou se os ingressos estivessem esgotados? — Lennie pergunta, suave, e eu sei que eles não falarão mais de mim esta noite.

— Se Lisa tivesse sobrevivido? Acho... — Sue olha para o teto, respira fundo. — Acho que ainda estaria morando naquela bela e grande casa em Connecticut, ela moraria aqui em Nova York, meu casamento infeliz com o pai dela teria durado e eu estaria vivendo uma vida relativamente normal, embora privilegiada. Verões na Ilha Martha's Vineyard, em vez de visitar Auckland, Paris e Marrakesh. Clube do Livro Feminino em vez do Clube da Morte. É assim que teria acontecido para uma mulher como eu. Mas, no final das contas, não sei como teria sido a vida de Lisa — Sue olha para Ruby agora — porque, aos dezessete anos, ela se foi muito cedo para que eu realmente a conhecesse. Não sei que tipo de mãe eu teria sido para ela já adulta.

Pela primeira vez entendo que não são apenas os mortos que têm vidas que não chegaram a viver. As pessoas que ficaram para trás têm tantas versões de si mesmas inexploradas quanto caminhos possíveis que se fecham. Algumas versões são melhores e outras, sem dúvida, piores. Existe uma Sue fora da morte de Lisa. Uma mulher que Sue entende que nunca chegará a ser, por causa de uma noite em que não nevou e um ingresso que não foi vendido, e um homem que olhou para baixo para trocar o CD e mundos inteiros foram perdidos e recomeçados antes que ele tivesse a chance de olhar para cima e ver para onde estava indo.

Ninguém vive apenas *uma* vida. Começamos e terminamos nossos mundos muitas vezes. E não importa quanto tempo permaneçamos ali, estou começando a perceber que todos queremos mais do que recebemos.

Enquanto os membros do Clube da Morte continuam falando noite adentro, eu os deixo em paz e volto para onde começamos. Uma questão que eu não pensei em considerar na época.

Se a minha morte foi de fato destinada, no final, era o meu destino ou o dele?

SE EU TIVESSE SOBREVIVIDO.

Se eu tivesse procurado o Sr. Jackson na última manhã em que estivemos juntos, parado minha boca na dele, mantido as palavras para dentro. Se eu tivesse deixado o fato do meu aniversário iminente deslizar por sua pele quente, se dissolver em nada tão importante quanto nossos corpos, a neve lá fora e o peso dele envolvendo-me como um lençol. Se tivéssemos feito amor naquele último dia dos meus dezessete anos e se, no dia seguinte, eu tivesse decidido que aniversários não eram importantes para ninguém além de você mesmo e pedisse a ele que me pintasse, para que pudesse ter algo do meu novo eu adulto para guardar... eu teria sobrevivido?

Eu teria acrescentado anos dessa forma, silenciosamente entrando em uma vida com o Sr. Jackson na qual eu teria vinte, trinta, quarenta anos, acordando ao lado dele antes de outro aniversário e pensando: *eu consegui mais um ano perto dos 79,1!* Teríamos surgido depois daquele primeiro inverno como um casal de verdade e feito uma vida real juntos, que incluísse um casamento, filhos e uma casa em outra cidade, onde ele poderia ensinar arte e eu poderia...

Assim, da mesma forma como Sue imagina Lisa, não sei como ver o mundo que poderia ter crescido ao nosso redor. Eu teria ido para a faculdade? Ou ficado em casa com os lindos bebês que fizemos? Ajudado o Sr. Jackson a vender sua arte e permanecer como sua musa, mesmo quando eu passasse da idade da minha própria mãe e continuasse ficando cada vez mais velha, com ele imortalizando cada nova linha do meu corpo?

Nada de linhas, eu não quero enrugamentos. Ele disse isso antes na nossa primeira tarde juntos. Ele ainda teria me amado quando meu corpo se transformasse em um mapa bem lido?

Se eu tivesse sobrevivido.

Se eu não tivesse falado nada sobre o meu aniversário. Se eu não tivesse entrado em um ônibus para Nova York. Se eu não tivesse batido na porta de Noah. Se eu não tivesse... mas é tolice pensar sobre essas coisas agora. Eu não vivi. Porque certo homem tinha fingido ser outra pessoa por muito tempo, e, quando ele colocou as mãos em mim naquela última manhã da minha vida, foi o mais verdadeiro que ele já havia sido, e se eu não tivesse... não, não, ainda não seria nada comparado à força da revelação desse homem.

17

A intimidade cresce de maneira exponencial.

As portas destravam, as pessoas podem passar por elas lentamente no início, avaliar o que está ao redor, mas logo as janelas são abertas, os móveis são espanados, o espaço é criado e os assentos, ocupados. De um início lento e cuidadoso, ocorre uma rápida aceleração. Uma vez tive esse tipo de intimidade com Noah, com Tammy. Com o Sr. Jackson também. Quando, de repente, alguém que você nunca conheceu no mundo se torna tudo que você conhece do mundo.

— Fiz novos amigos — Ruby conta a Cassie. — Levei apenas sete semanas.

(*E um assassinato*, ela adiciona em silêncio.)

Sua irmã está aliviada. Ela tem se preocupado com a nova obsessão de Ruby com morte e assassinato; ela não tem o que chama de *gene macabro* e, embora se sinta mal pelo que sua irmã vivenciou, a solução de Cassie com certeza não incluiria passar horas pensando em todas as coisas terríveis que podem acontecer com as mulheres. Fazer novos amigos parece um passo em uma direção mais saudável e Cassie fica feliz com a oportunidade de dizer sim, e de fato querer dizer isso, da próxima vez que sua mãe perguntar se *realmente* acha que Ruby está bem lá na cidade de Nova York.

Sendo uma especialista em omissão, Ruby não mencionou os detalhes desses novos amigos, ou Cassie poderia hesitar antes de responder com uma afirmação. O Clube da Morte não seria, como Lennie diria, do gosto da irmã, e Ruby não quer nada que corrompa algo que, de repente, parece tão essencial. Além disso, ela raciocina, a própria existência do Clube da Morte é a prova de que algumas conversas são melhores sendo mais reservadas para as pessoas que entendem você. Para aquelas que sabem que a proximidade com a morte essencialmente muda você.

Distanciar-se da morte também muda você, eu poderia acrescentar, pensando nos meus velhos amigos, no que eles se tornaram.

Mas não quero dar a Ruby nenhuma ideia sobre isso.

AQUI ESTÃO ALGUMAS COISAS QUE ACONTECEM NA SEMANA ANTERIOR à próxima reunião do Clube da Morte:

Ruby vê que seu cinema local está realizando uma retrospectiva de Gene Kelly e *Um dia em Nova York* está incluído na programação. Tímida, Ruby pergunta a Sue se ela gostaria de ser sua acompanhante na sessão de quarta-feira à noite, e ela quase chora quando a resposta é sim. Depois do filme, uma carta de amor leve e brilhante para Nova York, as duas tomam uma bebida no bar ao lado do cinema e conversam sobre Lisa. Sue conta para Ruby que sua filha era uma aspirante a atriz que passava os verões em um acampamento de teatro, ganhando o papel principal em todos os musicais desde o segundo ano dela. Ela estava a poucos meses de se formar, com planos de cursar uma faculdade de artes cênicas no interior do estado de Nova York, quando o motorista perdeu a concentração e ultrapassou o sinal vermelho. Lisa, dirigindo com cuidado, como era de sua natureza, foi atingida com toda a força pelo outro veículo.

— Ela teria um pouco mais que a sua idade agora — Sue admite esta noite e Ruby vê como parte da dor é fossilizada, endurecida em pedra. Essa mãe nunca deixará de sentir falta de sua filha, tanto da garota que conheceu quanto da mulher que nunca conhecerá. — Pensar que poderíamos ter sido próximas ajuda — diz Sue. — Se você e eu encontramos algo em comum e nos tornamos amigas, talvez a minha filha também me quisesse por perto quando atingisse essa idade.

— Ela com certeza quereria — Ruby afirma com sinceridade. Elas brindam e eu noto o brilho de um fio delicado enrolando-se em seus mindinhos, expandindo-se entre elas conforme se afastam.

Em outra noite, Ruby e Lennie vão a um bar em uma cobertura. Há uma piscina que se estende até as bordas do pátio e pessoas com roupas que parecem caras se agrupam, parecendo frutas brilhantes em uma videira. De vez em quando, um ou outro se afasta, vai ao banheiro ou ao bar pedir outra rodada de drinques que parecem caros, a cabeça virando de um lado para o outro, claramente querendo ver e ser vistos.

— Trouxe você aqui para apreciar a vista — Lennie disse quando chegaram e Ruby sabia que ela se referia tanto aos homens solteiros naqueles aglomerados quanto ao resplandecente anoitecer de Manhattan. Elas ficaram em um canto, bebendo seus martínis e conversaram sobre muitas coisas, mas Ruby descobriu que não conseguia formar o nome de Ash, não conseguia entender as razões pelas quais ela mal notou aqueles homens, passando em seus ternos azul-marinho e as camisas com xadrez cor-de-rosa. A amizade era muito nova, ainda pouco desenvolvida para arriscar o julgamento potencial de Lennie. E algo mais. Ela estava tão acostumada a manter seu relacionamento com Ash em segredo que quase parecia uma traição falar sobre ele agora. Nesse momento, quando estava expondo muito de si mesma, como novos amigos fazem, Ash era a única coisa que ela podia guardar para si.

(O que funciona muito bem quando tudo está indo bem. Mas o que você faz quando partem seu coração?)

Elas deixaram o bar por volta das oito da noite, quando a fila para comprar outra bebida ficou muito longa, mudando para o macarrão com queijo em uma lanchonete meio vazia, a um mundo de distância das coberturas de Nova York. Enquanto comiam, a conversa voltou aos homens e relacionamentos. Lennie estava rindo da recente e desastrosa investida de Ruby no namoro on-line — "Nossa, fotos de pau são as piores!" — quando, de repente, ela parou e acenou com o garfo para Ruby.

— E quanto ao Josh, hein?

— O que... o que tem ele? — Ruby sentiu suas bochechas ficarem quentes.

—Você me disse que não nota os homens hoje em dia. Mas Josh é um pouco difícil de deixar passar, não acha?

— Ele é bonito, claro — Ruby admitiu e, ao fazer isso, sem querer, consolidou essa observação em um fato, de modo que ela sentirá uma estranha sensação de antecipação na próxima vez que o vir, uma vibração nervosa com a presença dele. Pode ser bom ter alguém em quem pensar de vez em quando, ela raciocinou com sua tigela de macarrão. Foi assim que suas próprias portas fechadas começaram a se abrir aos poucos, lentamente, mas de maneira segura. Às vezes, é tão simples quanto dizer algo em voz alta, transformando-o em sua verdade mais recente.

(O quê? Você achou que o desejo era mais complicado do que isso?)

O que Ruby não sabe: Lennie encontrou Josh naquela mesma tarde para um café. Ele lhe contou que estava pesquisando o caso da Jane de Riverside e tinha até tentado conseguir alguns favores jornalísticos de seus companheiros na delegacia, mas até agora, nada.

— É como se essa garota nunca tivesse existido, Lennie — disse ele.

— Ou é conveniente para certas pessoas que pareça assim.

(Quando penso no silêncio contínuo daqueles que *realmente* sabem os detalhes da minha existência, Josh é quem chega mais perto da verdade do que qualquer um chegou até agora.)

Enquanto eles continuavam falando sobre mim, Lennie percebeu quantas vezes Josh trouxe a conversa de volta para Ruby.

— Até ela é meio misteriosa, não acha? — Lennie não pôde deixar de dizer isso quando o nome de Ruby veio à tona de novo, e o encolher de ombros do Josh foi muito casual, muito ponderado, para indicar qualquer coisa além de concordância. — E meio exótica também — ela acrescentou, astuta. — Com aquele sotaque, seus grandes olhos castanhos e a maneira como ela veio para cá sozinha, simplesmente saltando direto para o desconhecido.

— Não tenho certeza do que os olhos dela têm a ver com isso — Josh replicou, mas estava sorrindo, e Lennie percebeu que ela nunca tinha visto aquele olhar em particular em seu rosto antes. Algo quase tímido. Foi o suficiente para ela preparar as flechas e puxar o arco. Porque nada é mais inebriante para uma casamenteira do que juntar duas pessoas. Esse caso exigiria um pouco de criatividade, ela sabia; seus dois alvos eram abertamente cautelosos com o romance. Porém, ela não tinha dúvidas de que havia potencial nesse casal e, naquela tarde, determinou que faria tudo o que pudesse para juntar Ruby e Josh, como se esse tivesse sido o plano desde o início.

A propósito, bancar a casamenteira para os danificados dessa maneira poderia facilmente ter sido o trabalho de sua vida. Se, em vez disso, ela não tivesse, por acaso, se ligado aos mortos.

Nessa semana de pequenos e significativos momentos, uma semana em que aqueles pôsteres com a descrição aproximada do meu rosto esfarrapam-se nos postes e meu nome verdadeiro fica preso na boca das pessoas, Noah passa pela delegacia quatro vezes. O DNA da cena do crime volta mais uma vez: *nenhuma identificação.* Nem a vítima nem o perpetrador podem ser encontrados em qualquer banco de dados local ou nacional; pontos de interrogação permanecem onde nossos nomes deveriam estar escritos.

À medida que passam os dias desde o meu assassinato, certas pessoas se revelam, camada por camada. E outras continuam guardando seus segredos.

RUBY E JOSH APARECEM PARA A PRÓXIMA REUNIÃO DO CLUBE DA Morte, a terceira oficial de Ruby em algumas semanas, exatamente ao mesmo tempo. Caminhando pelas portas do Oyster Bar no Grand Central, Josh vê os olhos de Ruby se arregalarem quando ela observa os ladrilhos de terracota iluminados por âmbar arqueados sobre sua cabeça. Ele havia esquecido o quão icônico é o teto dessa sala cavernosa e a reação dela o faz sentir algo semelhante a orgulho.

— É uma cidade onde você deve sempre olhar para cima — ele comenta, gostando da maneira como Ruby se vira para olhar para ele agora. Quando a recepcionista os acomoda, a jovem sorri para o casal da mesma forma que estranhos olham para amantes, conspirando e aprovando, de modo que os três, por um momento, confundem a ocasião. Quando os outros membros do Clube da Morte chegam, quando fica claro que não é de fato um encontro, a recepcionista fica estranhamente desapontada. O amor torna seu trabalho mais fácil, desvia o fluxo constante de trabalhadores e turistas que chegam todas as noites, suas correntes ocultas de cansaço e ressentimentos pairando sobre eles. Teria sido bom estar na presença de romance nesta noite de primavera.

(Ela não é a única que pensa assim.)

Sentados um de frente para o outro na mesa com toalha xadrez vermelho e branco, com Lennie e Sue ainda a caminho, Ruby e Josh consideram a conversa mais fácil do que qualquer um deles teria imaginado. Logo, Josh está contando a Ruby uma história animada sobre o famoso teto celestial do Grand Central Terminal acima deles, uma história engraçada que eu já conhecia, graças ao Noah. Como em 1913, no dia em que o terminal foi inaugurado, um astrônomo amador que passava pelo novo prédio parou e percebeu que o mural do zodíaco azul e dourado, pendurado acima da cabeça de todos, tinha sido pintado ao contrário, de modo que o leste era o oeste e o oeste era o leste. O que significa que as constelações não estavam onde deveriam estar. É um erro estúpido de Nova York que Josh adora; ele se diverte ao pensar na grandeza daquele dia de inauguração e no momento em que um homem anônimo e prático ergueu os olhos e estourou a bolha dourada.

— Eu nunca soube disso! — Ruby ri, admitindo que não distinguiria Órion de Pégaso. — Então, você está dizendo que o céu está ao contrário lá?

— Ou isso, ou o mural pretende representar o céu quando visto de fora para dentro — responde Josh. — O júri ainda não decidiu se a reversão das estrelas lá em cima foi deliberada ou um erro bastante irônico para um edifício dedicado à navegação.

Os dois estão rindo agora, imitando a consternação dos responsáveis pelas festividades naquele dia de inauguração em 1913. Prefiro pensar no astrônomo solitário, recém-saído do trem, com o polegar e o indicador no queixo, examinando os céus, e vejo o rosto de Noah nesse momento, e Franklin também, observando da porta, quase como se estivessem esperando por mim. A cena está embaçada, como se eu estivesse olhando através das lágrimas, mas as ondas não vêm desta vez. Estou tentando entender o que isso significa, quando Lennie e Sue chegam, fazendo os outros rostos tremeluzirem e desaparecerem.

Todos nos sentamos à mesa.

Logo fica claro que, esta noite, o Clube da Morte não terá uma reunião normal. Com Josh e Ruby ainda rindo, Lennie pede para saber da piada e logo Josh está repetindo a história do teto estrelado acima deles. Desde o início, as histórias trocadas por entre as ostras, os martínis e os *crèmes* de caramelo permanecem leves, alegres, e, na maioria das vezes, não me importo. Evocar Noah e Franklin assim me levou a algo mais profundo do que a tristeza e não posso invejar esses amigos que querem uma noite para eles. Parece até mesmo inevitável, enquanto vejo Lennie fazer uma careta sobre uma ostra crua e ouço Josh evocando outra história sobre as peculiaridades e os erros de Nova York, enquanto Sue explica a diferença entre lagosta e lagostim para Ruby, mordendo seu primeiro pãozinho de lagosta do Maine. Ninguém diz que não vai falar sobre vida e morte esta noite, mas todos concordam com esse armistício. Vejo essa compreensão passar silenciosamente entre eles e me pego me afastando da mesa, deixando suas conversas desaparecerem.

Observá-los à distância é ver braços se tocando, mãos se roçando. Sorrisos largos e olhares secretos. Os copos tilintaram, os garfos caíram com um ruído. Manteiga pingando na toalha de mesa e guardanapos pressionados contra a boca. Vinho tinto e uísque pedidos, e baixos suspiros profundos. Vejo como eles viajaram uma grande distância juntos na semana passada, como os passageiros entrando e saindo do terminal acima de nós. Se a intimidade é exponencial, também é oportunista, aproveitando noites como esta para se afirmar e prender todos no lugar.

Estou fascinada com a mudança, mas, ainda assim, aquele sentimento mais profundo do que a tristeza persiste. Porque eu sei que não pertenço a *esta* mesa. Não posso me juntar aos vivos enquanto eles trocam suas histórias, não posso compartilhar nenhuma parte do meu dia, meu passado ou o meu presente, como eles fazem. Eles estão se descobrindo, avançando juntos, enquanto eu continuo a ser a garota morta, a Jane. A desconhecida de Riverside. Um mês depois do meu assassinato, sem novas revelações para despertar o interesse público, sou uma notícia que já está envelhecendo.

Porque as pessoas que conhecem minhas histórias ficaram em silêncio. Amigos — e um amante também — cujos dedos podem se contorcer na direção de seus telefones sempre que o assassinato de Riverside é mencionado, mas eles nunca, jamais, fazem a ligação. Assim como os membros do Clube da Morte podem me deixar de lado esta noite, as pessoas que me conhecem, me amam, estão fazendo isso há semanas. Desde então, cada um por sua própria conta, pensou: "E se essa for a minha Alice?" E então, rapidamente, me empurraram para longe.

Quando você vê tudo de fora, percebe quão pouco de qualquer coisa está onde deveria estar. O amor das pessoas também fica confuso. Invertido. O leste é o oeste e o oeste é o leste. Às vezes, o reordenamento é imperceptível. E, às vezes, quando você olha para cima, há um vasto espaço vazio onde as estrelas costumavam estar.

A VIDA ESTÁ MELHORANDO PARA RUBY JONES. COMO DISSE À IRMÃ, ELA fez amigos. Nova York brilha na presença deles, e isso é mais do que ela esperava. Algumas noites, como esta última, ela pode até dizer que está feliz.

Finalmente.

Mas ainda há uma garota morta. Uma garota morta e sem nome que aparece em seus sonhos, pedindo para ser reconhecida. Ainda há aquele rosto ensanguentado, implorando a Ruby quando ela fecha os olhos. Isso não é algo que ela pode ignorar.

Ruby sabe como ficar triste. Ela sabe o que fazer com a tristeza. Mas e a felicidade? E a tal alegria sobrepondo o desespero, desorientando-a com risos e luz? O que você faz com essa contradição?

Em outras palavras: como você segura a dor e, ao mesmo tempo, a deixa ir?

É TAMMY QUEM ENFIM FAZ A LIGAÇÃO.

De todos, ela foi a menos capaz de me impedir de incomodar seus pensamentos, embora tenha demorado para reconhecer que as coisas não estavam tão bem. Ao contrário do Sr. Jackson, Tammy não assinou nenhum dos jornais nacionais; era raro que a minha amiga prestasse atenção às notícias em geral, então, por um tempo, ela não teve ideia do assassinato em Nova York. Ela realmente estava muito ocupada, monitorando a sobriedade do pai e mantendo Rye longe de problemas, os dois homens usando cada vez mais a força e o temperamento dela como ponto de apoio. Os dias eram cheios e as noites compensavam os dias, até que ela deixava passar algumas semanas, e mais algumas, sem conferir como eu estava. Naquela época, ela ainda pensava que eu estava com o Sr. Jackson, lembrou-se de mim praticamente desligando na cara dela quando ele entrou pela porta e, se ela for honesta, esse último telefonema a incomodou um pouco. A maneira como eu parecia tão consumida por ele. Não o suficiente para deixá-la com raiva de mim, mas para impedi-la de enviar mensagens no meu aniversário (mas Tammy diria que simplesmente se esqueceu) e para manter sua atenção focada em outro lugar.

Ela vai entrar em contato se precisar de mim, disse a si mesma, e é isso, não é?

É assim que uma pessoa sai da sua vida com tanta facilidade. Às vezes, esquecer é apenas esperar tempo demais.

O tempo passou, até que um dia, enquanto folheava uma revista de moda on-line, Tammy se deparou com uma história sobre uma onda recente de assassinatos não resolvidos em todo o país — *Existe um assassino em série à solta?* — e lá estava meu rosto. Ou um rosto como o meu, de modo que se ela fechasse os olhos e colocasse o esboço do artigo no topo de suas memórias, poderia reconhecer os olhos, o nariz e minha boca (embora ela tenha pensado na época: *Alice nunca pareceria tão certinha*). Ainda assim, ela tentou racionalizar para afastar a preocupação. Essa era uma garota qualquer em Nova York e Alice estava ali na cidade com o Sr. Jackson, sem dúvidas ainda o bajulando. No entanto, o incômodo foi suficiente para Tammy ligar para o meu celular. Um mês atrás, ela perdeu uma ligação minha; não houve mais contato desde então. Quando tentou meu número depois de ver aquele retrato falado, caiu direto na caixa postal.

Oi, você ligou para Alice Lee. Mas provavelmente já sabe disso. Deixe uma mensagem e eu vou entrar em contato assim que puder!

Naquele instante, Tammy pensou em ir à polícia. Mas o que ela diria? *Ah, ei. A foto de uma garota morta se parece muito com a minha melhor amiga. Onde ela mora? Hum... Acho que já não sei. Talvez Nova York? Ela sempre falava em se mudar para lá.* Além disso, e se a polícia viesse? Havia muitas coisas que seu pai, sem falar no namorado dela e nos irmãos dele, gostariam de manter escondidas de alguém fardado.

Era mais fácil acreditar que algumas amizades simplesmente acabam.

Mas, na semana passada, quando a temperatura aumentou e o céu cinza desabou sobre o lago, Tammy voltou para a cidade. Ela disse a Rye que ia receber algum dinheiro da mãe dela. Parando no posto de gasolina, na periferia da cidade, ela viu o Sr. Jackson parado em uma das bombas, olhando para o celular. Ela baixou a janela.

— Ei, Sr. Jac... *Jamie*. Como a Alice está?

Mais tarde, ao contar, ela jurará que ele pulou ao som do meu nome.

—Você deveria ter visto o olhar culpado no rosto dele — ela dirá. — O jeito que ele disse: "Eu não sei do que você está falando!" e saiu de lá o mais o rápido possível. — Mas a verdade é que foi medo que ela viu e reconheceu. Foi ela quem dirigiu para casa o mais rápido possível.

Entrando em seu antigo quarto, ela foi direto para sua coleção de retratos bobos que tiramos ao longo dos anos. E olhando para aqueles rostos rindo e absortos, ela soube. Que Alice Lee sempre voltaria para ela. Ela nunca desapareceria assim.

Não se ela tivesse algum poder de escolha.

— Mãe! —Tammy foi e se deitou na cama com a mãe e, pelo celular, mostrou a história sobre meu assassinato. — Mãe, acho que algo ruim aconteceu com a Alice.

Tammy contou à mãe tudo o que sabia.

A verdade, naquele momento, começou a se desenrolar.

Estou a caminho de ser encontrada.

Ele também.

18

Isso é o que eu estava vestindo na manhã em que fui assassinada. Calça de moletom cinza, fofa por dentro, com pontas desfiadas e cintura elástica, para que eu pudesse usá-la confortavelmente baixa na cintura. Calcinha mais larga de algodão azul bebê da Victoria's Secret, com um pequeno coração e as iniciais vs em cor-de-rosa na frente, o tipo de roupa íntima que você compra em um conjunto de cinco por vinte dólares. Roupa íntima para o dia a dia. Um sutiã preto sob uma camiseta roxa. Uma parca roxa, leve e felpuda como uma colcha. Jaqueta roxa, camiseta roxa. Calcinha de algodão azul, um sutiã preto liso e uma velha calça de moletom. E tênis quase novos, sujos de terra por ter descido nas rochas e por causa da luta. Eles me encontraram de sutiã e camiseta. Catalogaram-me com o sutiã e a camiseta. Fizeram uma avaliação da minha classe social, da minha ocupação e das minhas intenções naquela manhã com base no meu cabelo e minhas unhas laranja, e essas poucas peças de roupa que ele deixou para trás.

As roupas que faltam estão em uma mochila, guardada em um armário particular. Na academia de um porão de um edifício no centro financeiro da cidade. Pessoas, centenas delas, passam por esse armário todos os dias. Algumas até leram sobre mim, acompanhando o caso da Jane de Riverside. Uma ou outra foi para a vigília naquela noite, imaginando quem poderia fazer uma coisa dessas com uma jovem. Olhando de soslaio para os homens no metrô sempre que viajavam para a parte residencial da cidade, passando por aquele armário no centro duas, cinco, dez vezes por dia. Moletom, calcinha azul, um par de tênis e uma jaqueta, as manchas de sangue que deixei já mais parecidas com ferrugem. E uma câmera, uma Leica *vintage*, sem a lente Summar e os filmes de revelação. Um objeto roubado duas vezes em apenas algumas semanas, agora embrulhado em plástico dentro de um armário no porão, código: 0415.

Cada enigma tem uma resposta. Não importa quanto tempo leve para ser resolvido, a resposta foi criada exatamente ao mesmo tempo que a pergunta. É isso que o detetive O'Byrne pensa ao pronunciar o meu nome verdadeiro pela primeira vez, e começa a juntar os pequenos fatos da minha vida com a ajuda das histórias de Tammy, e os resultados do teste de DNA da Glória D. ("Eu pensei que ela estivesse com Tammy", disse minha ex-guardiã, que chora o tempo todo. Como se isso explicasse sua negligência.)

— Alice Lee — O'Byrne fala, pensando em todas as pessoas que me decepcionaram. — Quem fez isso com você, garota?

Achei que meu nome bastasse. Que minha identidade era o enigma que todos eles estavam tentando resolver. Mas é apenas o começo para O'Byrne. Meu nome sempre foi apenas uma pista. Para ele, o verdadeiro enigma é o que aconteceu lá embaixo, perto do rio.

Pelo menos é para mim que o detetive dirige sua próxima pergunta. Como se eu tivesse uma palavra a dizer sobre o assunto:

— Como encontramos o bastardo, Alice? O que é que estamos deixando passar?

AO CONTRÁRIO DE O'BYRNE, EM GERAL, RUBY TENTA NÃO PENSAR nele. Ela parou de pular com ruídos altos, faz um esforço para sorrir de volta quando os homens dizem olá enquanto ela faz compras no supermercado ou compra outra garrafa de vodca na Broadway. Ela não quer ser aquela que olha de soslaio para estranhos, não em uma cidade onde só precisa dos dedos de uma das mãos para contar as pessoas que ela realmente conhece. Mas ele paira no limite de seus pensamentos do mesmo jeito. Ele projeta sua sombra, desliza pelos cantos da consciência dela, de modo que ela sempre parece pegá-lo pelas costas, desaparecendo.

Ela tenta não pensar muito nele. Mas, no fundo, Ruby sabe que está tão ligada ao meu assassino quanto a mim. Que algo está inacabado entre eles. E, às vezes, ela se pergunta o que aconteceria se o seguisse por aqueles cantos. Se ficasse cara a cara com o homem cujo terrível crime ela descobriu.

Devo admitir, agora que O'Byrne colocou a ideia na minha cabeça, isso é algo que também tenho me perguntado.

JOSH É O PRIMEIRO MEMBRO DO CLUBE DA MORTE A DIZER O MEU NOME.
Alice Lee.

Língua contra os dentes, ele solta as sílabas, tenta me tirar dos detalhes escassos que conseguiu descobrir antes de chegarem ao noticiário. Minha vida é uma pequena lista neste dia em que sou oficialmente identificada: garota de uma pequena cidade do centro-oeste, sem pais, sem ocupação ou endereço conhecido em Nova York. Nada que ajudasse a determinar o motivo, nada que sugerisse o que eu estava fazendo sozinha no parque naquela manhã. Mas há um nome e um começo. Isso já é algo. A Jane de Riverside na verdade é Alice Lee.

Alice.

Josh olha a fotografia que em breve será compartilhada com o público. Vê uma linda jovem de olhos azul-celeste e nariz pontilhado de sardas. Tenta e falha em conciliar isso com o que aconteceu comigo. Parece impossível, mas, na verdade, é sempre incomensurável, não é? O que não sabemos do futuro quando uma foto feliz é tirada...

Josh conseguiu o furo de uma amiga do *Daily News*, uma mulher com quem ele dormiu uma ou duas vezes depois do 11 de setembro, quando a cidade inteira estava abalada.

— Eles identificaram aquela garota em que você está tão interessado — ela contou ao telefone. — Uma garota de Wisconsin. Vou mandar uma mensagem com a foto que eles enviaram. Sinta-se à vontade para me agradecer durante o jantar.

Mas é Ruby quem ele convida para jantar naquela noite. Ele se atrapalha em como contextualizar a questão e, no final das contas, se contenta com: *tenho algo para te contar sobre a Jane.* Ele não quer que ela pense que é um encontro, mas quando Ruby entra no pequeno restaurante italiano perto do Lincoln Center, se dirige para onde ele está sentado no bar, ele estende o celular para ela como se fosse um ramo de flores.

Meu rosto sorridente preenche a tela.

— É a Jane?

Agarrando o banquinho oferecido a ela, Ruby olha para mim, a verdadeira eu, pela primeira vez. Ela vem imaginando esse momento há semanas. O alívio de descobrir minha identidade. Não é como ela pensou que seria. A dor, de repente, tornou-se insuportável.

Jane.

Alice.

Ruby, meu nome é Alice Lee.

Quando ela disser meu nome em voz alta pela primeira vez e começar a chorar, quero lhe estender a mão e contar que estive ali todo esse tempo. Mas não posso fazer o mundo se mover em minha direção, nem mesmo este pequeno canto dele. Se isso fosse possível, eu a deslocaria direto para os meus braços doloridos.

JOELHOS INCLINADOS, CHEGANDO MAIS PERTO.

Eles estão em outro bar agora, um daqueles secretos, atrás da parede e subindo as escadas que nunca ficam em segredo por muito tempo. Eles compartilham um pequeno sofá atrás de cortinas de veludo, o único assento disponível a essa hora, e, quando se sentam, Ruby tem um lampejo do jovem casal que viu naquele bar no dia em que encontrou meu corpo. Como a garota tinha a perna dobrada sobre a do garoto e como seu amor parecia imaculado, brilhando em sua novidade, enquanto ela própria se sentia tão cansada e com medo. É possível que agora ela queira aquele brilho para si mesma?

Eles falaram sobre mim a noite toda. Passaram aquela minha foto entre eles. Imaginaram uma vida, esculpiram ideias em torno das poucas coisas que sabiam; então, no terceiro Manhattan — meu drinque! —, eles criaram uma dúzia de versões de mim. Com a lembrança das cerejas na boca, sussurro sugestões bizarras para ajudá-los. *Namorada de um mafioso! Herdeira em fuga!* Eles não podem me ouvir com o tilintar dos cubos de gelo e o *jazz* tocando ao fundo. Mas eu brinco de escultora do mesmo jeito. E quando Ruby diz a Josh que gostaria de ter tido a chance de me conhecer, de saber quem eu *realmente* era, desejo o mesmo com igual intensidade.

Durante o jantar, Josh admitiu que estava investigando o assassinato de Riverside e contou a Ruby sobre a rede de amigos e contatos da indústria com quem ele falou sobre mim, de modo que ela imagina um mapa de pessoas em toda a região, linhas conectando pontos pulsantes por toda a cidade. Ele conta a Ruby que seu interesse é clínico, que é um mistério fantástico a ser resolvido, mas eu sei a verdade. Esse é o caminho dele para ela. Ruby Jones. Uma das poucas pessoas que o fez se sentir vivo novamente.

Percebo o que acontece quando ele olha para ela agora. Depois daquela noite no Oyster Bar, posso ver a luz azul brilhante que começa logo abaixo de sua orelha. Como ela se curva sob sua mandíbula, desce pelo pescoço e sai para o peito, disparando em todas as direções. Ele acha que há escuridão onde o desejo costumava estar, mas tem procurado nos lugares errados. Seu desejo reside em algum lugar mais profundo, um azul vívido muito abaixo de seus pensamentos sombrios. *É assim que você tem que sentir*, quero dizer a ele. É para sacudi-lo da inércia atrás da qual você está se escondendo. Quero correr meu dedo indicador de sua orelha, pelo pescoço e peito. Para isso, eu precisaria de ambas as mãos, de todos os meus dedos espalhados como artérias ou uma explosão. E em cada lugar que eu tocar — aqui, aqui, aqui — eu diria: *Lá está ela*. Há a maneira como ela inclina a cabeça quando está escutando você, há o brilho constante dos olhos dela quando algo a comove. Há a curva da carne sob sua blusa de algodão e a maneira como ela puxa o tecido, sem saber que ela puxa você também.

Se os vivos pudessem ver toda aquela luz, os mapas da cidade desenhados sob a pele, ficariam admirados. Olhando para Ruby e Josh agora, eles veriam como o nervosismo e a expectativa podem parecer o mesmo na superfície, mas que são muito diferentes na fonte. O nervosismo é a água que corre, a foz do rio, mas a expectativa é algo muito mais delicado, pequenas bolhas que estouram, uma explosão brilhante após a outra, até que o corpo é uma taça de champanhe, um milhão de bolhas douradas de ar subindo.

É lindo. Ver quanta alegria o corpo pode conter.

— Meus amigos lá de casa não me reconheceriam mais — Ruby diz e aquelas pequenas bolhas se formam. Eles estão falando especificamente sobre o Clube da Morte, sobre a fascinação mútua pela morte e por morrer de maneira mais generalizada. — Não tenho nem certeza se eles gostariam de mim hoje em dia. Eu também posso estar... problemática demais.

— Eu também não fui o cara mais tranquilo para se ter por perto depois do acidente — Josh admite. — Não para quem me conhecia antes.

— A sua ex-mulher, você quer dizer? — Ruby pergunta, as sobrancelhas erguidas.

Do outro lado da mesa, Josh faz uma careta.

—Vamos apenas dizer que ela não lidou tão bem com o meu novo eu. Ou eu parei de lidar tão bem com a mesma versão dela de sempre. De qualquer forma, ficou bagunçado bem rápido.

— Dizem que o divórcio é uma espécie de morte — Ruby comenta, hesitante, estendendo a mão para tocar a de Josh sobre a mesa. — Deve ter sido difícil, ainda mais quando o seu mundo já estava de cabeça para baixo.

Josh abre a boca como se fosse dizer algo e, então, balança a cabeça.

— É — ele finalmente responde. — Não foi legal. Mas tudo isso está no passado. Para nós dois.

Não há nada que Ruby possa acrescentar por enquanto; ela retira a mão e direciona a conversa de volta para um assunto mais seguro.

— Eu ainda não entendo como ninguém sentiu falta da Alice todo esse tempo. Por que demorou tanto para alguém perceber que ela estava desaparecida?

— O meu palpite é que as pessoas que a conheciam melhor tinham coisas a esconder — Josh responde. — A maioria das pessoas tem. Ou talvez ela apenas conhecesse pessoas de merda.

E, assim, eles estão de volta ao jogo. Imaginando minha vida. Brincando com isso. Só que, desta vez, isso me deixa louca. Porque, mais uma vez, Josh chegou tão perto de acertar.

Existem pessoas que optaram por me afastar. Por parar de procurar por mim ou nem mesmo tentar. Porque elas queriam se distanciar *de* mim. Mesmo depois que ficou claro que algo ruim havia acontecido.

Mas isso será mais difícil agora, não é? Com meu nome na boca de todo mundo.

A NOITE ESTÁ QUASE ACABANDO. É O TIPO DE ENCONTRO QUE EU TERIA gostado. Manhattans e *jazz*, e toda aquela eletricidade sob a pele. Decido jogar um joguinho sozinha. Em nome do que perdi.

Joelhos, uma cutucada mais forte desta vez. Pego minha raiva de todas as pessoas que me decepcionaram e a remodelo.

Enquanto Ruby passa o dedo indicador ao longo da borda da taça de coquetel, puxa o lóbulo da orelha, Josh não se move, não consegue afastar a perna dela. Era algum tipo de alteridade que ele sentia agora? Um empurrão de alguém invisível?

(Faz sentido que o homem que morreu e voltou seja o primeiro a realmente sentir isso.)

Quero me sentar na frente deles. Mostrar a ela os nervos que se contraem seja onde for que eles se toquem. Mover os dedos dela do copo para os lábios dele, dizer: *Aqui, este lugar, é casa*, e acho que se eu sussurrasse isso para Josh agora, ele poderia realmente me ouvir. Tento o meu melhor, mas as palavras saem como um solo de saxofone, enchendo a sala.

Esta é a noite de vocês. Eu digo mais alto desta vez e as cortinas farfalham. *Se soltem!* Grito e a vela entre eles tremula. Minha voz é música, chama e veludo, agora que sei como ouvi-la. Sou tudo que toca de leve, tudo que fica. Cada vez menos como membros, e cabelos, e dentes, e ossos. Mais como ar, sensação e faísca que dispara um rio de azul por todo o corpo de um homem.

Essa nova sensação parece um poder. A capacidade de fazer o mundo se mover em minha direção, no final das contas. É uma sensação extraordinária. Formidável. Depois de ser sacudida por tanto tempo.

Eu sei exatamente para onde levá-la.

O HOMEM QUE ME MATOU ESTÁ SENTADO EM CASA, A APENAS UMA OU duas quadras do rio. Velas tremulando, o ar noturno assobiando. Ele dá uma longa tragada no cigarro, observa sua respiração se transformar em uma espiral de fumaça. Ele pensa em como foi poderoso naquele momento, lá embaixo no rio, e sua presunção me faz criar uma fenda no céu, um trovão que o sacode em sua cadeira.

Minha raiva repentina e gloriosa enche a sala. Esse homem deveria estar pensando em membros. E dentes. E cabelos. E ossos.

Porque — o vento assobia, a vela tremula — tudo o que eu fui, tudo o que ele tirou de uma garota chamada Alice Lee, logo virá bater à sua porta.

O DIA SEGUINTE. RUBY NÃO CONSEGUE PARAR DE PENSAR EM JOSH. O homem que deu um nome para sua garota morta. Eles conversaram até tarde da noite e eram duas e meia da manhã quando ele chamou um táxi para ela, enquanto uma chuva leve caía. Despedindo-se, Josh se inclinou e beijou a bochecha úmida de Ruby, e ele ficou perto enquanto ela virava a boca em direção à dele. Um deslize para o primeiro beijo deles, algo suave, cuidadoso e rápido, mas, ainda assim, ela levou a mão à boca durante todo o caminho para casa no táxi, uma risadinha saindo dela, de modo que o motorista riu também, disse que era bom ver alguém se divertindo tanto.

Foi uma boa noite. Mas o que acontece no dia seguinte? Eles haviam cruzado a linha sem querer, impulsionados pelo álcool, pela chuva e por suas circunstâncias estranhas, e haveria um afastamento inevitável um do outro quando o sol nascesse? Isso não deveria ser tão confuso, pensa Ruby, não aos trinta e seis anos de idade. Josh mandou uma mensagem para ter certeza de que ela havia chegado em casa: um bom sinal. Ele não enviou mensagens esta manhã. Não é um bom sinal. O beijo trouxe as borboletas de volta: não apenas um bom sinal, mas uma espécie de milagre, dado quanto tempo aquelas asas permaneceram sem voar sob sua pele. Ela não tem ideia se Josh sentiu a vibração entre eles. Definitivamente, um mau sinal. Ela está cansada de não saber o que um homem sente por ela. Ela tem que saber.

O tecido cicatricial nunca é tão flexível quanto o que substitui. Como eu disse antes, você não chega a outra cidade e se torna uma pessoa completamente nova. Eles vêm com você: os hábitos, os pensamentos recorrentes, os medos; toda essa bagagem vem para o passeio. Ontem à noite, com Josh, pouco antes de eles se beijarem, Ruby sentiu o asfalto se inclinar embaixo dela. Durou no máximo um segundo, mas foi o suficiente para sentir que o mundo estava se abrindo e, enfim, mudando. Ela tinha aberto os braços e girado, o rosto voltado para a chuva. Um gesto que ela viu em cem filmes, em cem momentos como esse, e Josh riu, agarrou seu braço para mantê-la firme, mas de fato, naquele momento, ela queria ficar tonta.

(Nós duas tivemos revelações na noite passada.)

No entanto, não houve grandes gestos hoje. Apenas outra mensagem inofensiva de Ash — "Ei, você tá acordada?" — que ela ignorou até então. Ela não quer contar a ele sobre o nome que não consegue parar de dizer em voz alta (e *não pode* contar a ele sobre Josh, embora eu desejasse que ela o fizesse).

Se você pudesse ver Josh e Ruby de seus cantos separados enquanto esperam.

As pessoas guardam seus desejos em lugares diferentes. Para Josh, o anseio vive na ponta dos dedos, de modo que, quando tudo fica muito intenso, ele esfrega o polegar e o indicador juntos para aliviar a dor pulsante ou estende as mãos, estala os nós dos dedos e os movimenta. Seja buscando mulheres ou palavras, as mãos de Josh entregam seu desejo. Para Ruby, o desejo reside bem no fundo de seus braços, e é uma sensação densa da qual tenta se livrar, um desconforto que tenta sacudir. Nenhum dos dois realmente aprendeu a viver com esse tipo de intensidade, a permiti-lo. Sentir desejo é persegui-lo ou fugir dele, nada no meio-termo.

Ruby não sabe que Josh andou agitando os dedos, a procurando, o dia todo.

A mensagem dele chega enquanto ela está sentada com os braços cruzados em uma varanda perto da sua lavanderia local, esperando o ciclo de secagem terminar.

O zumbido de seu celular a faz pular, embora ela tenha ficado atenta a ele o dia todo.

> Ruby. Obrigado por ontem à noite. Eu me diverti muito, embora o final tenha sido um pouco inesperado. Sinto que há algo que eu deveria ter te contado quando o assunto surgiu, então eu queria esclarecer as coisas. Eu ainda sou casado. Separado. Mas tecnicamente casado. Se você estiver livre esta noite, talvez a gente possa conversar sobre isso pessoalmente?

Ruby deixa cair o celular; ele cai no pavimento com um estrondo. Nem eu esperava por isso.

19

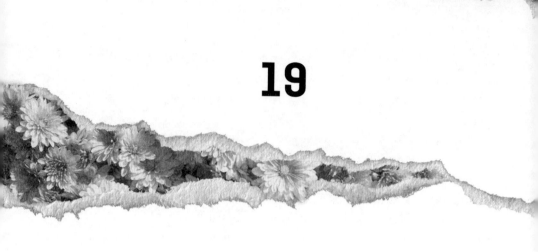

$\mathcal{E}$is o que acontece quando eles sabem quem você é. Muda. *Tudo* muda. Eles começam a cavar a vida. Porque a "Garota Morta" precisa de um atrativo ainda maior para manter as pessoas interessadas. O fato é que sua perda nunca será o suficiente, então as pessoas vasculham meu passado, peneiram meus ossos, os repórteres e editores de notícias que não recebem esse tipo de mimo o bastante, o choque e a tragédia de lindas garotas mortas.

Facilitei algumas coisas para esses contadores de histórias. Sem mãe (suicídio!), sem pai (*quem* é ele?), e as inúmeras histórias de cidade pequena para as pessoas se deleitarem. Pessoas pitorescas que frequentaram a mesma escola que eu mantêm o fluxo contínuo das teorias sobre a causa da minha morte. Mas a maioria das pistas é uma decepção, um beco sem saída, não importa o quão profunda seja a busca. Boa aluna. Sem ficha criminal. Nenhum namorado sério, até onde as pessoas sabiam. Nem um único escândalo meu, até...

O SR. JACKSON ESTÁ SENTADO EM SEU ESTÚDIO, ESPERANDO A BATIDA na porta. Dedos sujos de carvão se retorcendo, um pacote de fotos viradas para baixo em uma caixa trancada, escondida no armário. Sabendo que não pode jogar as fotos fora, perpetuamente contemplando enterrá-las ou incendiá-las, mas nunca sendo capaz de destruí-las. Ele não olhou para uma única foto minha desde o dia em que fui embora, quando voltou para casa e a encontrou vazia. Mais calmo, mente limpa, ele foi de cômodo em cômodo, procurando por mim, com a intenção de se desculpar. De dizer que não importava agora. Que enfim poderíamos sair para o mundo juntos. Descobrindo que o dinheiro e a Leica de sua mãe sumiram. Suas terríveis palavras do início do dia, ecoando. Supondo que eu tivesse ido até o lago com Tammy. E sabendo que nunca recuperaríamos o que tínhamos.

Ele se sentou na cama e chorou ao perceber o que havia perdido. Assim como soluçou de novo em um dia, cerca de dois meses depois, quando meu nome iluminou todas as telas de televisão e computadores da cidade. *Garota local, Alice Lee. Brutalmente assassinada em Nova York*. Não podendo mais fingir que eu apenas parei de ligar, não sendo mais capaz de esconder a verdade de si mesmo, ele enfim se permitiu imaginar um estranho arranhando minha pele, o viu me quebrando e me deixando lá nas pedras. Para outra pessoa encontrar.

O Sr. Jackson. Não é a única pessoa a mergulhar na lama da minha vida, mas a única a conhecer a suavidade da minha pele, a ternura da minha carne, a maneira como eu me dissolvia feito neve.

Ele tem certeza de que nunca mais verá essas fotos. Nunca revisitará a honestidade, a beleza que ele preservou de maneira impensada. Mas ele também sabe que elas são uma bomba-relógio, um catálogo de seus erros. Assim como sabe que, inevitavelmente, a batida na porta chegará.

Ainda assim, quando eles aparecem em sua porta em seus uniformes azul-escuros, segurando seus pequenos blocos e com as armas na cintura, ele está despreparado. Ele se senta naquele pequeno sofá, forrado de lençol, tremendo. *Só algumas perguntas. Não é um suspeito. Pode ser capaz de ajudar na investigação. Se pudéssemos apenas...*

E a detetive. Os olhos dela observando os livros nas caixas, as pinturas, o enrolar do seu corpo.

— Afinal, o que ela estava fazendo aqui com você?

As mentiras saem com facilidade. Ela era uma jovem problemática. Ela não tinha outro lugar para ir. Ela precisava de um lugar para dormir, algum abrigo por algumas semanas. Ela tinha sido uma boa aluna; ele lhe mostrou algum cuidado. Talvez ela tenha contado uma ou duas histórias para a amiga dela, Tammy, tentando fazer com que parecesse mais emocionante.

— Esse tipo de coisa pode acontecer com as adolescentes, certo?

Eles deveriam saber que a própria Tammy era um pouco problemática e não importa o que ela possa ter dito, ele nunca tocou em Alice. Ela era apenas uma pobre menina em uma situação difícil a quem ele estava tentando ajudar. Ele simplesmente queria ajudá-la no percurso dela.

Não pode ser culpa dele nunca ter imaginado onde ela pararia.

RUBY COMEÇA A CORRER NOVAMENTE. A MENSAGEM DE JOSH, LOGO quando ela estava tateando em direção a ele, a fez rodopiar. Pela primeira vez, considera o que deveria ter dito a Ash anos atrás, quando ele disse que estava noivo. Vê uma versão diferente de si mesma em que foi para casa sozinha, depois do primeiro drinque com ele, lamentando o momento e as oportunidades perdidas, outro *quase* em sua vida. E se ela fosse aquela mulher em vez dessa? Uma forte o suficiente para ir embora, não importa quão intensa seja a atração? Ela não se sente necessariamente bem ao ignorar as mensagens de Josh, em bloqueá-lo, mas sabe que esse desconforto temporário não é nada comparado à dor em seu futuro se ela se apaixonar por outro homem que não consegue se decidir. Além disso, ele mentiu para ela, não foi? Quando ela disse que o divórcio era uma espécie de morte. Esse foi o momento que ele deveria ter lhe contado a verdade. Esse foi o momento que ele deveria ter dito que, tecnicamente, ainda era casado, porque omissão também é mentira; ela sabe muito bem disso.

Ela está com raiva de Josh por ter sido desonesto, quando pensou que havia encontrado alguém que valorizava a verdade. Isso a deixou chateada com Lennie e Sue também. Ela tem certeza de que as duas sabiam que ele ainda era casado. Deveriam ter lhe contado isso, já que Sue logo compartilhou os fatos do próprio divórcio dela e Lennie falava sobre romance o tempo todo. Como é possível que a *esposa* de Josh nunca tenha entrado em uma conversa, nem uma vez? Nos momentos mais calmos, Ruby sabe que não está sendo razoável, que separação não é o mesmo que casamento. Mas também não é, exatamente, um final, então, ela se permite sentir a dor da traição, decide que não quer ter nada a ver com nenhum deles agora. Não são apenas as mensagens de Josh que ela deixa sem resposta com o passar da semana.

Quando Ruby está à deriva, eu estou à deriva. Nos dias após sabermos sobre Josh, voltamos a vagar pelas ruas desta cidade, sem ir ou vir de algum lugar. Ela considera voltar para Melbourne. Eu nem sei mais onde é a minha casa. Bem quando acho que descobri, o jogo muda novamente. Achei que assim que tivesse meu nome de volta, uma vez que as ondas parassem de quebrar ao meu redor, eu saberia o que fazer. Talvez até descobrisse para onde vão as outras garotas.

Mas aqui estou eu, ainda invisível. *Quem matou Alice Lee?* Não é realmente uma pergunta sobre mim, é? Mas é a única que as pessoas parecem perguntar.

De qualquer forma, sem o Clube da Morte como bússola, parece que acabamos de volta ao ponto de partida. Uma mulher solitária e uma garota morta e solitária juntas em Nova York. Ruby Jones e Alice Lee. Presas em nosso cabo de guerra entre os vivos e os mortos.

ELA NUNCA MAIS VOLTOU PARA O RIO. ELA EVITOU O PARQUE DESDE a manhã do meu assassinato. Não vai nem caminhar pela Riverside Drive, ali acima do rio Hudson, mesmo com a promessa do verão tirando as pessoas de suas casas caras, descongelando-as, para que as ruas, os campos e as pistas de corrida nunca fiquem vazios nesses dias, pelo menos não até escurecer. Ruby voltou às rochas mil vezes em sua cabeça, se debruçou sobre as fotos da cena do crime, de modo que elas são como um mapa em sua mente, mas sempre que seus pés se voltam para o parque, algo nela se rebela e a empurra para trás. Ela gostaria de poder conversar com Lennie e Sue sobre isso. Ou, melhor ainda, com Josh, que uma vez lhe disse que teve que se forçar a voltar ao local do acidente de bicicleta e como levou semanas para criar coragem. E também como, quando enfim chegou lá, logo descobriu que não conseguia reconhecer nada. Ele se sentou no que poderia ser o lugar totalmente errado, seu sangue ensopado no solo ao redor de alguma outra árvore, e percebeu como seu acidente tinha sido sem importância no grande esquema das coisas.

— Não é como se o lugar se lembrasse de você — ele havia falado para Ruby, balançando a cabeça.

Se eles ainda estivessem conversando, Josh poderia ter descido até o rio com ela, poderia ter segurado sua mão e lhe assegurado isso; mas, agora, Ruby interrompe sua linha de raciocínio. Josh não é o homem que ela pensava que ele fosse. Eles tiveram um interlúdio e agora acabou, e ela precisa ser mais cuidadosa com seu julgamento de agora em diante. Parar de entregar seu coração tão rápido.

(Por que as pessoas, as boas, sempre parecem culpar a si mesmas quando alguém as engana? Parece que, quando isso acontece, os bandidos escapam impunes com mais do que apenas seus crimes óbvios.)

Talvez seja esse isolamento atual, logo depois que ela pensou ter encontrado seu grupo. Talvez seja uma maneira de expulsar Josh de sua cabeça, de pensar em outra coisa hoje. Ou talvez fosse apenas uma questão de tempo, uma inevitabilidade. Seja o que for, nesta terça-feira, no final de maio, seis semanas depois do meu assassinato, Ruby se encontra de volta ao Riverside Park, a área agora fervilhando de gente, corredores, ciclistas e patinadores passando por placas em postes de metal que exibem anúncios dos filmes do final da tarde e das aulas de ioga ao nascer do sol que começarão em breve.

(Eu teria adorado esse lugar no verão.)

Nesse dia ensolarado, enquanto Ruby corta os níveis superiores do parque e desce para o calçadão, suas lembranças daquela manhã tempestuosa bem cedo parecem mais um filme do que uma memória. Túneis úmidos e becos sem saída foram substituídos por árvores salpicadas, famílias passeando, cães nas coleiras. Seguindo o rio, a trilha de corrida se parece com uma rodovia hoje, as pessoas se movendo rápido e devagar, para a frente e para trás. Parece inconcebível para Ruby que ela já tenha estado ali sozinha. Sua cabeça se move para a esquerda e para a direita, captando cada placa pela qual passa. Nada parece familiar à luz do sol; é como se ela nunca tivesse estado ali antes.

Não é como se o lugar se lembrasse de você.

Na manhã em que Ruby me encontrou, o parque a pressionou, a oprimiu. Agora, tudo estava brilhante demais. Água descendo em direção a Nova Jersey à direita, campos esportivos e escadas à esquerda. O parque é aberto e extenso, um cartão-postal perfeito. Apenas quando Ruby chega ao lugar exato, apenas quando se inclina e coloca as mãos na grade de metal, assim como fez naquela manhã, seis semanas atrás, que seu corpo protesta. Lembrando-a, em uma onda de adrenalina e aperto do coração, que não há nenhum filme em sua mente. Olhando para a água, ela instantaneamente está de volta à realidade do que aconteceu ali. O céu sendo cortado pelos relâmpagos e os carros passando, zunindo acima, a chuva a encharca, o aguaceiro em seus olhos, e há uma garota de bruços na beira da água, sem se levantar, sem se virar quando Ruby chama por ela. Ela se lembra do corpo sendo levantado, carregado por baixo do caminho; se lembra do sangue vermelho brilhante e da palidez das pernas nuas. Sirenes piscando, as cores ofuscantes atrás de seus olhos, uma coberta prateada enrolada em ombros trêmulos. Homens com luvas, procurando algo. Em algum lugar entre essas imagens mentais, Josh aparece de repente e Ash também, tão confuso e desorientador para seus sentidos quanto se lembrar de ter encontrado o corpo de Alice Lee.

Ruby está tentando respirar através dessas memórias confusas quando um homem chega ao lado dela e oferece um sorriso amigável.

— Belo lugar aqui embaixo, não é? — ele fala, tão alto e com ombros largos que, por um segundo, bloqueia o sol.

— Eu… — Ruby pisca para a vastidão dele. Ele está usando uma bermuda elegante, uma camisa polo e cheira a algo amadeirado, caro. Seus olhos são azuis brilhantes, reluzentes, e se este lugar não é nada bonito, se é o lugar em que Ruby encontrou o corpo de Alice Lee, pelo menos esse homem é limpo, fresco, separado do horror. Pode ser bom esquecer por um momento, ela pensa, quase em desespero. Ignorar o que ela sabe sobre este lugar.

Ruby se afasta do rio para encará-lo, se afasta de Josh, de Ash. De mim. (Eu deveria saber que, em algum momento, ela faria isso.)

— É bem especial, sim — ela responde ao homem de olhos azuis.

— Uau! Que sotaque é esse? — ele retruca, se aproximando mais.

Ruby tenta ampliar seu sorriso.

— Sou australiana. Acho que ainda não peguei o sotaque nova-iorquino.

E então começa. Ele pergunta há quanto tempo ela está na cidade, diz que mora na vizinhança. Pergunta se ela gosta dessa parte da cidade. Enquanto conversam, Ruby percebe que o homem tem boa aparência, desde sua pele bronzeada e olhos brilhantes até as discretas marcas de estilistas costuradas por toda parte, de sua camisa aos seus sapatos. Também tem esses dentes americanos retos. Vestida com seu uniforme de corrida surrado, ela não deixa passar a maneira como ele olha para seu corpo entre as frases, avaliando-a também.

— Não estou incomodando você, estou? — pergunta em um momento da conversa.

— Não, de maneira nenhuma — ela responde e quase acredita. — É bom ter alguém com quem conversar.

— Então, quer tomar um café comigo? — ele oferece. — Sempre pensei em visitar a Austrália e adoraria fazer algumas perguntas.

Se Ruby sentiu o coração disparar de cautela, isso se perdeu no desejo de esquecer onde estava e o que sabia.

— Claro. Seria legal — ela responde e, antes que perceba, está seguindo o homem até a varanda lotada de um pequeno café, tomando o assento que ele lhe oferece. O nome dele é Tom. Ele conta que trabalha com finanças — "Sim, lá em Wall Street!" — e seu estilo de conversa é alegre, impetuoso, de modo que ela só precisa acenar com a cabeça para o comentário dele ou responder às suas perguntas diretamente, em vez de inventar algo novo ou interessante para dizer. Enquanto Tom tagarela dessa forma, Ruby descobre que seus pensamentos estão indo para o Clube da Morte, sentindo falta da maneira como seus novos amigos ouviam e falavam. Há tanta coisa que ela poderia dizer a eles, especialmente depois de voltar ao parque hoje. Já se passou uma semana desde que ela soube de Josh. No início, eles enviaram mensagens sobre o próximo encontro, às quais ela não respondeu. Depois, individuais. E, agora, as mensagens não respondidas pararam de chegar, e Ruby não sabe como ultrapassar essa divisão recém-criada. Ela teme que algo tenha sido irremediavelmente perdido na distância que a revelação de Josh abriu entre eles.

Ela está bebendo seu café com leite, tentando tirar o Clube da Morte de sua cabeça de uma vez por todas, quando Tom pousa a xícara de café e olha para a água, parecendo analisar algo antes de falar.

— Ruby, uma garota foi assassinada aqui no parque. Apenas algumas semanas atrás, em abril. Você sabia?

Ruby sente suas bochechas ficarem quentes.

— Sim, eu sabia.

Tom ainda está olhando para longe, seus olhos semicerrados por causa do sol.

— Uma coisa tão terrível. E geralmente é tão seguro por aqui. Só estou falando isso porque você disse que está aqui em Nova York por conta própria.

Ele se vira, olha nos olhos dela.

— Como uma mulher sozinha, você precisa ter cuidado, Ruby.

(Eles querem que você seja grata. Quando mostram cuidado dessa forma. Ruby entende e se irrita com a preocupação desse homem, não importa o quão bem-intencionado ela pensa que ele possa ser.)

— Sou cuidadosa o suficiente, Tom — ela replica, seu sorriso parando no meio do caminho. — Na verdade, a maioria das mulheres é. Acho que Alice também estava tentando ser cuidadosa.

— Eu não diria que ficar sozinha em um parque da cidade no escuro é ser cuidadosa — Tom responde, uma entonação em sua voz como se Ruby o tivesse ofendido, mas então ele suspira e balança a cabeça. — Desculpe. O que eu poderia saber sobre essas coisas? Sobre como é ser mulher. É só... eu tenho irmãs, sobrinhas. E me sinto mal pensando em algo assim acontecendo com elas. De qualquer forma... — Tom balança a cabeça novamente, como se estivesse reorganizando os pensamentos —, que conversa terrível para se ter em um dia tão bonito. Conte mais sobre por que você decidiu vir para cá. Como eu disse, sempre quis ir para a Austrália. Acho que para Sydney primeiro, então...

E, simples assim, ele está de volta ao lado ensolarado da conversa.

Para Ruby, no entanto, o encanto foi quebrado. Ele sabe sobre o assassinato. Não havia como não saber, já que ainda está em todos os noticiários. Ela tinha pensado, esperado escapar desse assunto ainda que fosse por uma hora; mas o que ela esperava acontecer descendo até o rio? Ela se repreende pelo otimismo, ao mesmo tempo que sente aquela sensação de formigamento voltar. Tom, tão leve e alegre momentos antes, agora se instala em sua pele como uma irritação. Como ele pode ser tão alegre, tão indiferente às coisas que acontecem ao redor, ela se pergunta. Ele nem percebeu a mudança no humor dela.

Ruby sabe que está sendo injusta. Entende que não deveria se ressentir da falta de complicações desse homem alegre, mas a ausência de seus amigos do Clube da Morte parece ainda mais forte, conforme ele começa a contar outra história simplista sobre a vez em que conheceu Mel Gibson em um bar no centro da cidade.

— Um camarada incrível — Tom está dizendo, imitando mal um sotaque australiano, e Ruby força um sorriso, mas só consegue pensar em se desculpar e fugir dessa tentativa fracassada de normalidade o mais rápido que puder. Lá em Melbourne, eles costumavam dizer que poderia haver quatro estações em um dia, as temperaturas caindo, o sol dando lugar ao granizo, sem aviso prévio. Ela pensa agora que se tornou o clima.

Seu alívio vem quando o celular de Tom, virado para baixo sobre a mesa, toca.

—Vou precisar atender — ele diz.

— Por favor, vá em frente — Ruby concorda. — Eu preciso ir, de qualquer maneira.

Tom parece desapontado, mas não faz nenhum esforço para impedi-la quando ela empurra a cadeira para trás e se levanta.

— Acho que perdi a noção do tempo.

— Bem, fico muito feliz com isso — responde Tom, antes de dispensar o dinheiro que ela tenta colocar na mesa. — De jeito nenhum, Ruby. Um cavalheiro sempre paga. Embora talvez da próxima vez que nos encontrarmos no parque, você me deixe pagar uma bebida de verdade.

A sugestão é brincalhona, implícita. Ele quer vê-la novamente. Ruby sente algo apertar em seu peito. O peso, ela pensará mais tarde, de ser desejada pelo homem errado. Por enquanto, ela abre o seu sorriso experiente e pega a mão de Tom, oferecida a ela sobre a mesa.

Dedos fortes e quentes envolvem os dela, apertando firme.

— Até a próxima. — Tom pressiona a mão dela uma última vez antes de soltá-la. — E digo com sinceridade. Tome cuidado, Ruby. Não é tão seguro lá fora quanto parece.

Ele olha para ela uma vez depois que se separam, se vira e acena de forma exagerada antes de subir um lance de escadas de dois em dois degraus, para fora do parque e para longe. Em vez de ir para casa, Ruby se viu caminhando de volta para a água, seguindo o caminho sinuoso até chegar à pequena curva do rio novamente, a água batendo nas pedras.

Abaixando a cabeça contra a grade de metal, Ruby se esforça para não chorar.

Uma garota foi assassinada ali no parque. Apenas algumas semanas atrás. Eu sei, porque fui eu que a encontrei.

Isso é o que Ruby poderia e deveria ter dito. Ela deveria ter contado a Tom a verdade sobre esse *belo lugar* perto do rio.

Mas para onde você vai a partir daí?

ELA NÃO É A ÚNICA QUE TEM EVITADO A CENA DO CRIME ATÉ AGORA. O cabo de guerra para Ruby todas essas semanas, o chegar ao limite das coisas e depois recuar, era eu. Eu mantive minhas mãos em seu peito, empurrando com força sempre que o rio chamava. Porque sei como isso também o chama. Vejo o rastro de sangue que ele segue, posso escutar a adrenalina em seus ouvidos. Ele é cuidadoso, é claro. Tem todos os motivos para estar no parque toda vez que volta para as rochas, nada diferente de qualquer outro homem de West Side. Afinal, esse é o quintal dele. Um lugar que ele conhece.

Diria que venho aqui quase todos os dias, é como ele responderia, se alguém perguntasse.

A verdade é que eu não estava apenas escondendo Ruby dele. Quando ele vem aqui, quando se levanta e olha para a água, posso sentir seu prazer, o expandir do seu peito, o formigar na ponta dos dedos. Ele festeja a dor que causou, morde como se estivesse arrancando a carne de um osso, saboreando aqueles últimos momentos terríveis da minha vida repetidamente. Isso costumava me oprimir.

Mas posso vê-lo melhor agora, esse homem. Eu não me afasto mais do mundo que ele criou. Vou ficar perto, enquanto espero por outra chance de pressionar, de avançar. Minha raiva queimou forte e rápida naquela noite em que meu nome foi dito em voz alta. Foi uma chama breve e bela. Mas terei essa segunda chance, sei disso.

Para fazê-lo sentir o peso dos meus restos.

JOSH DEIXOU ALGO DE FORA DA HISTÓRIA QUANDO CONTOU A RUBY sobre o retorno ao local do acidente. Procurando a raiz da árvore que derrubou sua bicicleta, procurando alguma lembrança de sua dor, e não encontrando nada como ele se recordava. Só depois de ter desistido de sua busca, de ter aceitado a imparcialidade dos troncos, das pedras e da terra, ele viu, brilhando sob um ninho de folhas podres. O mostrador de seu relógio rachado em cem lugares, os ponteiros dobrados e parados, um em cima do outro. Quando seu corpo atingiu o solo, o impacto deve tê-lo desalojado de seu pulso, fazendo o pequeno disco voar. Pegando o que restou, examinando os danos, Josh sentiu um estranho tipo de alívio. Ele estava procurando uma prova. Algo para validar como o seu mundo havia sido totalmente reorganizado — e, agora, lá estava, em forma de concha, na palma da sua mão. Perdido nas semanas após o acidente, ignorado por qualquer pessoa que não visse o seu significado.

Veja, a verdade nem sempre se anuncia em voz alta. Às vezes, é pequena o suficiente para caber na palma da sua mão.

Se você sabe o que está procurando.

ÀS VEZES, QUANDO RUBY ESTÁ NO RIO, VENHO ME SENTAR COM LENNIE no necrotério, observá-la enquanto cuida de seus mortos. A maioria daqueles por quem é responsável já abandonou o corpo há muito tempo, mas, ocasionalmente, posso ver alguém pairando, acariciando com cuidado o braço de Lennie ou colocando os lábios na testa dela enquanto ela trabalha. Vejo os cabelos finos de seu braço se arrepiarem, sinto o seu couro cabeludo formigar quando isso acontece e, então, a pessoa vai embora. Suas garotas mortas também aparecem brevemente em outros lugares, seguindo-a para restaurantes ou ficando por perto, enquanto ela examina as vitrines de sua loja de roupas *vintage* favorita. Eu só vejo vislumbres, lampejos, mas agora sei que o que Lennie pensa ser a sua falta de jeito terminal, os tropeções e copos derrubados, são apenas as mulheres que a amam chegando, por acidente, perto demais.

De volta ao necrotério, também estive lá nas salas de exibição privativas, observando familiares e amigos sentados com o corpo de seus entes queridos. Observei como cada pessoa enlutada traz seu amor, memória e dor para a sala, vi a forma como tudo se mistura antes de correr em um fluxo de cores. Ver essa dor de perto é olhar para a luz passando por um prisma, como um arco-íris, só que muito mais brilhante. É a coisa mais gloriosa, esse arco de lembrança, como se o início e o fim de uma pessoa fossem sempre luz.

Os vivos não podem ver isso, é claro. Eles ficam ocupados com seja lá o que for que os levante do chão. Logo, a dor é substituída por outras emoções. Raiva, desespero, descrença, resignação; todas as ferramentas necessárias para sobreviver. Mas essa primeira mistura de cores, essa fusão de tristeza, ilumina a sala. Ilumina os mortos e nos lembra de que não seremos esquecidos; temos que deixar nossas luzes para trás.

Assistindo a esses momentos privados e pungentes se desenrolarem, eu também entendo outra coisa. Importa *quem* se lembra de você. As pessoas que me conheceram permanecem distantes umas das outras, cada uma carrega consigo suas próprias memórias não compartilhadas da Alice Lee, como se eu fosse muitas coisas, ou nada, dependendo de para quem você perguntasse. Ruby tentou juntar todas essas peças, me colocar em foco, mas ela só pode ir até certo ponto com a resistência deles e uma garota morta como guia.

Talvez seja por isso que eu ainda esteja naquele cabo de guerra entre os vivos e os mortos. Porque não estou menos despedaçada do que quando Ruby me encontrou lá embaixo nas rochas.

ELES ESTÃO DESCOBRINDO *ALGUMAS* COISAS. JUNTANDO AS PEÇAS DA história de uma garota chamada Alice Lee da melhor maneira possível. Mas ainda existem tantas lacunas. O que eles diriam sobre mim se eu preenchesse algumas delas para eles?

Ela já posou para fotos pornográficas.

Ela teve um caso com seu professor do ensino médio.

Ela deixou o velho com quem vivia comprar coisas para ela.

Ou isto: ela não conseguiu dormir depois de ligar para o Sr. Jackson uma última vez, levantou-se às cinco da manhã e saiu cambaleando para a chuva mais forte e bonita que já tinha visto. Fechou o zíper de sua parca roxa, a câmera enfiada sob a jaqueta, pressionada contra o peito.

Pensando nos portfólios, na matrícula escolar e em como a vida era muito parecida com essa tempestade, levando embora as coisas ruins, e algumas das coisas boas também, mas tudo bem, porque havia tantas coisas boas por vir. E então algum homem, um homem com sua série de dias ruins e manhãs decepcionantes, se aproximou dela enquanto ela tentava tirar fotos da tempestade, e ficou com raiva quando ela não olhou para cima, não lhe deu atenção. Ele a observou tirar aquelas fotos do rio e da chuva e sentiu todos aqueles dias ruins crescendo dentro dele como um balão, até que aliviou a pressão pelos punhos, através dos dedos, caindo com força no corpo dessa jovem. Perfurando-a como se fosse ela quem precisasse ser esvaziada. Ele estava com raiva porque ela não sorriu. Zangado com a dispensa dela. Quando o cigarro dele apagou, quando perguntou se tinha um isqueiro, ela balançou a cabeça em negativa, ele disse que ela estava sendo rude, e não foi apenas o céu que caiu em fúria quando ele a atacou com sua justa indignação.

Tanta autopreservação todos esses anos e acabei exposta por um homem que estava com raiva da chama de seu cigarro se apagando.

Então, ele pegou a dela.

Ele a sacudiu, os punhos na carne, lutando, cotovelos empurrando. A fração de segundo em que ela teve uma chance e, então, ela caiu, batendo nas pedras e na terra. E ele se elevou sobre ela, gostando de como isso o fazia se sentir grande, enquanto esmagava a lente da câmera em sua testa, de novo e de novo. Enojado no mesmo instante com a bagunça do rosto dela, ele colocou as mãos em torno de sua garganta magra e úmida. Descobriu que ele poderia destruir toda a cidade que era essa jovem, tudo o que ela havia sido e ainda seria. Os escombros de uma vida e ele era a bomba explodindo. Parecia, enquanto ele abria o zíper das calças *jeans*, virava a cabeça dela para que ele não tivesse que olhar para a inconveniência diante dele, que ele era o homem mais poderoso do mundo. Que tudo era seu para ser levado.

Ele nunca conseguiu aquela chama para seu cigarro fumado pela metade. Teve que esperar até chegar à sua casa, vasculhando tigelas de todos os tipos, procurando fósforos, com cuidado e em silêncio. A tempestade se intensificando, a calcinha ensanguentada de uma garota enfiada em seu bolso, o resto de seus pertences recolhidos como presentes.

Ela deveria ter sido mais legal com ele. Ele estava apenas pedindo uma chama. Mais tarde, naquela manhã, enquanto ouvia a chuva e as sirenes tocando, com seus dedos trêmulos em direção a elas, com certeza pareceu-lhe que o prazer calmante de um cigarro poderia ter retardado um pouco as coisas. Se ela tivesse sorrido, tentado ser gentil, ele poderia até ter dado a ela a chance de dizer sim aos avanços dele.

(Este é o mundo que ele criou. Estou pronta para contar um pouco mais agora. Fique comigo enquanto olhamos mais de perto. Mas não acredite em nada que ele diz sobre mim.)

20

Noah observa o grupo uniformizado se espalhar pelo apartamento, avalia a elegância de seus movimentos, a certeza do propósito deles. A maneira como cada membro da unidade de investigação se levanta, espana e se ajoelha habilmente. Sozinhos e todos juntos, uma única pergunta em busca de uma resposta. Para Noah, observando de sua poltrona, parece um balé complexo e belo. Franklin se senta, pesaroso, aos seus pés, inseguro desses estranhos ocupados que não sorriem para ele, nem para seu humano. Todos eles negligenciando a jovem na sala, assistindo de sua cadeira ao piano.

Noah foi à polícia assim que divulgaram meu nome. Disse que poderia ter detalhes nos quais eles estariam interessados. Ofereceu seu apartamento — "Não há necessidade de mandado" — e consentiu com os exames de sangue e com cotonetes, descartando qualquer oferta de café ou condolências. Ele estava lá para uma coisa e apenas uma. Para ajudá-los a encontrar o homem que machucou Alice Lee.

Noah ainda não gosta de pensar em mim como morta.

Quando eu desapareci no mesmo dia em que encontraram o corpo de uma jovem no Riverside Park, ele se recusou a pensar que qualquer coisa poderia ter, ou tivesse, acontecido comigo. Naquele primeiro dia, ele se afastou das sirenes e das histórias, cancelou todos os seus compromissos de babá de cachorro e sentou-se na sala de estar com Franklin, esperando que eu voltasse para casa. Eles ficaram sentados lá, juntos, enquanto as horas passavam, assistindo à chuva bater contra as janelas, e ainda estavam lá na manhã seguinte, esse homem e seu cachorro, prestando atenção na porta da frente.

Quando os dias se passaram e aquela porta nunca se abriu, algo em Noah se fechou. Era mais fácil para ele acreditar que eu tinha ficado inquieta e seguido em frente do que conviver com a possibilidade de que aquelas coisas no noticiário, aquelas coisas terríveis, tivessem acontecido com sua Pequena Joan. Pela primeira vez na vida, ele escolheu desviar o olhar dos fatos, algo que eu nunca teria imaginado. Não de Noah, que me ensinou sobre nebulosas e estrelas. Não da pessoa que sempre sabia como as coisas funcionavam. Quando ele se fechou assim, eu não entendi o que significava. Pensei que ele tivesse me afastado porque não se importava. Afinal, ele não foi o primeiro a me deixar.

Agora vejo que ele se importava tanto que sabia que a verdade o quebraria.

Ele deveria ter ido à polícia antes. Deveria ter aceitado que já sabia, no fundo do seu coração, qual era a verdade. Mas saiba sobre o meu Noah, por favor. Ele não estava pensando em sua própria segurança quando ficou longe. Ele estava sempre pensando em mim.

Talvez eu também devesse ter entendido isso antes. Que ele nunca seria como os outros homens em minha vida. Que eu estava certa em acreditar na bondade de estranhos. Minha falta de fé ajudou a nos manter separados depois que morri, mas estou aqui com ele agora. Observando-o, enquanto aqueles investigadores examinam minha pilha de notas "T devo 1", tirando os *post-its* da porta da geladeira, lendo-os um por um, todas as pequenas promessas que deixei para trás. Uma única nota azul cai no chão e um jovem oficial se curva para pegá-la. "Coisa de garotas" está escrito com um rosto sorridente e mal desenhado no lugar do ponto final. "9,87 *dólares*. Recorrente." Noah não consegue ler a nota de onde está sentado, mas pode ver o oficial fazer uma pausa, olhar para o teto, o pequeno pedaço de papel pressionado contra o peito. Noah já sabe o que cada um desses "T devo 1" diz, memorizou todas as boas intenções que deixei para trás e sente um aperto súbito e firme onde sabe que seu coração está. "Recorrente." A autora daquela nota achava que tinha meses e anos pela frente. Ela tinha planos.

— Pequena Joan — Noah fala baixinho, pegando o bilhete. — Engraçada, doce, rústica Alice, apaixonada por Nova York, como se a cidade fosse uma pessoa, e completamente ignorante de sua poesia.

"Este é o dó médio, Noah?"

Ele me ouve perguntar, naquela última noite que passamos juntos. Batendo na tecla do piano, enquanto ele balançava a cabeça nessa mesma poltrona, murmurou algo sobre quão barulhenta eu havia me tornado e eu franzi o nariz para ele, ri, batendo em tantas teclas quanto meus dedos podiam tocar.

"Por favor, pare!"

E agora ouve-se um som áspero e sibilante enchendo o apartamento, deslizando pelas paredes. Cessam o levantar, tirar o pó e ajoelhar-se, todos param o que estão fazendo, se direcionam para o barulho que emana da poltrona da sala. É o som de um homem desacostumado a chorar, enquanto soluços fortes e devastadores percorrem seu corpo pela primeira vez em sua vida. Franklin choraminga e empurra o nariz contra a perna de Noah, sabendo que algo ali está muito errado. Pergunta para mim por que não estou me mexendo da cadeira ao piano, por que não vou confortar os dois. O cachorro se vira de Noah e olha direto para mim, seus olhos cor de chocolate implorando. Eu empurro o dó médio, o mais forte que posso, e ele late.

Bom garoto, Franklin. Bom garoto, sussurro, mas não posso ser ouvida com o som dos soluços de Noah. Os investigadores se reúnem em torno dele, sua dança bem praticada interrompida pela crueza dessa dor. Tudo o que devo a esse homem está lacrado em sacos plásticos na mesa da cozinha atrás deles. A breve história da minha vida neste apartamento, nesta cidade, e a simples promessa dessa palavra.

Recorrente.

Como deixá-los saber que esse foi o lugar mais seguro em que eu já estive.

RUBY MANDA MENSAGENS PARA SEUS ANTIGOS COLEGAS, AQUELES QUE disseram que adorariam vê-la quando ela se acomodasse. Ambos respondem em minutos. *Estou livre duas semanas a partir de quinta-feira,* diz um.

Deixa eu ver se consigo remarcar a minha aula de spinning *no próximo domingo,* a outra escreve, e Ruby vira o celular, constrangida.

É assim que se morre sozinho, ela pensa.

Você não está sozinha, eu quero dizer.

Mas não acho que uma garota morta a fará se sentir melhor hoje.

ACHO QUE, AO MORAR COM O SR. JACKSON EM SEGREDO POR UM MÊS, me acostumei a passar despercebida pelas pessoas. Ou talvez tenham sido todos aqueles anos com a minha mãe, mudando de um lugar para outro. Oscilando pelas fendas de outra cidade, outro ir ou vir, adentrando em novas escolas ou grupos de amizade para não ser questionada quando eu chegasse, nem sentir falta deles quando eu partisse. Pensando nisso, acho que já havia aperfeiçoado a arte da invisibilidade e o Sr. Jackson apenas entendeu como seria fácil me manter escondida.

O problema é que, uma vez que se acostuma a passar despercebida, é fácil achar que ninguém mais pode ver você, como um cachorro com a cabeça debaixo do sofá que não entende que o rabo ainda está à vista (Gambit, o terrier ancião do Sr. Whitcomb, faz isso sempre que urina no chão por acidente). De cabeça baixa assim, você esquece que tem gente que passa a vida procurando garotas que sentem que não são vistas. Existem homens caçando ativamente essas mulheres, eles podem identificá-las a um quilômetro de distância e sabem, exatamente, o que fazer quando as encontram.

Você se esquece. Ou talvez seja algo que Ruby nunca soube.

Que alguns homens estão em constante vigilância. Procurando garotas que ninguém mais pensará em procurar quando elas se forem.

ELA VOLTA AO PARQUE TODOS OS DIAS AGORA. SEM O CLUBE DA MORTE como guia, Ruby continua se sentindo perdida, alienada. Não a ajuda em nada que os verdadeiros fóruns do crime já tenham outro mistério no qual se fixar, uma garota chamada Beth que foi encontrada decapitada no Arizona — *Ding!*, soa o alarme —, e a mídia nacional também voltou sua atenção para a pobre garota. Filha de um vereador, Beth já revelou seus segredos (pelo menos alguns) melhor do que eu.

O que será necessário, Ruby se pergunta, para finalmente sentir que sabe o suficiente sobre mim?

Hoje em dia, quando ela desce para o rio, ainda arruma um tempo para dizer meu nome em voz alta. Uma ou duas vezes ela até pensa que vê Tom se aproximando, aquele homem grande com seu sorriso largo, e não consegue dizer se está aliviada ou desapontada quando nunca acaba sendo ele. O retorno da solidão fará isso com você. Deixará você confusa. Fará você se esquecer do que sabe sobre os homens e o desejo.

O que ela esquece, rio abaixo, perdida em pensamentos, é isto:

Se alguém realmente quiser você, sempre encontrará um jeito de tê-la por perto.

21

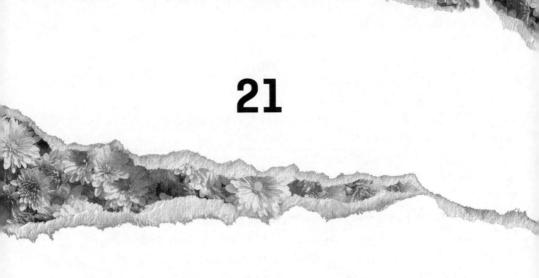

—Precisamos parar de esbarrar um no outro assim.

Ruby está no rio, o lugar para onde ela tem retornado dia após dia nesta semana, conforme maio dá lugar a junho. Às vezes, as pessoas param ao lado dela, olham para a água como ela, algumas até sorriem e dizem olá, mas, na maior parte do tempo, ela é deixada sozinha. O local do meu assassinato agora é uma espécie de capela, um refúgio para a mulher mais solitária da cidade de Nova York. É assim que ela se considera hoje em dia, envergonhada de sua autopiedade, mas confortável com ela também. Como se finalmente tivesse se dado permissão para sentir a dor que a impeliu para Nova York em primeiro lugar.

Ontem à noite, Ash perguntou se ela lhe enviaria uma foto. *Algo para me manter acordado*, ele pede em sua mensagem, e ela sabia exatamente o que ele queria dizer com isso. Isso parecia mais familiar do que seus recentes *"Como você está?"* e *"Adivinha o que fiz hoje"*, mas enquanto ela segurava a câmera do celular nesse e naquele ângulo, não conseguia se livrar da performance daquilo, do jeito que a fazia se sentir como uma atriz em sua própria vida. *Hoje não*, ela finalmente respondeu, antes de desligar as luzes, e foi a primeira vez na vida. Assim que o sol nasceu outra vez, ela caminhou de volta para o rio, tão longe de Ash quanto em qualquer outro lugar que já existiu.

É o mais próximo de mim que ela pode chegar.

Quando Tom aparece no parque hoje, ele coloca as mãos ao lado das dela na grade de metal, sua voz tão perto do ouvido dela que a faz pular.

Ela se vira para encará-lo, se firmando.

— Tom… Oi!

Talvez, na confusão de sua vida, no final das contas, Ruby esteja feliz em vê-lo novamente.

— Eu esperava encontrar você aqui — Tom confirma, com seu sorriso largo e confiante. — Estive pensando em você, australiana.

— Ah.

Ruby fica corada com a franqueza dele, com o espaço que ele imediatamente ocupa, estando tão perto dela, agindo para o mundo todo como se tivesse sido convidado a fazer isso.

— Bem, eu não encontro uma bela australiana todos os dias, não é? — ele acrescenta com uma piscadela.

Desta vez, ele com certeza está flertando com ela, e Ruby fica tentada a retribuir, mas se descobre incapaz de falar. Flertar de volta parece algo muito leve neste lugar pesado. Há também Ash para considerar. E Josh, a memória de seu beijo e de sua traição ainda ardia.

Ah, vão embora!, ela exclama a esses outros homens de sua vida, aqueles que povoam seus pensamentos e não aparecem quando ela precisa deles. A ausência desses homens a leva a dizer algo — qualquer coisa! — para esse homem que claramente gosta dela e que agora está olhando para ela com tanta atenção. Ela está prestes a responder à abertura dele quando uma gaivota grasna acima e um corredor, respirando com dificuldade, passa fazendo barulho pelo caminho, quase esbarrando nela.

— Ei, cuidado! — Tom grita em direção às costas do homem, colocando a mão no braço de Ruby para puxá-la para perto. — Um parque inteiro e aquele idiota tem que correr para cima da gente. Foda-se! *Vai se foder!*

Xingando o corredor em voz alta, os dedos de Tom apertam o antebraço de Ruby, até ficarem brancos contra a pele dela. É apenas uma breve pressão, antes de ele a soltar, mas a sensação persiste. Até quando Tom passa a mão pelos cabelos e balança a cabeça, Ruby pode sentir cada dedo descendo, a compressão de sua carne. Ela observa o corredor se afastar, tornar-se menos distinto, levando a súbita demonstração de raiva de Tom com ele. Um momento tão curto, com certeza mais imaginário do que real, dada a precisão com que ela está sintonizada com o perigo hoje em dia. Não há razão para seu coração começar a bater assim. Ela não pode deixar sua paranoia arruinar cada momento, cada encontro, ela tenta dizer a si mesma. Não quando Tom está apenas tentando cuidar dela. Não está?

Ruby tenta relaxar. As pessoas perdem a paciência todos os dias. Era provável que Tom só estivesse tentando impressioná-la, bancar o herói, com base no que ele disse sobre ser cuidadoso outro dia. Ela apenas se esqueceu do que é ter um homem a tratando bem.

De sua parte, Tom não parece ter notado a mudança no comportamento dela depois de tocá-la com tanta força, a maneira como ela se inclinou para fora de sua proximidade, esfregou os dedos no local onde os dele pousaram. Em vez disso, com o corredor ofensivo distante agora, Tom está sorrindo outra vez, seu rosto voltado para o sol.

— Outro dia lindo — ele comenta, de olhos fechados. — Que alívio, depois de toda aquela chuva!

Chuva caindo como um lençol. Sua respiração como um fantasma. Juncos amarelos ondulando na água. Ruby fisicamente sacode essas lembranças intrusivas.

— Isso com certeza dá uma mudada nas coisas — diz ela, virando o rosto para o céu, então eles estão do mesmo jeito agora, lado a lado, puxando o sol em direção à pele.

Depois de um tempo, Tom coloca a mão nas costas dela.

— Devo admitir que fiquei surpreso em encontrar você de volta nesta parte do parque, Ruby. Depois de lhe contar o que aconteceu aqui.

Ela poderia fazer uma piada. Ela poderia dizer a Tom que voltou a este local específico porque foi onde eles se conheceram. Poderia finalmente participar do jogo que ele parece querer que ela jogue. Em vez disso, Ruby decide contar a verdade:

— Eu encontrei o corpo, Tom. Eu encontrei Alice Lee.

— O quê? — Tom parece assustado e, depois, confuso. — O que você quer dizer?

— Desculpa. Sei que parece tão estranho, não é? Quer dizer, sou a corredora que encontrou o corpo dela. Sou eu.

A boca de Tom se abre por um segundo e então um olhar estranho cruza seu rosto. Suas feições parecem se endurecer enquanto ele encara Ruby, sua expressão repentinamente ansiosa.

— Com o que ela se parecia?

— Ahn?

Ruby pisca com a estranha pergunta de Tom, a fome mal disfarçada nela.

— Alice Lee. Com o que ela se parecia quando você a encontrou?

Ruby balança a cabeça para Tom e se afasta, movendo-se para o meio do caminho. Longe dos corrimões de metal, da água e do jeito que ele está olhando para ela. Essa não é a resposta que ela esperava de forma alguma. Está muito perto de sua reação exagerada quando aquele corredor passou por eles, muito longe de seu sorriso pronto e daquela conversa casual. Ela sente, de repente, como se tivesse cometido um erro. A largura do sorriso dele não era algo importante.

Ela se lembraria, se não estivesse tão chocada, de que se sentiu assim com ele antes. Isso, se nada mais, deve dar a ela permissão para encerrar a conversa, mas antes que possa responder, Tom está pegando seu braço novamente.

— Me perdoe, Ruby. Essa foi uma pergunta tão grosseira. O que eu quis dizer é, você está bem? Ouvi dizer que ela estava bem mal quando eles... Quando você a encontrou.

Quantas vezes as boas maneiras nos mantêm enraizados no local? Ficamos à beira do precipício, decidindo entre cair na confiança ou na aversão e nos lembramos de todo o nosso treinamento de uma vida inteira. A doutrina do *ser gentil*, o medo de ferir os sentimentos de alguém. Neste momento, Ruby quer se afastar do interesse lascivo de Tom, quer pedir a esse homem insistente para deixá-la em paz para sempre, mas não sabe como. Como muitas de nós, ela nunca aprendeu as palavras certas e, por isso, abre um pequeno sorriso, aceita o pedido de desculpas e deixa que a mão dele continue pousada em seu braço.

— Venha — ele pede agora. — Tome um vinho comigo. — Ele checa o relógio. — Já passa das onze. E eu diria que você merece uma bebida, depois do que passou.

Quando Ruby acena, aquiesce, sente como se alguém estivesse tentando mover sua cabeça para uma direção diferente. É uma sensação estranha, mas quando ela, mais uma vez, se senta de frente para Tom no café lotado, sua companhia pedindo duas taças de Pinot Grigio — "Confie em mim, você vai adorar essa safra" —, a sensação persiste. Como se cada movimento fosse de encontro a uma força a empurrando para o outro lado.

Você está sendo ridícula, ela se repreende em silêncio. *Muito cautelosa. Hipervigilante, como diria aquele médico especialista em TEPT de Boston. É o que acontece quando você não confia em ninguém, muito menos em si mesma. Sentada aqui com um homem bem legal, você acha que tudo é um aviso de fatalidade.*

E isso não é jeito de viver no mundo, a menos que você queira ficar sozinha para sempre.

Com esse pensamento, Ruby afasta sua resistência de maneira visível, embora Tom não perceba seu arrepio. Ela se concentra em coisas que são tangíveis, reais. O metal quente da mesa do café sob os dedos, o plástico liso da taça que Tom passa para ela, o vinho ácido que ela experimenta e depois toma um gole. Lenta e propositadamente, ela volta a si mesma.

— É bom, não é? — Tom pergunta, inclinando a própria bebida para ela, e, quando concorda, ela quase quer dizer isso. A partir daí, ele torna tudo mais fácil. Conta histórias, pede mais vinho sempre que a taça dela fica quase vazia. Elogia o sotaque, os olhos e a coragem dela de ter vindo para Nova York sozinha e se levanta da cadeira quando ela pede licença para ir ao banheiro, depois de alguns vinhos a mais. Quando ela volta para a mesa, há outro vinho esperando e um prato de queijo foi colocado entre eles.

— Estou claramente encontrando maneiras de manter você aqui por mais tempo — ele diz, enquanto ela se senta outra vez.

É sua quarta, talvez quinta, taça, e os membros de Ruby agora estão relaxados. A tensão enrolada em seu pescoço se foi. Ela considera que esta pode ser a Nova York que ela teria conhecido antes, se não tivesse saído para uma corrida naquela manhã fatídica. Uma Nova York descomplicada, onde ela pode tomar vinho em uma tarde de um dia de semana e se banhar da atenção de um belo estranho. Esta é a Nova York das comédias românticas e dos seriados de TV: a mulher ferida conhece um cara confiante, levanta a guarda, mas ele a conquista. Uma única lente em suas vidas livres de responsabilidade, enquanto as pessoas em segundo plano vão trabalhar e fazem coisas normais do dia a dia para manter a cidade funcionando. Extras que fazem o filme parecer vida real.

Ruby morde a borda de plástico da sua taça, pensando naquela lente. Ela reconhece agora que está bastante bêbada.

— Você fez uma cara interessante agora — Tom comenta. — No que você estava pensando, se não se importa que eu pergunte?

— Filmes — Ruby admite, bêbada demais para ser autoconsciente. — Em como a vida em Nova York parece um filme. Ou é um filme e eu só não sei.

— Interessante. Então, que tipo de filme seria esse? — Tom estende a mão por cima da mesa e cobre a mão dela com a dele. — Comédia? Mistério? Romance?

Ruby olha para a mão dele sobre a dela, percebe a mancha amarelada de nicotina de seu dedo indicador e, pela primeira vez, o círculo pálido na base de seu dedo anelar. Ela afasta a mão.

Tom flexiona os dedos na direção dela, vê o que ela viu. Trazendo o polegar e o indicador opostos para a sombra da aliança, ele esfrega a pele e suspira.

— Divorciado — ele explica, sem olhar para ela. — Só tirei minha aliança no inverno. Acho que essas coisas deixam uma marca.

Quando ele olha para cima, seus olhos azuis estão úmidos.

— Mas não vou deprimir você com o roteiro dessa comédia trágica em particular.

Ruby não sabe como responder. Permitindo-se, num breve momento, se imaginar embaixo desse homem, o aceno daqueles olhos azuis a puxando para dentro. Com a mesma rapidez, a imagem se transforma em membros emaranhados, toques desajeitados, despedidas embaraçosas. Todas as sobras do sexo sem desejo e ela se repreende em silêncio por ter até mesmo considerado isso uma opção. Os perigos da solidão, ela pensa, oferecendo a Tom o que ela espera ser um sorriso de sinalização para parar.

— Lamento ouvir isso, Tom. Rompimentos nunca são divertidos.

— Pelo que parece, você experimentou seu próprio drama recentemente — ele responde. — Encontrar aquela garota assassinada, Alice Lee. Isso deve ter sido assustador para você. Desculpa! — acrescenta, rápido. — Está claro que você não gosta de falar sobre isso. Eu apenas nunca me sentei de frente para alguém que encontrou um cadáver. E na minha própria vizinhança. E pensar — continua ele, sem parecer nada arrependido — que talvez eles nunca descubram quem fez isso. É o suficiente para manter qualquer um acordado à noite. Como essas pessoas conseguem escapar, especialmente depois do que dizem que ele fez a ela.

Ruby pensa em Josh, em suas estatísticas e suposições, a maneira como ela pôde falar com ele a noite toda sobre o assassinato, como ele sempre foi tão respeitoso com Alice e, de repente, ela se ressente desse homem diante dela. Recusa-se a oferecer Alice Lee a Tom do jeito que ele parece querer que ela faça. Ela percebe, com um segundo choque, que o vinho, o queijo, os elogios eram apenas uma forma de trazê-los de volta a isso. Outro homem fascinado por garotas mortas por todos os motivos errados. Perceber isso a deixa sóbria no mesmo instante.

— Eu tenho que ir — Ruby fala às pressas, seu desconforto se recusando a deixá-la sozinha dessa vez. — Está ficando tarde e eu tenho um compromisso em outro lugar.

—Você continua fugindo de mim —Tom replica, franzindo a testa, enquanto ela se levanta da mesa. — Posso pelo menos ter o seu número e levá-la para uma refeição adequada da próxima vez?

— Eu… — Ruby não sabe como responder. Sentindo, de repente, que foi encurralada em um canto em que ela própria se colocou. Ela está tentando dar uma resposta que não os envergonhe quando Tom também se levanta e vai para o seu lado da mesa. Antes que ela tenha tempo de registrar o que está acontecendo, ele estende a mão e a puxa em sua direção. Ela pensa que ele está oferecendo um abraço de despedida, mas, em vez disso, suas mãos vão para o rosto dela, e seus lábios de vinho azedo pressionam-se com força contra os dela.

— Desculpa, não pude resistir —Tom diz quando se afasta do beijo. — Estava com vontade de fazer isso a tarde toda.

Ruby sente que vai começar a chorar.

— Eu realmente preciso ir — ela se despede, tentando esconder o tremor em sua voz. — Obrigada pelo... pelo vinho, Tom.

(Nós aplacamos, nós acalmamos. Qualquer coisa para sairmos daí.)

Se ele sente a derrota, o sorriso de Tom não vacila.

—Vou dar um tempo para você mudar de ideia sobre esse encontro, Ruby. — Só agora seu sorriso se transforma em uma leve carranca. — Até lá, tenha cuidado por aqui. Como eu disse antes, não é o lugar mais seguro para uma mulher sozinha. Duvide de mim o quanto quiser. Mas o que diabos você estava fazendo no parque naquela manhã quando encontrou a garota morta? Ela estava aqui, tirando fotos. Mas você não tem desculpa, já que existem milhares de outros lugares para correr.

— Não achei que o tempo estava tão ruim — Ruby responde, depois de um tempo, nenhuma outra resposta possível. — E devo ter pensado que ninguém, jamais, fica realmente sozinho em Nova York.

—Verdade. — Os olhos de Tom correm pelos os outros clientes no café e então de volta para ela. — Apenas me prometa que você será mais cuidadosa de agora em diante.

— Obrigada, Tom. Agradeço a sua preocupação — ela consegue responder antes que eles, por misericórdia e enfim, se separem.

Ruby se retira ao longo do rio, sabendo, sem olhar para trás, que os olhos de Tom permanecem nela enquanto caminha. Ela tem um pensamento fugaz, não muito diferente daquele que teve no dia de sua entrevista policial, quando passou pelo jovem na recepção de seu prédio e sentiu que ele a observava, que Tom poderia saber onde ela mora, poderia segui-la por todo o caminho até o quarto dela, se quisesse. Isso a deixa tão inquieta que ela começa a correr e não para até que esteja a algumas ruas do parque, longe dele, aquelas lágrimas que ela estava segurando, agora, transbordam.

O que ela havia pensado quando se sentou com ele hoje?

Isso é o que acontece quando você não confia em ninguém, muito menos em si mesma.

É possível, ela se pergunta, com o peito arfando e as pernas tremendo, que ela tenha tomado o caminho errado mais uma vez?

É um pensamento que ela decide não seguir adiante hoje, enquanto se vira e se dirige para casa.

NA NOITE DO ENCONTRO ACIDENTAL DE RUBY COM TOM, CHEGA UMA mensagem de Lennie:

> Josh finalmente me contou o que aconteceu. Ele é um idiota, mas não é o que você pensa. Me manda uma mensagem de volta. Sinto sua falta! Bjs

Outra mensagem chega de Sue:

> *Deixei uma dúzia de mensagens para você, Ruby. Me liga, por favor.*

E de Josh, não muito depois:

> Sei que você está com raiva de mim. Eu queria mesmo uma chance de explicar as coisas. Nesse meio-tempo, encontrei algo que pode te interessar...

Ele envia a ela o endereço de Noah. Reduz o mapa de Nova York a um ponto pulsante.

É como se eu estivesse esperando por isso o tempo todo.

QUANDO RUBY APARECE NA PORTA DE NOAH, ELE NÃO FICA TOTAL-mente surpreso. Ele já estava esperando algo do tipo. Que alguém com uma conexão comigo acabaria por procurá-lo. Ainda assim, conhecer a mulher que encontrou meu corpo é um choque; ele supôs que seria alguém do meu passado. Enquanto aperta a mão de Ruby e a convida a entrar, ele resolve nunca perguntar nada além dos detalhes mais básicos sobre aquela manhã. É a única coisa que ele nunca vai querer saber.

Ele oferece chá, café, uísque a Ruby, e ela fica tentada a tomar o último, embora sejam apenas nove da manhã. Noah vê o brilho em seus olhos e decide imediatamente que gosta dessa australiana; qualquer um que não se incomode com a ideia de bebida alcoólica a essa hora é legal para ele. Franklin também dá seu selo de aprovação, farejando a mão de Ruby quando ela se senta, pedindo um carinho. Ele ainda me procura, o velho vira-lata, e, às vezes, também me encontra. Mas permaneço a uma distância cuidadosa esta manhã, ansiosa para que o encontro corra bem. Para Ruby, sim. Mas também para Noah, que é tão solitário quanto ela. Meus suportes em Nova York, o homem que me deixou ficar com ele e a mulher que ficou comigo.

Eles falam um pouco sobre si mesmos e, então, Ruby respira fundo, faz a pergunta que carrega desde aquela manhã à beira do rio:

— Como era Alice, Noah?

Ele encara Ruby por muito tempo, sabendo o quão importante sua resposta será. Quando finalmente fala, sua voz carrega um tremor incomum:

— Alice era inexperiente. Sem instrução, mas a jovem mais inteligente que conheci. Ela absorvia as informações como uma esponja e, em seguida, derramava o que aprendeu no chão. Ela era linda, sim, mas impaciente demais para a graciosidade. Não havia nada de *adorável* nela. Ela estava crua e inacabada, e, embora ninguém nunca a tenha deixado ser uma criança, às vezes, ela ainda se comportava como uma. Estar perto dela era divertido, exasperante e, ocasionalmente, esclarecedor. Ela era muito fácil de amar.

(Eu era? Nunca pensei nisso antes.)

Ele conta tantas histórias a Ruby, todas as coisas em que prestou atenção. Ele fala sobre minha mãe e meus aniversários. Sobre meu crescente amor pela fotografia e como eu valorizava uma velha Leica. Ele agora tem certeza de que roubei a câmera daquele "professor desprezível", o homem de quem falei para ele, mas apenas isso (eu já deveria saber que Noah compreenderia o que realmente aconteceu entre mim e o Sr. Jackson). Ele diz que eu amava o Edifício Chrysler com paixão, que muitas vezes soava uma Joan Didion pouco polida quando descrevia Nova York e que, quando ele me viu pela primeira vez, olhei para o mundo todo como a criança abandonada sem-teto que eu era. Ele até chora um pouco quando fala sobre a última vez que me viu, como eu o estava irritando antes de dormir, batendo nas teclas no piano, inquieta de um jeito que ele gostaria de ter percebido.

Desejando que ele tivesse me mantido acordada até tarde, forçado com mais intensidade para descobrir meus segredos.

— Se eu soubesse...

Noah para de falar e Ruby, atordoada com tudo o que ouviu hoje, pega sua mão. Quando ele não se afasta, ela aperta os dedos nos dele.

— Como alguém poderia saber? — ela diz com suavidade e, quando lhe pergunta se estaria tudo bem se ela o visitasse de novo em breve, ele responde que sim.

SÓ DEPOIS DE MUITO TEMPO, NAQUELA TARDE, QUANDO RUBY ESTÁ sentada em sua cama pensando em tudo que Noah lhe contou, é que algo que Tom disse ontem volta para ela.

Ela estava aqui, tirando fotos.

Ruby se senta, junta a ponta dos dedos e leva as mãos à boca. Noah falou algo sobre uma Leica, não foi? Entre todas aquelas outras histórias lindas e surpreendentes. Ela se concentra bastante, ouve Noah dizer que Alice amava a câmera antiga dela e planejava se matricular em uma escola de fotografia, para que pudesse continuar tirando fotos de sua amada Nova York. Isso era de conhecimento público, algo que já sabiam? Em todos os artigos, fóruns e boletins de notícias que vasculhou desde o assassinato, Ruby não se lembra de ter encontrado nada sobre uma câmera. Desligando a TV, ela abre o *laptop* e digita meu nome no Google pela milésima vez. Não encontra menção a uma câmera, fotografia ou *fotos* em qualquer uma das notícias. Em seguida, Ruby retorna aos seus *sites* de investigação favoritos, examina postagem após postagem em busca de discussões sobre por que Alice Lee estava lá, sozinha, naquela manhã no Riverside Park. Talvez Tom também tenha estado ali nesses fóruns, satisfazendo seu fascínio pela garota morta de sua vizinhança, e foi dali que ele pegou uma informação tão específica. Ao clicar nas dezenas de *links*, Ruby encontra as teorias usuais — prostituição, dormir na rua, namoro on-line que deu errado — e, mais uma vez, nenhuma menção a Alice Lee tirando fotos no parque.

Uma garota foi assassinada aqui.

O coração de Ruby começa a martelar.

Ela tenta trazer outras frases à superfície. Pensa muito sobre o questionamento de Tom sobre ela, vê um *flash* dele estourando no momento em que aquele corredor chegou perto demais. Não é nada, não pode ser. Esse beijo claramente a incomodou e ela tem passado muito tempo nesses malditos fóruns, encontrando conexões tênues, possíveis ligações — *Snap!* — onde não há nenhuma. É só porque ela está sozinha de novo. Tentando preencher a ausência do Clube da Morte da maneira que puder.

Ainda assim, um pensamento vem rastejando, persistindo. E se não for por acaso que ela e Tom se cruzaram novamente esta semana? Se Ruby tivesse voltado para aquela margem rochosa na semana passada, ou na semana anterior, ela já teria encontrado aquele homem lá, olhando para a água, como ela mesma havia feito naquela manhã? E se Tom já estivesse lá muito antes de ela aparecer e ela apenas descobrisse os danos que ele tinha deixado para trás?

E se. E se. E se.

E se Tom estivesse sempre lá, naquele *belo lugar* à beira do rio, esperando para ver o que aconteceria a seguir.

ELA NUNCA VAI PENSAR EM SEU PÉ QUEBRANDO ALGO REDONDO E preto, o estilhaçar da tampa de plástico da lente que perdi quando estava descendo o rio, com a Leica enfiada sob minha jaqueta para protegê-la da chuva. Na minha pressa, nem eu mesma percebi quando a tampa desencaixou e caiu no chão.

Com tanta coisa acontecendo desde aquela manhã, Ruby há muito se esqueceu de sua oração ao deus das coisas perdidas. O que significa que ela nunca vai perceber que eu, acidentalmente, contei a ela sobre a câmera desde o início.

Não importa.

Ela tem uma constatação maior esperando por ela. Ela realmente está quase lá.

22

Quando permitem a entrada de Ruby para o apartamento de Sue, Lennie já está sentada na cozinha, cortando vegetais, um metal afiado a uma distância perigosa de seus dedos cada vez que ela abaixa a lâmina.

— Não desapareça de novo — Sue repreendeu com suavidade ao abrir a porta, mas Lennie é menos sutil quando Ruby entra na sala.

— Onde caralhos você esteve, Ruby?

— Desculpem — Ruby diz, sentindo seus olhos começarem a lacrimejar. — Eu tinha algumas coisas para compreender sozinha.

As duas mulheres responderam à sua mensagem de emergência em minutos; antes que percebesse, pela primeira vez ela estava a caminho do prédio delas no Brooklyn, com conforto e uma refeição caseira a convidando.

> Algo estranho aconteceu. Preciso falar com vocês duas.

Essa foi a mensagem que Ruby havia enviado depois de repassar os comentários de Tom diversas vezes. Sentindo-se como se fosse enlouquecer em seu pequeno quarto, ela pediu ajuda com o coração na boca. Encontrar Sue e Lennie ainda abertas para ela foi um alívio, como o ar frio correndo para dentro de uma sala sufocante.

Sentando-se ao lado de Lennie agora, Ruby observa enquanto Sue, em silêncio, ajusta o aperto de Lennie no cabo da faca, antes de voltar ao seu próprio cortar e picar. A intimidade casual desse gesto é maternal, bela, embora nenhuma das amigas pareça se importar com isso. Ruby encara a taça de vinho que Sue tinha pronta esperando por ela quando entrou na sala. Pensa que talvez as melhores amizades sejam assim. Calmas e seguras. Ela se pergunta quanto tempo levou para contemplar essa noção, de que ser vista e conhecida é melhor para você do que ser o mistério duradouro de alguém.

Às vezes, eu não entendo você! Ruby precisaria de mais dedos das mãos e dos pés para contar as muitas vezes que Ash direcionou essa frase, esse sentimento a ela.

Ela abre a boca, perguntando-se por onde começar com sua história sobre Tom, quando Lennie se vira para encará-la.

— Então. Josh. Você já falou com ele?

É quase um alívio empurrar Tom para o fundo de sua mente, mesmo que por um minuto, e se concentrar em algo para o qual ela possa realmente ter palavras.

— Há algo que nunca contei a vocês sobre o motivo de eu vir para Nova York — Ruby começa, nervosa, enquanto Sue para de cortar e picar. Lennie já está comprovadamente prendendo a respiração. — Eu fui embora porque estava tendo um caso. Com um cara, Ash, que vai se casar ainda este ano. Tenho sido a outra mulher por tanto tempo e é horrível esperar que uma pessoa escolha você, e quando Josh disse que ainda era casado, vi tudo isso começando de novo...

O resto sai às pressas, a dor no coração, o constrangimento e a solidão que a seguiram de Melbourne a Nova York e, antes que Ruby possa se conter, está chorando, fazendo Lennie pular da cadeira e envolvê-la em um abraço poderoso.

— Tudo faz sentido agora — Lennie fala, sua própria voz falhando. — Sabia que algo estava acontecendo com você! Eu só queria que tivesse nos contado antes.

— Concordo — acrescenta Sue, massageando os cabelos curtos com os dedos, um gesto que Ruby agora reconhece como uma tentativa de organizar os pensamentos antes de falar. — Estou muito feliz por você ter nos contado, Ruby. E não receberá nenhum julgamento de mim sobre como ou quem você escolhe amar. Quanto a Josh, você deveria saber que não é a mesma situação. Ele está separado há um tempo. Digo a ele toda hora para se apressar com os papéis do divórcio, mas ele é um procrastinador quando se trata da vida pessoal dele. Esperávamos — Sue olha para Lennie, que acena com empolgação — que você pudesse ser um catalisador para que ele, enfim, se movesse em uma nova direção. Ele, basicamente, só fala de você.

Ruby pisca, tentando absorver essa informação. Tem tido contato com tantas revelações nos últimos dois dias, que mal consegue acompanhar. Não faz nem muito tempo que ela descobriu meu nome e agora...

Alice Lee surge em sua cabeça com uma clareza surpreendente e Ruby para e lembra por que está ali, com Sue e Lennie, esta noite. Ela toma um longo gole de vinho e se esquece de Josh por um momento.

— Obrigada por isso. Eu *acho*. Mas... na verdade, havia outra coisa que eu queria falar com vocês duas. Algo que aconteceu ontem.

Indo devagar, Ruby conta a Lennie e Sue sobre o encontro com Tom. Sobre como ele apareceu no lugar exato em que ela encontrou meu corpo e como foi encantador no início, antes de continuar tentando direcionar a conversa para o assassinato, mesmo quando ela deixou claro que não queria falar sobre isso.

Enquanto Ruby repassa seus encontros, ela pensa no detetive O'Byrne e na última vez em que tentou explicar o que havia acontecido perto do rio. Como ele disse que pode levar algum tempo para se lembrar "melhor" dos detalhes, em especial dos importantes. Ela está ciente de ter captado os detalhes de que *realmente* se lembra sobre Tom na ordem certa, quer dar às suas amigas a imagem mais nítida possível. Ainda assim, faz uma pausa sobre o comentário de Tom sobre as "fotos". Esforça-se para descrever aquele detalhe específico e tudo o que veio depois dele. O beijo indesejado e a mensagem de Josh. Conhecer Noah. O presente das histórias dele sobre Alice. Sabe que cada parte da história está explodindo de significado, mas e se ela estiver entendendo os sinais de maneira errada? Quando foi a última vez que soube que algo era de fato verdade?

De repente, Ruby vê Josh entregando o celular dele como um buquê de flores, meu rosto sorridente preenchendo a tela.

Respirando fundo, ela continua, finalmente capaz de admitir o quão desconfortável Tom a fazia se sentir, a maneira como ele continuava se jogando em cima dela e de mim também.

— Há algo que esse cara parece saber, mas que não deveria — acrescenta ela, chegando agora ao lugar onde começou, subindo as escadas para o apartamento de Sue esta noite, sua confusão estendida na frente dela e também o medo de que as amigas pudessem fechar a porta na cara dela. Ruby se sente exausta por ter chegado tão longe e, pelos olhares no rosto de Lennie e Sue, elas sentem o mesmo.

— Ah, meu Deus, Ruby. Você acha mesmo...

Mas, pela primeira vez, Lennie está sem palavras e para, procurando a ajuda de Sue. A mulher mais velha está silenciosa, pensativa, enquanto enche cada uma das taças de vinho quase até a borda. Se Ruby não a conhecesse bem, ela juraria que a mão de Sue está tremendo.

— Aquele homem, seja ele quem for, não tinha o direito de fazer você se sentir assim, Ruby.

Sue de fato está tremendo, embora não de medo. De raiva.

— E Alice, pobre daquela garota! Tinha basicamente a mesma idade da minha Lisa. O que aconteceu com ela me deixa louca. O direito da porra desses homens que destroem vidas, só porque podem.

— Eu nunca, jamais, te ouvi falar palavrões — Lennie começa e logo para. —Você está certa. Isso também me deixa furiosa pra caramba. E com medo.

Vinho escorrega na taça de Lennie, ela o observa se derramar na mesa, antes de se virar para Ruby, com os olhos escuros arregalados.

—Você acha mesmo que ele poderia ter feito isso? Esse tal de Tom?

Mesmo com todas as evidências, Ruby não tem certeza. Como ela teria? Ler tópicos de crimes verdadeiros e vagar pela internet com sua lupa imaginária nunca poderia prepará-la para isso. Nem mesmo vendo a máquina de investigação de um assassinato de perto, aqueles investigadores forenses, Jennings, sua entrevista desajeitada com O'Byrne, poderiam lhe dar as ferramentas de que precisa para determinar os motivos de Tom no rio ontem ou nos dias anteriores. Quando você adentra a mente de um assassino, ela se difere da de qualquer outra pessoa?

— Pelo que sei — Ruby responde lentamente —, Tom é um cara legal. Um pouco atirado. E um tanto estranho em relação a Alice. Isso não é suficiente para torná-lo um assassino.

— Não, não é — Sue replica. — E então, o que eu gostaria de perguntar é isto. Algo que não nos perguntamos o suficiente. Você confia no seu instinto, Ruby?

A pergunta parece tão ampla quanto a sala e as três mulheres param para considerá-la. Pensar nas noites em que cruzaram a estrada para evitar um carro estacionado com as luzes ainda acesas ou fingir fazer uma ligação quando alguém se aproximava muito delas. Lembrando as vezes em que trocaram de lugar no transporte público ou disseram *"Não, obrigada"*, àquela oferta de bebida. A autopreservação como substituta do instinto, porque estar certa seria o verdadeiro perigo.

Ruby sente o corpo arquear em direção a essa compreensão repentina, um estremecimento que quase a levanta do chão.

— Tenho medo de estar certa — ela diz, estendendo os braços para examinar os minúsculos pelos que se arrepiaram em sua pele. — Porque… vocês podem imaginar o que isso significaria?

Algo que Josh havia dito naquela noite no bar secreto volta para ela agora. Quando eles finalmente souberam meu nome.

"Eles nem sempre são monstros, Ruby. Às vezes, são caras normais que acabam fazendo coisas terríveis."

É uma verdade tão pequena que ela quase não percebeu. Eu também não. Mas aí está. Meio escondida pelas rochas e pela sujeira.

Apenas esperando para ser encontrada.

VOCÊ NÃO DEVE ME CULPAR PELO QUE ACONTECERÁ A SEGUIR. EMBORA eu suponha que alguns de vocês tenham previsto isso. E talvez seja minha culpa. A forma como tudo se desenrola. Mas eu nunca colocaria Ruby em perigo de propósito, por favor, saiba disso. Eu teria mostrado a ela esse último e importante detalhe de uma maneira diferente, se pudesse.

RUBY NÃO CONSEGUE DORMIR. LENNIE E SUE ACHARAM QUE ELA DEVE- ria ir à polícia.

—Talvez pela manhã — ela responde antes de ir para casa, pensando, esperando que as horas da madrugada pudessem ajudá-la a encontrar as palavras que teria que usar para fazer aquela ligação. Sabendo que o detetive O'Byrne precisaria de algo mais concreto do que seu instinto, seu desconforto. Mas as palavras não vêm. Em vez disso, sua cabeça está cheia de conversas incompletas. Semanas, meses, anos delas e a voz de Tom está mais alta agora. Alguma coisa, *tudo*, está errado com suas interações, isso parece óbvio agora. Por que ele… e por que ele iria… e o que ele era… Ruby empurra as cobertas da cama, frustrada. O que é que ela está deixando passar?

Tom sabe algo sobre Alice.

É para isso que ela volta, vez após outra. A impossibilidade disso e, ainda assim…

Ela estava aqui, tirando fotos.

Não faz sentido que ele saiba disso. Foi ela quem encontrou o corpo, ela quem passou noite após noite seguindo migalhas de pão por toda a cidade, colocando todas as peças no lugar. Como Tom pode estar de posse de um detalhe tão importante que ela mesma não sabia?

Foda-se.

Exatamente como naquela outra manhã. A sala muito pequena, seus pensamentos muito grandes. Para Ruby, parece quase um sonho quando ela se levanta no escuro e calça o tênis de corrida. Ao sair de seu apartamento e seguir em direção ao Riverside Park, as ruas estão tão vazias quanto naquela outra manhã. Não está chovendo hoje, isso é algo diferente, mas a quietude, o silêncio, sua frustração, parecem exatamente iguais. Verificando o relógio, Ruby calcula que o sol nascerá em meia hora. O céu já está mudando de cor, fazendo-a erguer o olhar, e isso a encoraja, alonga seus passos quando ela entra no parque.

Posso sentir a adrenalina correndo por ela agora, a forma como a impele em direção ao rio e quero gritar: "Pare!" Encontrar uma maneira de fazê-la voltar. Eu abriria o céu, despejaria torrentes de chuva se pudesse. Abriria a terra, derrubaria as árvores. Mas Ruby continua correndo, não consegue me ver ou me ouvir e não pode ver o que está esperando por ela, nas pedras. Eu me apresso entre o rio e a trilha que ela faz no parque, desesperada para mantê-la longe. Há outros corredores e ciclistas espalhados pelo parque esta manhã e tento reorganizá-los, movê-los para o caminho dela, mas nada funciona. Rajadas de vento, galhos se dobrando; meu pânico é o mais leve toque e Ruby está se movendo rápido demais para senti-lo.

E, então, por misericórdia, ela para. O céu ainda está escuro, o rio mais ainda, e ela se levanta, suspensa bem acima do local onde aconteceu, sabendo que há degraus à sua frente que a levarão até a água. Ela se pergunta: foi isso que Alice sentiu? Indo para o rio naquela manhã? Uma atração inexplicável em direção à água, uma ignorância intencional de sua própria segurança, porque ela tinha algo que queria, precisava, fazer.

O que diabos você estava fazendo no parque naquela manhã?

Ruby avança com cuidado, em silêncio. Quando chega ao nível intermediário do parque, enfim vê o que eu tenho tentado tão desesperadamente impedi-la: Tom Martin abaixo dela, de pé nas pedras, mudando algo de mão em mão trêmula. Ele tem ido ali todas as manhãs desta semana, sempre antes do nascer do sol. Plantando os pés em cada lado de onde ele me encontrou, fechando os olhos. Eu também vou ali todas as manhãs. Observando seu desejo crescente por Ruby, a cor lamacenta desse sentimento, e quero gritar. Sussurrei as palavras em seu ouvido, naquele primeiro encontro. Queria que ele falasse em voz alta.

Uma garota foi assassinada aqui.

Fiz aquela gaivota gritar, azedei o vinho. Coloquei minha mão sobre seus lábios quando ele a beijou, para que ela sentisse meus ossos quebradiços em vez da carne quente dele. Mas não foi o suficiente para impedir isso.

Não foi o suficiente para mantê-la longe dele.

E agora sinto Ruby tremendo. De maneira instintiva, ela recuou alguns degraus, criando distância para conseguir correr se Tom se afastasse de repente do rio e a visse parada ali, o observando. Ele teria que subir pelas rochas, escalar aquele corrimão de metal, então, ela teria tempo suficiente para escapar se ele a visse. Ruby faz esses cálculos em uma fração de segundo. Mas sua segurança está longe de estar garantida, ela sabe disso.

Lutar. Fugir. Congelar. O que escolhemos nesses momentos? Ruby está enraizada no local e pronta para correr. E outra coisa que mais me assusta. Uma raiva incandescente está fervendo dentro dela, as chamas substituindo o sangue. Ela se imagina descendo as escadas, enfrentando esse homem. *Como você ousa?!*, ela quer gritar. *Como ousa?!* Não há dúvida agora. Ela sabe. O homem que a beijou há dois dias é o mesmo que estuprou e assassinou Alice Lee.

Qual foi a última coisa que ela disse a ele?

Obrigada, Tom. Agradeço a sua preocupação.

O que nenhuma de nós disse, o que nenhuma de nós diz: *Você ocupou todo o espaço. Eu não sabia falar não e você nunca esperou pelo meu sim. Preciso que você me deixe em paz agora.* Engolimos as palavras e os sinais de alerta para assumirmos a dúvida e dispensarmos o que sabemos ser verdade. Nós nos acanhamos, aplacamos. Dizemos apenas o suficiente, sorrimos apenas o suficiente e os deixamos nos tocar apenas o suficiente, esperando que o momento passe.

Quando ele desceu nas rochas, quando veio ao meu lado na chuva torrencial e disse: "Belo lugar, não é?", eu não estava com tanto medo quanto estava alerta. Em sintonia com o interesse dele por mim e ciente, de imediato, de que agora eu seria a responsável por administrar esse interesse. Sabendo que teria que ter cuidado com a forma como respondia aos seus avanços, que minha reação determinaria se ele se acomodaria ao meu lado ou o encorajaria a se virar e me deixar em paz, a única coisa que eu queria que ele fizesse. Eis o que eu estava pensando pouco antes de ele se materializar na névoa de chuva: eu estava pensando em como liberdade e segurança realmente são a mesma coisa. Passava um pouco das cinco e meia da manhã e o ar vibrava e assobiava à minha volta. Eu havia tirado minha parca, estava usando-a como uma espécie de guarda-chuva para a Leica, e meus braços estavam nus, expostos. O barulho das gotas de chuva e o ar gelado na minha pele eram estimulantes. Eu estava bem acordada, vendo os prédios do outro lado do Hudson acordarem também, as luzes se acendendo aos poucos, *flashes* contra o céu escuro. Pensando em liberdade e segurança, em como me tornei livre. O fio me puxando de volta para o Sr. Jackson enfim se soltou, se não foi cortado por completo.

Quando meu ex-amante atendeu o telefone naquela manhã, claramente confuso pelo sono, permaneci em silêncio no início, ouvindo-o dizer "Alô?" várias vezes, até que, por fim, o ouvi exalar o meu nome.

— Alice? — ele parecia cansado. — É você?

— Desculpa por pegar a câmera da sua mãe — falei em resposta e ouvi outro suspiro antes que o Sr. Jackson me perguntasse de onde eu estava ligando.

Olhando ao redor do meu quarto no apartamento de Noah, observei minha nova vida. Folhetos para a escola de fotografia na cômoda, um conjunto de *post-its* em branco, esperando por minha caneta. Um livro sobre os comportamentos comuns dos cães. Tênis de corrida roxos ao lado da minha cama, dedos dos pés apontando para a porta. Lá fora, ouvi o estrondo de um trovão e, através de uma cortina, vi o laranja e os azuis nebulosos do céu tempestuoso do amanhecer.

— Em casa — respondi, sabendo que isso era tão verdadeiro quanto qualquer coisa que eu já havia dito.

Esperei segundos, minutos para o Sr. Jackson me perguntar se eu estava bem. Esperei que ele me pressionasse por causa da minha ausência no mês passado, sondei, mas, em vez disso, ele ficou em silêncio. E eu soube, naquele momento, que ele não queria saber onde eu estava.

— Eu tenho que ir — finalmente falei. — Eu só queria que você soubesse que estou viva.

Seu silêncio contínuo era uma onda de verdade esperando para quebrar em cima de mim.

Eu desliguei a ligação.

Foi aquele silêncio sufocante que me empurrou porta afora, para a tempestade da manhã. Eu precisava de espaço, precisava me esticar depois de finalmente ver quão pequena ele tentou me fazer. Durante todo o tempo que passei com o Sr. Jackson, para ele, eu era apenas alguém a ser controlada. Ele nunca me deu espaço para cometer erros, para descobrir quem eu era por mim mesma. Ele precisava que eu me comportasse de uma forma que fosse adequada a ele e, mais ainda, de uma forma que preservasse o que pensava sobre mim. Por um tempo, isso foi amor o bastante para mim.

Não mais.

A liberdade, então, seria escapar dessa contenção de uma vez por todas. E foi quando meu coração desacelerou e o mundo se expandiu. Entrando no parque, sem medo. Impelida em direção à água, minha nova e vertiginosa liberdade como uma das mãos nas minhas costas. Passei pelas pistas de corridas de cães de madeira lascada, para onde eu traria os cachorrinhos no dia seguinte, e os campos de esportes vazios, que fervilhariam de gente no verão, se tornaram lama. Virando meu rosto para a chuva, depois para longe dela com a mesma rapidez, quando a água picou minhas bochechas. Sentindo a preparação nítida no ar, antes do relâmpago mais uma vez ziguezaguear pelo céu e o trovão ecoar em seu rastro. Saber que eu era tão selvagem quanto essa tempestade, tão cheia de potencial. Capturar isso seria dar à escola de fotografia meu autorretrato. Mostrar a eles a artista que eu pretendia ser.

E, então, o estranho estava descendo pelas rochas, vindo em minha direção. Encarando meus braços nus, apontando seu cigarro apagado para mim, perguntando se eu tinha fogo. Deve ter sido o jeito que balancei a cabeça de leve ou como voltei minha atenção para a Leica. Meu último pensamento claro, olhando através daquele pequeno visor, foi o quanto os relâmpagos me lembravam de vasos sanguíneos. Veias se ramificando pelo céu.

E então foi ele, não o raio, que me dividiu em duas.

Embora ela nunca vá confiar nessas memórias depois, quando olha para ele agora, Ruby vê tudo o que Tom Martin fez comigo naquela manhã e pega aquele vermelho cegante piscando no corpo dele. Eu nem sei como acontece. A maneira como ela, de repente, consegue ver o mundo da minha perspectiva. Lá estou eu, descendo nas rochas para me aproximar da água, gostando da maneira como ela reflete o raio e espelha o céu. Lá estou eu, espiando pelo visor, enquadrando o mundo, pensando que está à minha disposição. E lá estou eu, assustada, quando sinto que alguém está atrás de mim no caminho, os olhos dele brilhando no escuro. Ruby pode ver cada pulsação elétrica grotesca dele quando ele se aproxima de mim e, mais do que isso, para meu horror absoluto ela pode, de repente, sentir tudo o que eu senti naquela manhã.

Como se o que aconteceu comigo estivesse acontecendo com ela também.

— Olá — ele me cumprimenta e, a princípio, eu acho que vou ficar bem. Ele parece normal, esse homem em sua camisa elegante e sapatos comuns. Um insone como eu, suponho, ou um caçador de tempestades, alguém mais confortável na chuva do que enfiado na cama. *Não precisa ter medo,* digo a mim mesma, mas estou com medo mesmo assim, quando ele também pula o parapeito, demorando-se para chegar ao meu lado.

—Tem fogo? — pergunta, estendendo o cigarro fumado pela metade e, desta vez, eu percebo. A maneira como sua voz é muito moderada, cuidadosa. Como se ele mal estivesse se contendo.

— Não — respondo, endireitando os ombros. Esperando que isso me faça parecer mais forte do que sou. *Nunca deixe que vejam que você está com medo.* Li isso uma vez e faço o meu melhor para enganá-lo, parada ali com minha câmera entre nós. Já tive quase acidentes antes, senti o perigo como uma pulsação na garganta e, por um tempo, enquanto ele tenta puxar conversa sobre o clima, minha câmera, o que estou fazendo ali sozinha, acho que esse vai ser um desses momentos. Mantenho minhas respostas curtas, educadas, ganhando minutos até o sol nascer. Mas então ele me diz que eu sou bonita, pergunta "Você gosta de *foder?*", e eu sei, no fundo da minha alma, que isso não vai ser um quase acidente. Quando ele me manda sorrir, quando vem até mim com sua determinação presunçosa, eu concordo. Pensando, pela última vez, que sei o que fazer aqui. Que posso sobreviver a isso, se apenas jogar do jeito dele.

Como eu disse, isso me surpreendeu. No fim. Não tive chance. Tudo aconteceu tão rápido e Tom Martin acabou com a minha vida.

Ruby vê, *sente* tudo o que aconteceu comigo, e então ela se vira e corre, a náusea crescendo dentro dela e substituindo seu medo. De forma que, quando ela alcança a segurança dos níveis superiores do parque, se dobra e vomita, colocando para fora tudo o que havia testemunhado.

Houve tempo suficiente, antes de ela fugir, para ouvir um *splash*, o som inconfundível de algo sendo jogado no rio.

É um detalhe de que ela se lembrará melhor desta vez.

ACHO QUE ELA ESTÁ FERIDA. EU NÃO SEI SE DEVO IR ATÉ ELA. DEVO IR até ela... Me diga o que fazer.

Durante semanas, Ruby temeu que havia me decepcionado. Embora ela nunca tenha dito para si mesma, ou em voz alta, se perguntou se poderia ter feito algo, qualquer coisa, diferente naquela manhã. Se não tivesse se perdido ou escorregado na grade, ou se ela tivesse prestado mais atenção ao que estava ao seu redor naqueles minutos que antecederam minha morte, quando estava mais preocupada com a chuva. Houve algum momento que ela deixou passar, de alguma maneira ela poderia ter mudado as coisas?

Todo esse tempo, Ruby tem buscado a absolvição. Como uma forma de pedir desculpas por chegar tarde demais, por não ter conseguido chegar a tempo à *garota* ou a quem veio antes dela. Sua obsessão com o assassinato, comigo, era seu pedido de desculpas.

—Você fez tudo certo, Ruby, de verdade.

Isso é o que o oficial Jennings disse depois que ela me encontrou. Hoje, quando ela pega o celular com as mãos trêmulas e disca o número do cartão que o detetive O'Byrne lhe deu naquela manhã terrível, semanas e uma vida atrás, Ruby enfim acredita.

Noah estava certo. Nova York realmente é feita para segundas chances.

23

Então começa. Eles pegaram o DNA dele de uma bituca de cigarro jogada nas pedras, bem onde ele me deixou naquela manhã. Corresponde aos traços de sua identidade encontrados por todo o meu corpo. Antes de deixar para trás aquela impressão digital genética crassa, os investigadores observaram Tom Martin voltar inúmeras vezes à cena do crime. Quando Ruby fez a ligação e relatou o comentário de Tom sobre "fotos" e o que ela tinha visto e ouvido perto da água, ela não sabia que a *Lente de câmera* era a quarta na lista de possíveis armas do crime do detetive O'Byrne, abaixo da palavra *Tocha*, mas acima de *Chave inglesa* e *Martelo*. Circulado com caneta vermelha repetidas vezes, depois que Noah perguntou se eles tinham encontrado a Leica, a única coisa, junto com os tênis e a jaqueta roxos, que meu benfeitor poderia dizer com certeza que estava faltando no meu quarto. Lentes da câmera. Uma arma de oportunidade. Isso se encaixava no perfil feito pelo detetive O'Byrne do homem que procuravam. Um tipo de retaliação com fúria, alguém impulsivo com sua raiva. A força excessiva utilizada, a forma como o corpo foi deixado de bruços, subjugado. Cada criminoso deixa uma série de pistas sobre si mesmo e o detetive O'Byrne soube a motivação do homem que matou Alice Lee desde o momento em que viu a maneira como o corpo da jovem estava colocado nas rochas.

A ligação de Ruby foi como metal na espinha dele, colocando-o de pé. Não foi o suficiente para mandar prender Tom, mas O'Byrne era um homem paciente. O detetive imediatamente fez sua equipe de policiais disfarçados posicionarem-se nas proximidades do rio todos os dias, um pequeno desfile de investigadores discretos correndo, se alongando, sentados ao sol, os olhos, se agitando quando o homem alto e louro voltou várias vezes ao rio. Observando, enquanto ele se inclinava sobre a grade, olhava para a água. Ao mesmo tempo, os detetives vasculharam todas as lojas de câmeras, todas as lojas de penhores nas proximidades. Mostrando uma imagem de Tom Martin, perguntando "Você viu este homem? Você viu *este* homem?" várias vezes, procurando a prova de que precisavam de maneira tão direta que as pessoas gaguejavam um "Não", imaginando o que aconteceria com o pobre dono da loja ou caixa que poderia dizer sim. Um ou dois adivinharam que tudo isso tinha a ver com a garota morta, aquela bela jovem do noticiário, embora nunca dissessem meu nome em voz alta, relutantes em se verem apanhados em algo com que não tinham qualquer ligação. Não desta vez.

Naquela mesma semana, a pedido de O'Byrne, eles fizeram uma busca no rio. Calcularam as variações das marés, padrões climáticos e os dias desde que Ruby viu Tom nas rochas e o ouviu jogar algo na água. A corrente acaba revelando seus segredos. Mensagens em garrafas aparecem em praias estrangeiras cem anos depois de serem jogadas no mar. O rio Hudson se conecta ao Oceano Atlântico, compartilha a mesma água turva, sente a mesma atração da lua. E, então, eles a encontram uma noite, na lama salobra. Oferecida pelas marés, entregue. Uma lente de montagem de parafuso Summar 50 mm. Aço niquelado. Manchas do meu sangue como ferrugem nas ranhuras do anel de abertura. Acontece que o passado adere a tudo o que toca. Você não pode simplesmente apagá-lo.

O detetive O'Byrne está quieto, pensativo, enquanto eles se aproximam da prova inequívoca de que precisam. Ele tem certeza de que não encontrarão a própria câmera; esse é um homem que gostaria de preservar suas lembranças. O que leva O'Byrne à questão das fotografias. *Fotos*, como Tom as chamou. Esse deslize, de certa forma, foi deliberado. Homens como esse acabam se entregando, eles traem seus próprios segredos porque desejam desesperadamente permanecer no centro das atenções. O narcisismo torna a pessoa descuidada, por mais esperta que ela seja. Se Tom segurou a câmera, a manteve escondida em algum lugar, o filme não revelado o deve ter atraído. Não saber o que havia naquele rolo, especialmente quando o corpo permanecia sem identificação por tanto tempo, faria um homem como aquele queimar. Seja o que for que essas *fotos* pudessem revelar, seria a prova definitiva de sua realização. Só ele saberia quem era a garota. Então, ele poderia possuir cada parte dela.

Pelos cálculos de O'Byrne, Tom Martin teria menos probabilidade de revelar o filme depois que sua vítima fosse identificada ao público, uma vez que o esboço de Jane Doe foi substituído por imagens da vida real de Alice Lee. A impulsividade tem seus limites, então eles estariam procurando por atividade logo após o crime e em algum lugar fora da cidade. Esses homens podem ser descuidados, mas na experiência de O'Byrne, era raro que fossem abertamente estúpidos.

Foi no décimo segundo laboratório de processamento de filmes que eles verificaram. Uma loja especializada em fotografia analógica, a apenas duas horas de carro de Manhattan. Bem divulgada on-line, fácil de encontrar por meio de uma pesquisa na internet. Quando mostraram à dona do laboratório uma foto de Tom, ela mordeu o lábio e disse:

— Sim, acho que me lembro dele. Ele esteve aqui talvez um mês atrás. De fora do estado, ele falou. A maioria das pessoas como ele nos envia os filmes e nós devolvemos um CD, mas ele queria as cópias. Na verdade, ele nunca voltou. Tenho essas revelações aqui, em algum lugar. E os negativos também, é claro. Algumas delas não deram tão certo...

Deixei para trás minha versão da cidade. Tirei fotos das pontes de arames retorcidos, do Edifício Chrysler e das pessoas saindo do metrô. Tirei foto da Estátua da Liberdade do convés da balsa de Staten Island e da elevação reflexiva do One World Trade Center. A desorientação da Times Square e a estátua da minha homônima no Central Park, criancinhas penduradas nela como enfeites. Estive em cada um desses lugares e capturei cada momento, e agora eles existem como prova de que estive ali. O detetive O'Byrne folheia cada fotografia, examina todas as imagens em preto e branco e é a penúltima foto que o atinge como um soco. Chuva pesada. Pedras. Um rio cheio. As luzes de Nova Jersey ficam turvas do outro lado da água. E então a última foto que tirei. O relâmpago refletia no rio que fluía e, como eu ainda estava aprendendo, a ponta do meu tênis roxo estava no canto esquerdo inferior do enquadramento. Ali, em suas mãos, ele está segurando meus últimos momentos. Está vendo o que eu vi pouco antes de um homem sair da chuva e ficar com raiva o suficiente para colocar as mãos na minha garganta. Para arrancar a câmera de mim e esmagá-la no meu crânio. Furioso o suficiente para se enfiar em meu corpo moribundo, raspando minhas costas contra as rochas, pesando e se derramando dentro de mim, e eu não estava mais lá, já estava fora de mim, mas ainda era meu corpo quando ele caiu, grunhindo sobre o que restou dele. Hálito quente e viscosidade na pele fria. O som miserável dele se guardando de volta, fechando o zíper. O som que dizia que ele tinha terminado. Tinha acabado comigo.

O'Byrne estava certo. Tom não resistiu ao mistério. Encontrar a memória do que fez não foi suficiente para mantê-lo satisfeito. Então, ele removeu o filme com cuidado, encontrou um laboratório fotográfico que pensou ser longe o suficiente do rio. Ele sempre teve a intenção de voltar para pegar as revelações, mas então descobriram meu nome. E meu rosto estava em todos os lugares de novo. Meu rosto real desta vez, aquele de quem ele desviou o olhar quando me matou. Percebendo o quão estúpido era, o quão envolvido estava, Tom nunca voltou para pegar aquelas fotos.

Mas ele não conseguia parar de voltar ao rio. No início, teve o cuidado de evitar a cena em horários incomuns, às cinco da manhã e à meia-noite, quando sentia a atração mais forte; ele fazia questão de descer lá apenas quando pudesse se misturar e permanecer discreto. Quando Ruby finalmente apareceu, ele *estava* lá, esperando. E a partir do momento em que a viu inclinada sobre a grade, com os olhos fechados, os músculos tremendo, Tom teve certeza de que ela estava ciente do que havia acontecido ali. Ele presumiu, com um estranho orgulho crescendo em seu peito, que essa mulher estava envolvida no drama da garota morta. Ele tinha visto outras como ela na vigília, naquela noite de velas e indignação. Tantas mulheres nervosas, pensando com estupidez que o medo era raiva ou que isso faria alguma diferença no final. Ele havia abaixado a cabeça naquela noite, ao lado de sua esposa, e ela apertou a mão dele quando viu uma lágrima correr por seu rosto. Ela pensava que estava chorando pela garota, mas ele chorava pela beleza de tudo, pela magnificência dessa grande tragédia que ele tinha orquestrado. Como não poderia deixar de comovê-lo, depois que ele se sentiu invisível, sem ser ouvido, por tanto tempo?

Quando se aproximou de Ruby e a convidou para tomar um café, Tom nunca imaginou que tinha sido ela quem encontrara o corpo. Essa novidade incrível, quando ela enfim lhe contou, foi como eletricidade, um calor corporal reminiscente daquele primeiro momento em que ele me atingiu. Parecia destino, a maneira como a australiana foi entregue a ele com tanta facilidade. Enfim, ele teria a chance de falar com alguém que sabia. Alguém que esteve lá. Depois de tantas semanas, estava começando a parecer um sonho. Falar sobre isso tornaria, como uma bênção, tudo real outra vez, mas ela continuou recusando, o espantando, e ele estava usando toda a energia para não explodir. Sentada à mesa com ele pela segunda vez, bebendo vinho pelo qual ele pagou, comendo comida que ele pediu só para ela, Ruby era tão devota e educada que ele tinha um desejo visceral de bater nela, de vê-la tombar. Para ele mesmo cair sobre ela.

Era uma pena que o tempo não estivesse do jeito que ele queria naquele dia.

Foi um acidente, aquele deslize verbal ao se despedir dela. Ele estava muito concentrado na ideia de Ruby lá fora sozinha naquela manhã, pensando em como seria fácil arrastá-la para o canteiro de obras ao longo do rio — metal e terra para ela, não pedras e água —, e ele simplesmente não estava prestando atenção nas próprias palavras. Ainda assim, a australiana não reagiu na hora, não havia nada em seu rosto que indicasse que tinha percebido o erro dele, e ele nunca esperou que a verdade de suas palavras fosse investigada. As migalhas de pão dessas *fotos* tiradas por toda a cidade.

Seu segundo erro, deixar aquela bituca de cigarro para trás, oferecendo seu DNA quando eles ainda não podiam obtê-lo, ocorre no mesmo dia em que o detetive O'Byrne segura minhas fotos em suas mãos. Algo descartado de maneira despreocupada, algo encontrado. Gosto de pensar que tudo acontece exatamente ao mesmo tempo.

ELE JAMAIS ESPERAVA UMA BATIDA NA PORTA. O MESMO TIPO DE BATIDA feita à porta do Sr. Jackson. Só que, desta vez, quando Tom Martin atende, há homens em postura de atenção do outro lado da porta. Sua esposa fica no corredor, enquanto eles colocam algemas em seus pulsos.

— Tommy? — No início é confusão. — *Tommy!* — Então, medo. Ela se lança em direção ao marido, mas os policiais bloqueiam seu caminho.

— Senhora — eles chamam, segurando-a. — Sinto muito, senhora.

Tão educados nesses últimos instantes, antes de destruírem toda a existência dela, antes de fazerem uma revelação que a deixa ofegante no chão. Seu marido foi preso pelo estupro e assassinato de Alice Lee. Ela segurou a mão dele com força na vigília. Riu com gentileza das preocupações dele sobre ser cuidadosa nos dias de hoje, quando aquele homem poderia estar em qualquer lugar.

Aquele homem poderia estar em qualquer lugar.

Nunca haverá dias suficientes para limpar as mentiras que Tom Martin despejou sobre o corpo dessa mulher. Cada revelação que virá — a pornografia pesada com menores de idade em seu computador, os perfis falsos que ele postou em *sites* de namoro, as bolsas de anfetaminas escondidas no armário, uma ex-namorada que disse que ele a perseguiu quando ela o deixou. E, logo, os detalhes de como ele quebrou a cabeça de uma garota de dezoito anos com a lente da câmera dela, apertou sua garganta com os dedos manchados de nicotina e continuou seu ataque ao corpo dela enquanto ela estava morrendo nas margens do rio Hudson. Como ele pegou a calcinha, os sapatos e a jaqueta dela e desatarraxou as lentes ensanguentadas da câmera, o tempo todo parado sobre o corpo surrado de uma adolescente. Embora ninguém mais vá entender a especificidade do horror dela, esta é a parte que mais assombrará sua esposa. A calma com que o marido deve ter juntado as evidências de uma vida jovem. O cálculo do que manter e do que deixar para trás.

Nada nunca mais será verdade para essa mulher. Nunca é apenas uma vida que esses homens destroem.

AGORA É A HORA DA HISTÓRIA DELE SER CONTADA. DOS JORNAIS VAS- culharem sua vida, descobrirem por que ele fez o que fez. Mas isso realmente não importa, não é? Você já sabe o suficiente sobre ele. Eu não quero contar a história dele. Eu nem quero mais dizer o nome dele. Eu não vejo por que ele deva ser remendado, lembrado.

Eu sou Alice Lee. E esta é a *minha* história.

ELES O PEGARAM.

Eles o pegaram.

No início, Ruby fica perplexa. Ao viver com uma pergunta por tanto tempo, leva um momento para que a resposta pareça certa, para que faça sentido. Ela encara o rosto daquele homem no noticiário, repassa seu tempo com ele e parece que algo está rastejando por toda a sua pele, escavando-a. Não a tristeza monótona de encarar o teto por ter encontrado meu corpo, mas uma queimação, uma coceira que a infecta.

Faço o meu melhor para levar de volta minhas memórias, aquelas coisas horríveis que ela, de repente, conseguia ver e sentir, mas, em algum lugar, na névoa de sua febre, ela se recusa a desviar o olhar do que viu. No final, simplesmente fico sentada com ela. Sussurrando outras histórias, doces e suaves, para que Ruby tenha mais de uma verdade para se lembrar quando a febre passar.

As mulheres do Clube da Morte a confortam como podem. Sue deixa comida, tortas, bolos e *muffins*, coisas quentes e frescas. Quando Ruby não consegue se levantar da cama, Lennie traz flores, certifica-se de que as janelas estejam abertas. Lado a lado, elas leem o massacre de notícias, confrontam essas terríveis verdades juntas e, nas primeiras noites intermitentes após a prisão, Lennie fica para ajudar Ruby a dormir. Ela liga para Cassie quando Ruby, sentada ao lado dela, não consegue encontrar as palavras, e oferece garantias de segurança e cuidado para familiares e amigos preocupados em casa:

— Ela teve um choque, sim, mas tem sido brilhante. Sério, Cassie, a sua irmã solucionou um crime horrível. Acho que ela pode até ganhar uma medalha.

Mais tarde, quando a febre cede, Ruby faz três ligações. Primeiro, uma conversa com Cassie e sua mãe para tranquilizá-las de que está bem de verdade, considerando tudo o que passou. A essa altura, a notícia de que o assassinato de Riverside foi resolvido cruzou o Pacífico, chegou aos jornais e às revistas australianos; Ruby é o fio invisível de todo o processo, o começo e o fim das coisas sem nome. Poucos leitores saberão como ela amarrou essa história, mas é assim que ela quer que seja.

— A história — diz ela — sempre pertenceu a Alice.

Depois de falar com a família — encerrando a ligação com a promessa de evitar mortos de agora em diante —, Ruby liga para Noah. Ela adivinha, de forma correta, que ele ficará hesitante sobre esses novos desenvolvimentos: desejará saber os detalhes de como ela identificou quem matou a amiga dele, mas não desejará falar sobre o próprio homem. Ele não consegue nem olhar as fotos de rosto na prisão, diz Ruby. Não acostumado à raiva, aos desejos incessantes e vingativos, evocados ao olhar para aquelas fotos, por instinto, Noah entende que homens assim se alimentam de tais reações; ele resolve privar meu assassino de oxigênio, até que ele seja reduzido a nada.

— Mulher corajosa, muito corajosa, — Noah fala enquanto encerram a ligação. — Obrigado por tudo o que você fez por Alice.

A última ligação que Ruby faz é para Josh. Ele atende no segundo toque, como se estivesse esperando por ela.

— Sinto muito — eles falam ao mesmo tempo. Como se estivessem esperando um pelo outro. Ele diz a ela que o sermão de Sue foi feroz, pior do que o de sua própria mãe, e que Lennie estava furiosa com ele.

—Você não beija alguém sem a história completa — ela o repreende. —Você não tira essa escolha!

Ele pergunta sobre o que aconteceu, expressando seu espanto e confusão com os eventos que perdeu em tão pouco tempo.

—Você pode me contar qualquer coisa — ele diz. — Estou aqui para o que você precisar.

Ruby, cansada de repetir as mesmas coisas, pede a Josh a própria história dele completa.

Ele conta que seu casamento se desintegrou após o acidente de bicicleta. Naqueles primeiros meses de recuperação, seu corpo começou a parecer um objeto estranho, algo anexado a ele de forma ilógica, e muitas vezes ele se sentia como um daqueles zumbis, nem aqui nem ali em qualquer situação. Era como se o seu verdadeiro corpo tivesse seguido em frente sem ele. Sabendo que isso não podia ser verdade, sentindo sua pulsação palpitar e a dor cortante dos ossos aos poucos se fundindo, ele entendeu de maneira racional que ainda era uma corrente elétrica, que estava vivo. Mas a escuridão continuou puxando-o, o breu continuou se espalhando, até que sua mente ficou espessa. O escritor sarcástico que costumava ser ficou preso nessa situação viscosa e ele não foi o único que se perguntou se algum dia escreveria ou se sentiria leve outra vez.

No início, Lizzie o apoiava, permanecendo perto de sua cama no hospital, pairando em torno dele em casa. Porém, quanto mais ele vivia na escuridão, mais inquieta sua esposa ficava.

—Você tem depressão situacional — ela continuava afirmando, pesquisando em *sites* em seu iPad, apresentando pequenos fatos para o marido todas as noites. — Diz aqui que a depressão situacional é comum em homens que... — E ela continuava lendo esse ou aquele artigo de revista em voz alta, caçando opiniões de especialistas sobre o porquê, depois de deixar o hospital, Josh continuar relutante em voltar à antiga vida, ao seu antigo eu. Tentando resolver o porquê de, de repente, ele ter se tornado uma folha em branco, o porquê de nenhuma das coisas habituais o impressionar ou comover e o porquê — um fato muito alarmante para quem sabia o quão cinético ele era antes do acidente — de esse novo estado do seu ser não o deixar em pânico, não importava quantos dias e noites passassem.

Lizzie levou seis meses para deixá-lo. Ela está em Los Angeles há mais de um ano, escrevendo para um programa de tv. A princípio, ela teve esperança de que o velho Josh voltasse.

—Vamos arranjar um xamã para você — ela disse, cerca de dois meses depois de se estabelecer na Costa Oeste. — Eles podem ir muito mais fundo do que os outros. Para a profundidade em que você foi. — Ela enviou vídeos de meditação e *links* para retiros de ioga em Bali. Coisas para trazê-lo de volta para ela, para os ritmos indulgentes de seu relacionamento antes de ele decidir voltar de bicicleta para casa no Central Park uma noite, sua roda bater em uma raiz de árvore e tudo se reorganizar. Ela sentia falta das festas no telhado, suas fodas regadas a drogas e de ver o nome de seu marido como uma assinatura em suas revistas favoritas. Mas, eventualmente, seu amor acabou. Só um pouco e, depois, muito, como se tivesse vindo de um estoque limitado.

Lizzie parou de falar sobre sálvias e plantas do deserto que curam tudo e agora seus e-mails e mensagens fazem referência a papéis de divórcio e à venda do apartamento. Ele tem evitado o próximo passo, explica para Ruby, não porque queira investir no casamento. Mas, sim, porque ele ficou feliz de as coisas estarem do jeito que estão. Está com medo, ele admite agora, do que outra mudança possa trazer.

— As coisas mudaram do jeito errado.

— Eu entendo — Ruby lhe diz. — Eu entendo, de verdade.

Ela pensa em algo que aprendeu quando era muito jovem, crescendo à beira de um oceano aberto e selvagem. Quando pego por uma correnteza, não há escolha a não ser ceder, ir aonde a água quiser levar você. A força dela acabará se dissipando, mas somente se você permitir que ela o leve longe o suficiente para o mar. A segurança vem em se mover com a corrente até que você esteja livre dela, e, então, só então, você pode se virar e nadar como um louco para a costa.

Ruby sabe como navegar pelo fenômeno natural que é um oceano mutável. Por que deveria ser diferente com um desastre natural como o amor? Ela pergunta a Josh. Ninguém nunca termina onde começou, mas você consegue chegar à sua casa na hora certa. Se você manteve sua cabeça erguida enquanto era sacudido.

Às vezes, é a rendição, não a luta, que salva uma vida.

RUBY NÃO LIGA PARA ASH. ELE É QUEM MANDA UMA MENSAGEM, dizendo que ouviu um boato no trabalho sugerindo que ela ajudou a solucionar um crime grave.

> Puta merda, Jones, que aventura! Mal posso esperar para conversar com você sobre isso. Em NYC, talvez :)

Ela sabe que ele não tem intenção de machucá-la com essa resposta condescendente, mas também se pergunta quando Ash a levará a sério. Sabendo que a resposta está implícita na pergunta. Ele não quer que ela fale sério. Ela é a fuga dele do sério. E essa é uma parte do acordo que ela não pode mais cumprir. Agora que o *algo*, que ela queria que acontecesse, aconteceu de forma tão completa. Agora que ela não sabe se é a mesma mulher que disse *sim* para Ash depois que soube que ele estava noivo. Essa versão de si mesma parece irreconciliável com a forte e capaz Ruby que se sentou na frente do detetive O'Byrne e detalhou seus encontros com o homem que matou Alice Lee, oferecendo informações perspicazes o suficiente para que ela seja considerada, ao olhar para trás nesse crime, a mão firme que conduziu uma complexa investigação de assassinato em direção à conclusão.

Essa já não é a mulher que Ash conheceu.

Essa é a mulher que ela quer ser. E ela finalmente responde:

> *Eu não quero que você venha aqui, Ash. Você deve se comprometer com a sua noiva. Você fez sua escolha e não quero te impedir disso. Vá se casar. É hora de terminarmos.*

Ruby encara o teto por uma hora inteira depois de enviar a mensagem. Dizem que é a verdade que nos liberta. Mas, às vezes, é uma mentira que faz isso. Sem resposta. Ash não responderá. Ela se permite chafurdar uma última vez, sofrendo com as imagens que fez deles juntos em Nova York. Experimenta devaneios com bares escuros e telhados reluzentes, revira-os em sua língua, sente o sabor de seu desejo por ele em sua boca. Engole. Havia uma vida que ela não conseguiu viver. Estava tão perto, mas ela não pode continuar segurando algo que já se foi.

Eu te amei.

Ela não envia essa última verdade para o outro lado do oceano. As palavras são muito pequenas para este momento, este final. Apenas o silêncio é grande o suficiente para conter sua tristeza esta noite.

HAVIA OUTRA REVELAÇÃO NO PACOTE. A PRIMEIRA FOTO, MUITO ANTES de todas aquelas fotos de Nova York serem tiradas. Quando aquele filme preto e branco foi carregado, quando as instruções foram dadas por um professor à sua aluna.

— É aqui que você olha. Como este é um telêmetro, você começa com duas imagens e essa alavanca de foco ajuda a aproximá-las. Demora um pouco para pegar o jeito, mas, com o tempo, a partir dessas duas visualizações diferentes, você acaba com uma imagem única e nítida. Vê?

Ele estava tão perto, a câmera tão íntima, que me virei assim que ele tirou a foto. Meu cabelo é um brilho prateado em toda a imagem, fosforescendo no escuro. E, embora você não possa ver meu rosto, sei que estou rindo.

Esse não é o tipo de coisa que você esquece.

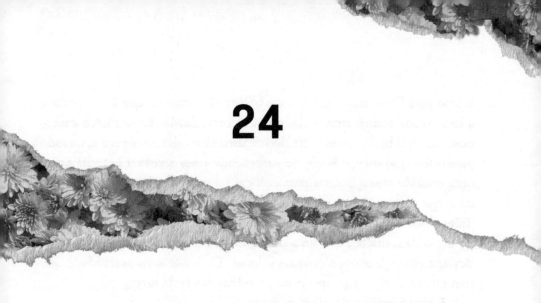

24

Ruby faz uma longa caminhada pela parte residencial da cidade. Uma vez, quando estava correndo para o norte ao longo do rio, pensou que poderia continuar até chegar à ponte George Washington, mas a imensa estrutura parecia se distanciar quanto mais ela avançava e já estava quase escuro quando se virou e começou a jornada irregular de volta ao seu bairro. Hoje, ela começa na Broadway e apenas continua andando. Passa por quarteirões que parecem bastante semelhantes ao dela, tomando nota dos cafés aos quais ela pode voltar na próxima semana e lojas de roupas *vintage* com jaquetas de grife do último inverno na vitrine. Quando chega à extensão inconfundível de Columbia, Ruby abre um portão de metal e entra no terreno da universidade. É familiar da mesma forma que Nova York, os degraus largos e os edifícios imponentes tendo aparecido em tantos filmes e programas de TV que ela já assistiu. Ela cruza o pátio principal, indo para o leste, sorrindo para os alunos sentados sozinhos ou em pequenos grupos, imaginando o que eles estão estudando hoje, pensando que ela também gostaria de começar as aulas ali no outono. Se decidir ficar. Saindo da universidade, ela volta para a sua casa, seguindo a fronteira oeste do Morningside Park, maravilhada com o espaço que a cidade oferece para seu povo. Sabendo que ainda há muito para ela descobrir sobre Nova York.

Enquanto Ruby faz seu caminho para a Avenida Amsterdã, a Catedral de São João, o Divino, se ergue diante dela, incrivelmente ornamentada entre os prédios baixos da moderna Nova York residencial. Ela não tem tempo para Deus, mas a igreja é tão bonita, tão atraente, que a curiosidade a leva escada acima, através das grossas portas duplas. Lá dentro, a cavernosa catedral brilha com a luz do sol, uma flor caleidoscópica acenando para que ela avance, e Ruby se surpreende com a vista. Ela tenta achar uma nota de cinco dólares para colocar na caixa de doações na entrada da igreja e caminha na ponta dos pés, não querendo batê-los no chão. Talvez fosse diferente se a igreja estivesse cheia de fiéis, mas ali, nesta tarde do meio da semana, ela é uma das cerca de vinte pessoas que se movem devagar entre as grossas colunas e arcos. Ela sente uma serenidade que não esperava, uma paz, apesar da grandeza óbvia da igreja.

E ela se lembra de olhar para cima.

Explorando a catedral em silêncio, um nó cresce na garganta de Ruby e se expande até doer para engolir. Uma parede de nomes, de datas e travessões, muitos para falar em voz alta, faz com que se sinta tonta e ela considera se sentar, tentando uma versão de oração para se firmar, mas há outra mulher parada diante dessa parede, diante desses nomes, e ela já está orando, cabeça baixa, lágrimas escorrendo pelo rosto. Ruby pisca para conter as próprias lágrimas e segue em frente.

Quando chega ao Canto dos Poetas da Catedral, o nó na garganta de Ruby enfim desaparece, lágrimas quentes transbordam e fazem as palavras gravadas nas placas de pedra do chão e nas paredes ficarem embaçadas. Ela está diante de um memorial aos artesãos das palavras deste país, aqueles que, meticulosos, traduziram a experiência humana em frases minúsculas e perfeitas. Escritores que mapearam o mundo e suas tristezas com suas palavras.

Sozinha, lê em voz alta citações daqueles poetas cujos nomes conhece melhor.

Há Millay com suas canções e epitáfios. Dickinson descrevendo o cativeiro e a consciência. Emerson e Hemingway pedindo apenas a verdade, e Hughes com a alma profunda como um rio. Baldwin, falando sobre perturbar a paz.

E isto.

Walt Whitman. Um homem, um poeta que amou Nova York e que também foi amado por Nova York.

Eu paro em algum lugar esperando por você.

São os outros que se afastam agora, deixando a mulher chorando sozinha com seus poetas e sua dor. Gerações de escritores se abaixando para envolvê-la em seus braços, pressionando com gentileza seus meios de sobrevivência nos ossos dela.

ELA CONVIDA JOSH PARA IR À CASA DELA ASSIM QUE LÁ CHEGA. DIZ que tem algo para contar a ele, mas não há palavras quando ele entra, preenchendo aquela minúscula quitinete; ela corre para ele, se derramando na pele dele antes que ele tenha a chance de dizer "oi".

Quando fazem amor pela primeira vez, eles são desajeitados, cuidadosos. Aprendendo a lidar com o novo corpo diante deles, esse novo emaranhado de nervos. Eles riem um do outro e fecham os olhos quando deveriam mantê-los abertos, mas não há constrangimento ou hesitação nessas horas de exploração. Eles ensinam um ao outro, aceitando as lições, e quando Ruby goza na mão de Josh, ela sente como se estivesse se expandindo para os cantos vastos e vazios do seu corpo, o oco finalmente preenchido.

Eu estive parada aqui, esperando por você, ela sussurra, mas ele é eletricidade agora, a luz azul cintilando através dele, abafando a admissão dela. Não importa. Eles tentarão de novo e de novo. E eles ficarão cada vez melhores em encontrar um ao outro.

NOAH PAGA PELO MEU FUNERAL. ELE NÃO COMPARECE AO VELÓRIO EM si, mantendo-se fiel à sua afirmação de que nunca visitará Wisconsin. Mas ele paga pelas flores, pelo caixão e pelos sanduíches servidos depois. Pela cremação do meu corpo também. Pergunta apenas se eles podem considerar fazer algo especial com as minhas cinzas. Ele fala de nebulosas, de céus noturnos brilhantes e estrelas moribundas, mas ninguém entende.

— Ruby, teremos que fazer algo nós mesmos. Para ela — ele diz.

No dia do funeral, reportagens midiáticas dizem que a pequena capela na esquina da Pearson com a Flushing está lotada de pessoas em luto, com gente se espalhando pela calçada de cascalho, esticando o pescoço para ouvir o velório religioso lá dentro. Há crianças da minha escola e curiosos de fora da cidade, e Tammy e a mãe dela estão sentadas na primeira fila, ao lado de Glória. Mãe, filha e guardiã unidas, apreciando o breve momento de destaque. Elas têm reuniões com produtores de programas policiais já agendadas e, na semana passada, deram uma entrevista para uma dessas revistas de tabloide semanais. Não me importo. Eu gostaria de dar a elas algo fora dessa cidade, além dessas pessoas. Tammy sempre foi boa para mim. Talvez essa seja uma chance de sua mãe e Glória melhorarem também.

Nessa entrevista, Glória falou sobre a minha mãe. Coisas que eu sabia. A extrema violência da infância dela, as desintegrações do lar e da família, até que ela fugiu aos dezoito anos e ninguém se deu ao trabalho de procurá-la. A maneira como ela me criou sozinha a partir daí, querendo, Glória afirmou, nada além do melhor para sua Alice. E também coisas que eu não sabia. Como aquela criança traumatizada nunca cresceu de verdade, como minha mãe sofreu crises que, na realidade, na época, eu devo ter pensado que eram brincadeiras. Acontece que ela fez o que pôde para garantir a minha segurança, desde traficar drogas até dormir com homens velhos e gelados por dinheiro. Esquecendo-se de se proteger e se metendo cada vez mais em problemas com sua própria mente e com a lei. Nem mesmo Glória poderia explicar o que fez a minha mãe puxar o gatilho naquela tarde, mas ela disse o seguinte:

— Sei que aquela mulher amava a filha de todo o coração. Pelo menos agora elas podem ficar juntas.

O Sr. Jackson também não compareceu ao funeral; ele já está longe da cidade. Casa empacotada e estúdio fotográfico fechado. Ele não voltará para a escola no outono. Agora é impossível, com todos aqueles rumores sobre ele. A maioria das garotas que ele ensinou zomba da ideia desse homem tirar vantagem de Alice Lee. *É mais provável que tenha sido o contrário*, discordam algumas, porque gostam mais dele. Sem saber do tremor sob a minha pele quando o Sr. Jackson me pediu, pela primeira vez, para tirar a roupa, essas meninas não conseguem entender que, às vezes, você diz sim como um meio de sobrevivência. Não até que, um dia, seja a vez delas.

De qualquer forma, meu professor sumiu. Ele vai emergir, em algum momento, com sua própria história para contar, uma ferida que atrairá outras jovens para ele, que as chamará. Havia uma garota que ele amava e ela morreu, é o que ele contará. Reorganizando a verdade até que ele mesmo acredite nela. Convencido de que busca consolo, não poder, quando envolve outra garota de dezessete anos em seus braços e na cama.

Uma dessas garotas, em algum momento, contará sua história. Desta vez, *haverá* pessoas procurando por ela e, quando a encontrarem, haverá outra batida na porta do Sr. Jackson. Essa batida ainda demorará algum tempo para acontecer, mas você já consegue ouvi-la muito bem, não é?

Agora que sabemos o que devemos procurar.

MEUS AMIGOS VÃO ATÉ O RIO JUNTOS. É O PRIMEIRO DIA DE VERÃO. UMA estação inteira se passou e o céu está azul, brilhante.

Noah carrega rosas de caule longo, uma mistura de cores do arco-íris. Ruby segura um pequeno cadeado de prata perto do peito. Eles se cumprimentam calorosamente e se abraçam. Franklin tem um lenço roxo amarrado com cuidado em volta do pescoço peludo.

Muita gente anda por ali neste dia claro, e Noah e Ruby passam por crianças, cachorros e campos com jogos de beisebol na quinta e na sexta entrada. Mais uma vez, Ruby fica impressionada com a ideia de que as pessoas de fato vivem suas vidas ali. Bairros cheios de crianças, famílias, equipes esportivas e animais de estimação, horas passadas juntos em um quintal comunitário.

Eles passam por um dos campos para cachorros. Fora de suas coleiras, um clamor de filhotes e vira-latas correm ao redor, perseguindo bolas, rabos e uns aos outros. Ruby para por um momento na cerca, pensa em mim, pensa em como um dia ela talvez tivesse passado correndo por mim nesse mesmo lugar. Imagina a impressionante garota loura chamando um *beagle ou pug* rebelde de volta, se lançando para uma coleira de grife, com cães circulando ao seu redor. Noah também vê isso, o que poderia ter acontecido nesse encontro, e dá uma cutucada gentil em Ruby com o ombro.

Eles continuam caminhando em direção à água.

Ruby e Noah ficam em silêncio ao se aproximarem da pequena praia. O rio está calmo hoje, a vista clara para Nova Jersey. Para Ruby, aqueles postes de madeira saindo da água ainda parecem estranhos, um lembrete de profundezas ocultas. Mas, além desses marcadores, ela reconhece que não há nada de extraordinário neste lugar, nada de bom, ruim ou misterioso. Este lugar teria permanecido uma parte pequena e inofensiva de um extenso parque da cidade, não fosse por um homem furioso, que se achava cheio de direitos, e uma manhã de abril em que a vida parava e começava, tudo ao mesmo tempo.

—Você está bem? — Noah pergunta, flores lindas e vivas emoldurando seu rosto.

Ruby concorda.

— Eu só estava pensando. Como este lugar não tem nada de especial. — Ela olha para uma embalagem de suco descartada, sacudindo nas pedras. — Eu poderia ter passado correndo por aqui mil vezes e nunca ter pensado nisso. E, ainda assim — ela se vira para Noah, seus dedos pressionados com força ao redor do cadeado —, este também é o lugar mais incrível. É onde encontrei Alice. Eu me senti tão culpada na hora. Como se eu devesse ter ido além. Mas e se eu tivesse continuado correndo naquele dia? E se eu nunca tivesse parado? Você consegue imaginar o que eu teria deixado passar?

—Você consegue imaginar? — Noah repete, antes de pegar uma de suas rosas e jogá-la no rio.

Eles observam a flor balançar, uma estrela amarela brilhante dançando na água turva. Em silêncio, jogam as rosas restantes sobre a grade, uma por uma, cores vivas e lindas cobrindo a superfície escura do Hudson. Quando a última das flores pousa na água, Ruby se agacha e prende o cadeado em torno de um arame na base da grade de metal. Sentindo o clique quando fecha, traçando seu dedo indicador sobre a letra *A* gravada na superfície brilhante.

No caminho atrás deles, uma criança grita, ri e Ruby se levanta, respira fundo, a cidade de Nova York enchendo seus pulmões.

— Obrigada, Alice Lee — ela diz baixinho e então se vira para longe das rochas, do rio e vai embora.

SE EU TIVESSE SOBREVIVIDO.

A mulher se senta no banco do parque ao meu lado, tenta recuperar o fôlego. Ela estava correndo para o sul ao longo do rio. Esquecendo-se de que precisaria voltar porque tinha ido um pouco longe demais, quase tão longe quanto o terminal marítimo. Agora, ela está com a cabeça entre as pernas, desejando que tudo desacelere, e ela pode não ter me notado hoje, mas Franklin enfiou aquele nariz molhado na bochecha abaixada dela. Seu sinal de boas-vindas.

Ela se ergue ao toque dele, assustada, mas então seu rosto se suaviza em um sorriso.

— Ei, garotão — ela cumprimenta sorridente, coçando atrás da orelha do cachorro. — Seu cachorro — ela ri, virando-se para mim — é bem atrevido.

— Ah, ele não é meu — eu começo a esclarecer, mas isso não parece mais verdade. Em vez disso, sorrio de volta para ela. — Sim, o Franklin é um verdadeiro nova-iorquino. Sabe o que quer.

— Algo que ainda preciso dominar — a mulher responde.

— Então, de onde você é? — pergunto, impressionada com seu sotaque.

— Quem sabe… — ela responde e, pela primeira vez, nós realmente olhamos uma para a outra. Céu e terra se encontrando.

— Eu sou Alice — digo, estendendo a mão.

— Ruby — ela responde, em nosso toque uma pequena faísca.

— Acabei de me mudar para cá, há um mês — ela continua, e logo descobrimos que chegamos na mesma noite escura, no auge da mesma primavera chuvosa.

— Eu fugi — confesso, e ela me diz que veio parar em Nova York para fugir de alguém. De um homem.

— Eu também! — exclamo, finalmente jogando o tipo certo de *snap*.

— Você também? Quantos anos você tem, Alice? — Ruby pergunta, com as sobrancelhas erguidas.

— Eu tenho dezoito. E você?

— Tenho trinta e seis. Então, você na verdade tem metade da minha idade.

— Ou você tem exatamente o dobro da minha — retruco e sei, nesse momento, pela maneira como ela ri, que seremos amigas. Conversamos naquele banco do parque por pelo menos uma hora, Franklin aos nossos pés, mudando seu olhar pidão entre nós. Discutimos nossa estranha nova cidade e os lugares que deixamos para trás e vamos até os limites dos homens de quem fugimos.

— É complicado. — Ela suspira.

— Com certeza — respondo, sabendo que vou contar a ela toda a história.

Algum dia.

Ficamos conversando por tanto tempo que, quando uma gota de chuva cai sem cerimônia na cabeça de Franklin, ambas ficamos surpresas ao ver que o céu escureceu. Chuva forte mais uma vez a caminho.

— Fiquei presa aqui no parque esses dias. Em uma daquelas manhãs tempestuosas de verdade — Ruby conta, estendendo a palma da mão à sua frente, sentindo o ar. — Admito que foi meio assustador estar aqui sozinha.

— Terça-feira passada? Com todos os trovões e relâmpagos? — pergunto, animada. *Snap!* — Eu também estava aqui, tirando fotos da tempestade. Talvez não tenha sido a minha ideia mais inteligente, mas as fotos ficaram ótimas! O que não te mata, esse tipo de coisa.

— Você deveria ter cuidado… — Ruby começa e então encolhe os ombros. — Na verdade, você parece uma garota que sabe se cuidar. E eu adoraria ver as suas fotos algum dia. — Ela fica pensativa. — É bom saber que no final das contas eu não estava aqui sozinha, Alice.

Se eu tivesse sobrevivido. Se outra pessoa não tivesse decidido por mim, naquela manhã, poderíamos ter descoberto que estávamos procurando uma pela outra o tempo todo.

Poderíamos ter conhecido e compartilhado nossas histórias de uma maneira tão diferente.

ESSA RUBY DEVERIA SER A ÚNICA A ENCONTRAR O MEU CORPO. ELA É uma das duas coisas mais notáveis. A maneira como ficou comigo, me levou para casa com ela. Sofreu pesadelos e confusões, viveu com as minhas perguntas e as dela. Empurrou as próprias ondas selvagens e me manteve viva, ali, ao lado dela, antes mesmo de saber meu nome.

Estranhos podem mudar sua vida. Não é verdade? Mudei a vida de Ruby Jones — para melhor, espero. Em alguns momentos não pareceu tão melhor, mas será que ela preferiria manter aquela sua tristeza fervendo a ter toda aquela ebulição em sua vida?

E Noah. Colocando aquele anúncio. Sabendo que alguém, como eu, apareceria. Noah com seus "T devo 1", seus sorrisos pequenos e suas aulas sobre Nova York, me contando todas as coisas que eu queria saber. E algumas que eu não queria.

Eu também mudei sua vida. Sei disso. O puxei de volta para o mundo pouco antes de ser puxada para fora dele. Eu só queria que tivéssemos tido mais tempo juntos antes de minha morte acontecer. Isso, e eu deveria ter sabido desde o início: Noah nunca deixou de esperar que eu voltasse para casa.

Ruby e Noah. Meus suportes em Nova York. Pense em todos os riscos que correram quando me deixaram entrar, o quanto eles tiveram que viajar para me encontrar. Assim, quando os dois finalmente se juntaram, todos os pequenos pedaços de mim também se juntaram.

Puxe o mundo para dentro de você e nada mais parece tão distante.

—VOCÊ PRECISA SE JUNTAR AO CLUBE DA MORTE, NOAH.

Ruby repete o convite que lhe foi feito uma vida atrás. Antes que ela soubesse meu nome. Antes de se conhecerem. E Noah aceita a oferta, porque ele está tão sozinho quanto ela naquela época e porque, às vezes, você sai do seu próprio caminho. Às vezes, você segue a si mesmo para casa.

Os outros membros do Clube da Morte estão ansiosos para conhecer Noah e concordam com esse encontro espontâneo no bar perto de Riverside. *Meu local*, Ruby explica, mandando uma mensagem com o endereço. *Venha participar do nosso memorial por Alice. Só uma regra* — isso ela cumprirá até que ela e Noah estejam prontos, até que o julgamento e a condenação resultante tornem impossível evitá-lo — *nada de falar sobre aquele outro homem, por favor.*

Vejo cada membro do Clube da Morte chegar. Lennie trombando pela porta, a poeira fina de cada pessoa morta em quem ela já trabalhou ao seu redor, tão perto de uma nebulosa quanto qualquer coisa que eu já vi na Terra. Sue chegando em seguida, todo aquele amor materno latente e preocupação precedendo-a. Então, Josh, apressando-se para o bar, pensando na boca de Ruby na dele, no jeito como ela se envolve em torno dele, de modo que todo o seu corpo parece ter vaga-lumes enquanto ele caminha na direção dela nesta noite quente de junho.

Eles cumprimentam Noah como se ele fosse um amigo de longa data. Ninguém se importa com o piso pegajoso, as cadeiras irregulares e o *barman* distraído, assistindo ao jogo. Esses cinco membros do Clube da Morte — seis, se você contar Franklin, que está deitado aos pés de Noah — estão felizes por terem se encontrado. Espalhados ao redor da mesa, parecem uma constelação e eu traço o padrão que eles formam, os memorizo. Sabendo, com o passar das horas, conforme eles brilham mais forte, que algo está mudando esta noite. Eles estão falando de mim em tons diferentes, mistério e urgência foram substituídos por tristeza, aflição. Se eu tivesse sobrevivido... mas não sobrevivi. Fui assassinada perto de um rio enquanto vivia minha vida, amando o céu e a chuva, e Noah e esse sentimento recém-descoberto de que, no final das contas, poderia ter tido uma vida feliz.

(Se eu conseguir chegar lá. E quase consegui.)

Acho que entendi. Eles não se perguntam mais quem eu sou. Hoje à noite, em vez disso, eles se lembrarão de mim.

Então, o que acontece depois? É Noah quem propõe a questão, como eu sabia que ele faria.

Para onde vão os mortos? Eles estão perdidos para nós ou ainda estão lá — aqui — conosco, agora?

— Ambas podem ser verdade? — Sue questiona em resposta, pensando em Lisa e nos raros e lindos momentos em que ela voltou para sua mãe em sonhos. Não sou a única, ao que parece, que se mostra assim. Ao refletir sobre isso, vejo a própria Lisa de relance. Em algum lugar não muito longe dali. Ela é esbelta, bonita e, embora eu não tenha certeza, parece que está estendendo a mão.

Algo está mudando esta noite.

— Bem, a física quântica nos diz que a energia é constante — Noah responde daquela maneira familiar e fácil dele. — Ela não pode ser criada nem destruída; simplesmente muda de estado, encontra sua expressão em outro lugar. Pensando assim, cada átomo de Alice sempre existiu. Sempre, de uma forma ou de outra. Isso significa que ela está em todo lugar agora, não apenas em um lugar, como nós estamos.

A ideia de que não tenho que escolher. Que eu posso sair e ainda estar ali ao mesmo tempo. Sinto a tensão da minha existência começar a diminuir.

Olho para Ruby, lágrimas salgadas escorrendo pelo seu rosto enquanto considera as palavras de Noah. Ela tem que fazer sua própria escolha, eu sei. Seja ir embora de Nova York ou criar raízes, ficar. Chegamos ali na mesma noite, deixamos as mesmas coisas para trás e ambas passamos por onde costumávamos estar. Talvez, quero dizer a ela agora, as decisões que tomarmos a seguir não importem de verdade. Se você se lembrar de olhar para cima, verá que o céu muda de qualquer maneira, mesmo quando pensa que está parado.

O mundo continua girando. Vá ou fique, Ruby; nós duas *já* estamos em um lugar novo.

Eu não deveria estar surpresa com a próxima parte: a sensação das mãos da minha mãe no meu cabelo. Os membros do Clube da Morte estão discutindo ciência e o Paraíso, e os momentos em que têm certeza de que nos ouviram — os mortos — sussurrando para eles.

— Muitas vezes senti que ela estava aqui comigo, apenas fora de vista — Ruby conta, e sinto como se estivesse me dissolvendo, só que, desta vez, não luto contra isso. É como adormecer após o dia mais longo e encantador.

Está ficando tarde. As bebidas estão espalhadas pela mesa e o bar está tocando agora clássicos do *soul*, no volume certo. Sam Cooke. Al Green. Marvin. Aretha. Otis. Perto do rio, a água gira em um arco-íris de rosas coloridas, enquanto ondas suaves as pegam e carregam em direção ao mar aberto.

Aquelas garotas, *elas realmente ficam esgotadas.*

Josh pega a mão de Ruby, e o céu muda mais uma vez.

AGRADECIMENTOS

Aqui estamos.

Em primeiro lugar, agradeço às mulheres incríveis que tornaram este livro possível: minha agente, que trabalha arduamente, Cara Lee Simpson, e minhas editoras Darcy Nicholson e Jane Palfreyman. Vocês mudaram a minha vida. Para sempre.

Meus agradecimentos à Thalia Proctor, Sophie Wilson e Christa Munns, pela orientação editorial à distância, e à equipe da ANA por ajudar Alice Lee a viajar o mundo. Para os campeões dela do passado, presente e futuro da Sphere/Little, Brown, Allen & Uniwin e além: obrigada por serem nossas vilas.

Muito. Tanto. Amor para minha família: minha mãe, que me deu o dom das histórias e grandes obsessões. Karena, Tanya, Shane e Jodee, que me ajudaram a crescer. Meus sogros, que entraram na dança. E meus extraordinários sobrinhos e sobrinhas. Vocês são meu orgulho, minha alegria.

Um agradecimento especial a quem me proporciona grande apoio e está sempre aqui comigo na luta, Karena, e a Keith, cuja generosidade em vinho e sabedoria me manteve sã.

Tantos amigos queridos e colegas de trabalho me ajudaram a dar forma a este livro. Saibam que sou profundamente agradecida a todos vocês. Um agradecimento extra e especial a: Stef Bongiovanni, Laura Bracegirdle, Karen Lovell, Claire Amelia Graham e Vail Joy por lerem esta história quando ela não passava de um rascunho. Jessica Lewis por me dar o meu começo. Susan Witten, que faz o trabalho real. Jacqueline Taylor por tornar Manhattan(s) uma casa. Simone Turkington pela magia. E meus refúgios mais seguros em todo o percurso: Stacey Lemon, Paw Paw, Brock, Aaron Beckhouse, Lindsay "L.K.B" Andrew, Chris Sullivan, Sonya Cole, Inez Carey, Michael "Beth" Buttrey, Conrad Browne e Clinton Bermingham — eu não conseguiria fazer isso (viver) sem vocês.

Beijos para Nippy e Ruby, meus portos seguros durante os dias mais difíceis.

Muito amor para a minha pequena e primeiríssima leitora, Sophie Allan.

E, por fim, para Johnny B., que me ensinou a ir com tudo para a pista de corrida. Eu tive que aprender a encontrar você de novo, pai. Acontece que você estava aqui na linha de chegada, torcendo por mim. Eu amo você.

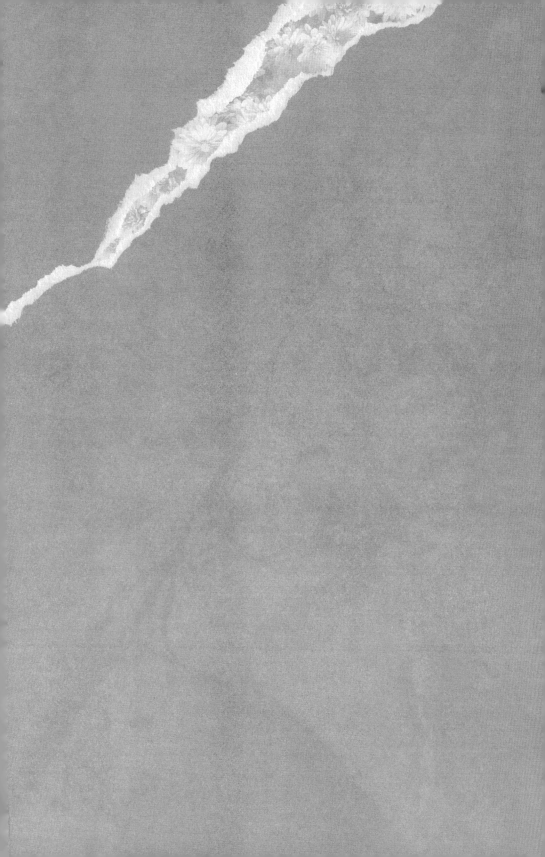

ASSINE NOSSA NEWSLETTER E RECEBA
INFORMAÇÕES DE TODOS OS LANÇAMENTOS

WWW.FAROEDITORIAL.COM.BR

CAMPANHA

Há um grande número de portadores do vírus HIV e de hepatite que não se trata.

Gratuito e sigiloso, fazer o teste de HIV e hepatite é mais rápido do que ler um livro.

Faça o teste. Não fique na dúvida!

ESTE LIVRO FOI IMPRESSO
EM OUTUBRO DE 2021